shousyaman no isekai survival
～絶対人とはつるまねえ～
ケイゴ
サラサ
アッシュ
ジュノ
マルゴ

力を合わせて――

森の魔物
コカトリスを狩る！

子狼アッシュとの出会い――
俺は、その子を抱き上げる。
子狼は尻尾をフリフリさせた。
仕留めたのは親なのだろうか……。

shousyaman no isekai survival
商社マンの異世界サバイバル
〜絶対人とはつるまねえ〜
餡乃雲
ill. 布施龍太

イラスト：布施龍太

CONTENTS

プロローグ

shousyaman no isekai survival

——人間は矛盾《むじゅん》した生き物だ。

俺《おれ》は昔から不意に一人になりたい、この世の誰《だれ》との繋《つな》がりも断《た》ちたいという欲求に駆《か》られることが度々《たびたび》あった。

学生時代、携帯《けいたい》電話を突然《とつぜん》解約して音信不通になって受験勉強に集中したり。でも人恋《こい》しくなって、また携帯電話を復活させたり。

SNSだってそう。不意に全《すべ》ての人間関係が嫌《いや》になって、アカウントを消去したりすることもあった。それでも人恋しくなっての繰《く》り返し。

例えば、愛するべき仲間、親友、恋人ができたとしよう。しかし、この人間関係を断絶したいという衝動《しょうどう》が絶対にやってこないとなぜ言い切れる?

俺はいつだって、この心の矛盾が何よりも恐《おそ》ろしくて仕方がなかったんだ。

第一章　ガチの異世界サバイバル

shousyaman no isekai survival

k-1

「ここは……どこだ？」

俺《おれ》の名前は、奥田圭吾《おくだけいご》。三五歳《さい》。

とある財閥《ざいばつ》系の商社に勤め、東京を拠点《きょてん》にシンガポールやオーストラリアなどを飛びまわり、海外から石炭を輸入するという仕事をしていたが、年末ジャンボ宝くじで一〇億円に当選。嘘《うそ》みたいな本当の話である。

金の心配をする必要がなくなった俺は、いつも上から目線でノルマを叫《さけ》ぶクソ上司に辞表を叩《たた》きつけた。そして、その帰り道。橋の上から携帯《けいたい》電話をぶん投げた。上《うわ》っ面《つら》だけの、あまりにも作り物めいた、吐《は》き気のする人間関係に終止符《しゅうしふ》を打った瞬間《しゅんかん》だった。

最高の気分だったと言いたいところだが、どこか哀愁《あいしゅう》も入り混じる気持ちだった。気がつけば俺の目の前の景色は歪《ゆが》んでいた。自然に涙《なみだ》がでたのはいつ以来なのか覚えていない。

社畜《しやちく》社畜と愚痴《ぐち》をこぼしていた俺だけれども、金のためだけに働いていたわけではないことに、会社を辞《や》めてから気がついたのだった。

……

会社を辞めた俺は、北海道の田舎《いなか》町に離農《りのう》した家を買い上げ、趣味《しゆみ》で農業をやりつつ、ネットで美味《うま》い物を取り寄せるという生活を送っていた。

ちなみにSNSでやりとりできる友人はただ一人しかいない。どれだけ人間嫌《ぎら》いなのかと自分に突《つ》っ込《こ》みをいれたいところである。なお、親にはハガキというアナログな手段で一言「農家をやることにした。心配しないでくれ」とだけ伝えてある。

そんなある日のできごとだった。

鶏《にわとり》の世話をしようと、朝食前に鶏小屋兼《けん》、農具小屋に入り鶏を鶏小屋から出そうとして、一緒《いつしよ》に小屋から出たら、景色が一変していた。

まず、あるはずの母屋《おもや》がない。近くに森、そして、草原。遠くに町のようなものが見えた。

そして、遠くで人が何かに何かを振《ふ》りかぶり攻撃《こうげき》しているように見える。

とりあえず、困惑《こんわく》する頭を落ち着け、鶏を小屋に戻《もど》す。

遠くに人が居たのでとりあえず、話を聞いてこようと思う。

何かと戦っているようにも見えたし、このような異常事態である。用心するにこしたことはないだろう。

農具小屋なので、クワ、草刈《くさか》り鎌《がま》、剣先《けんさき》スコップなどがある。

とりあえず、俺は『剣先スコップ』と『草刈り鎌』を持ち出して小屋に鍵《かぎ》をかける。そして、何かと戦っていると思《おぼ》しき人にそっと近付く。

そこには、一メートルくらいの小さな、そして人ではない何かとダガーを持って戦う人が居た。その人ではない何かは、「ギギギ……」と耳障《みみざわ》りな声を発し、赤い目、緑の皮膚《ひふ》、尖《とが》った鼻や耳という特徴《とくちょう》を有していた。

そして、貧相《ひんそう》な革の服を身にまとい、棍棒《こんぼう》片手に剣士を威嚇《いかく》していた。

どうやら、俺は異世界に来てしまったらしい。

なぜなら、俺はファンタジー小説やＲＰＧゲームが大好きで、この生物をよく知っている。おそらく、『ゴブリン』というモンスターだ。

比較的《ひかくてき》冷静でいられたのは、その知識があったためでもある。よくわからない場所に来ている。目の前にモンスターが居る。その結果、『異世界に連れてこられた』という答えに行き着いた。

目の前に冒険者《ぼうけんしゃ》らしき屈強《くっきょう》な戦士とゴブリン。俺の手には剣先スコップと草刈り鎌。

ご期待に沿えず申し訳ないが。とりあえず、俺は逃《に》げた。それはもう、猛《もう》ダッシュで。鼻水と涙を出しながら、逃げた。

いやいやいやいや。無理でしょ。あんな恐《おそ》ろしいモンスター。普通《ふつう》に怖《こわ》いって。俺は善良なる一般《いっぱん》市民ですよ。

——そこのあなた、剣先スコップでモンスターと戦えますか？

俺は、小屋に逃げ戻り、中から鍵をかけたのだった。

k‐2

小屋に引きこもること数時間。涙と鼻水で顔がグシャグシャになっていたが、そろそろ昼食時となりお腹《なか》がグーっと鳴り出す。

いつまでもこうしているわけにもいかないと、頭では解《わか》っているが、恐ろしすぎて行動に移せない。

腹が減るという本能的な欲求により、ようやく行動しようという気力が湧《わ》いてきた。

とりあえず、現状分析《ぶんせき》だ。俺は異世界に来た。それもかなり危険な。

日本で無一文でサバイバルをやるよりも、難易度が滅茶苦茶《めちゃくちゃ》高いといえるだろう。

今にもさっきのゴブリンが、この小屋の扉《とびら》を突き破って侵入《しんにゅう》してくるかもしれない。

腹が減っては戦《いくさ》はできない。

先ほど採取した、新鮮《しんせん》な生卵と、小屋の中にストックしてあった◯ッコーマンの醤油《しょうゆ》、それを交互《こうご》に口に入れて食す。うん美味《うま》い。とりあえず、農家をやってて助かった。

卵とか毎日生まれるし、この小屋を守れば、当面餓死《がし》することはないかもしれない。

それに、異世界とはいえ、目視できる範囲《はんい》に町らしきものがある。あの程度なら徒歩でも往復三時間くらいでいけるだろう。

となると、何か物の売買をするということも可能かもしれない。

そして、ふと、異世界ものの小説では鑑定《かんてい》スキルがあったり、魔法《まほう》が使えたり、何かの異能力あったりするのが定番だったよなということに思い至る。

現実に異世界に来て、その空想上の法則が当てはまるとは限らないが。

ためしに、鑑定！　と鶏を見て念じてみた。

【鶏：一般的な鶏】と表示された。その下によくわからない文字列が並んでいる。

おお！　となる。この時点で俺のテンションは上がる。

では、自分自身はどうだろう。俺は自分自身に向けて、鑑定！　と念じてみた。

【奥田圭吾】と表示された。よくわからない文字列が併記《へいき》されているのは一緒だ。

ちょっとガッカリだ。ステータスとか表示されるのかと思ったからだ。

粗方《あらかた》小屋の中にあるものを確認《かくにん》した俺は、サバイバルを決心する。

鑑定スキルがあることで調子に乗ったのかもしれない。でも、少し希望が持てるじゃないか。鑑定スキルがあるということは、魔法だって使えるかもしれない。

ちょっとした希望というか、そういうのがないと、人間生きていけないと思うんだ。

小屋の中に木でできた容器があったので、それに雨水をためられないかと考えた。雨水なら飲めるだろうし、飲み水はサバイバルをする上で最も大切なものだ。

そこで、草刈り鎌を構えつつ、小屋のドアをそっと開けてみる。

今は日本標準時間では一三時だ。俺の腕時計《うでどけい》で確認したので間違《まちが》いない。腕時計は所謂《いわゆる》、象が踏《ふ》んでも壊《こわ》れないと言われている商品で、太陽光発電が可能なものである。サバイバルではかなり貴重な一品になると思っている。暗くなる時間、夜明けの時間などを計測していこうと思う。

外は、明るかった。太陽は一番上当たりにある。

俺は素早《すばや》く木の容器を外に置いて、小屋の周りを観察する。とりあえず、見える範囲に生物は居ないが、色々と植物が生えている。農業をかじっていたからというわけではないが、恐らく日本にはなかった植物だろうと思われる。俺は、何種類か植物を採取し、小屋に戻った。

k‐3

採取した植物は、ギザギザの葉の紫《むらさき》の花の植物、丸い葉の赤い花植物、丸い葉の青い花植物だ。それを何株か根っこごともってきている。

鑑定してみると、【花】としか表示されない。匂《にお》いをかいでも、鑑定結果に変化はない。やむをえない。食べてみるしかないか。

まずは、丸い葉の赤い花の植物から。何となく、まともな気がしたからというアバウトな理由でしかない。

むしゃむしゃ葉をかじって飲み込む。苦味があって、ちょっと、身体《からだ》から汗《あせ》が出るような感じがした。そして再度鑑定してみる。

【ムレーヌ解毒草《げどく》：ガドル毒、バドル毒の毒素、その他弱毒素を中和する解毒草】

単なる花だったのが、解毒草に鑑定結果が変わった。

鑑定スキルは食べてみると、鑑定結果の表示も変わる仕様だということが解った。

次に、丸い葉の青い花の葉っぱを食べてみる。むしゃむしゃ。

すると、そこはかとなくハーブっぽいよい香《かお》りがして、身体のあちこちが温かくなり、体調がよくなった気がする。そして、再度鑑定。

【イレーヌ薬草：薬草。体力回復の効能がありポーションの材料となる】

薬草！　ファンタジーの定番！　これは積極的に採取しなければいけなさそうなアイテムだ。

最後に、ギザギザの葉で紫色の花の植物。少し嫌《いや》な予感がする。むしゃむしゃ……。

舌に触《ふ》れた瞬間、舌がピリピリして。


「かはっ」


息が詰《つ》まり、目の前がチカチカする。それとともに、同時に急激に下がっていく体温。

俺は、先ほどのムレーヌ解毒草を乱暴につかみ、急いで食べる。

仰向《あおむ》けになり、暫《しばら》く休んでいると、何とか呼吸が落ち着いてきた。

『個体名：奥田圭吾は、毒耐性《たいせい》Ｌｖ１を取得しました』

機械的なアナウンスが頭に響《ひび》くが、それどころではない。死ぬかと思った。

ゼーハーゼーハー言いながら、クラクラする頭を振りながら何とか起き上がる。

ギザギザの葉の紫色の花の植物を再度鑑定する。

【バドル毒草：体力を奪《うば》う毒草】

……。一人で何をやっているのだ、俺は。

……

それから俺は、ムレーヌ草とイレーヌ草、解毒草と薬草の採取と栽培《さいばい》をすることにした。とりあえず、根から採取して、葉っぱをある程度摘み取ったあと、家の前に植えたのである。農具小屋に肥料があったので、撒《ま》いてクワで耕すのは忘れていない。

ついでに、ジャガイモの種芋《たねいも》が小屋に保管されていたので、植えた。これも、北海道では定番の農作物だ。

イレーヌ薬草については、鶏のエサにすることにした。

薬草であるなら、毒に当たって死ぬということもないだろうという判断である。
飲み水については、桶《おけ》やゴミとして捨てる予定だったペットボトルの上部を切って、当面の水を雨水で確保することにした。

「さて、サバイバルの開始といきますか」

――そう。俺はこのとき何よりも『生』を実感し、リアルなドキドキとワクワク感を抱き始めていた。

k‐4

家のまわりをうろうろしていると、粘液質《ねんえきしつ》の何か蠢《うごめ》く物体がいた。
その物体に近付くと、粘液の形を変え俺に物理的に攻撃してきた。バコッ！
痛って。ほっぺたに青あざができる程度には、衝撃《しょうげき》があった。
その物体を鑑定したところ。

【モンスター：スライム】

俺は、小屋に踵《きびす》を返し、リーチの一番長いクワをもって、スライムに刃《は》を立てた。ザクッ！　クワでスライムにダメージを与《あた》える俺。

スライムの物理パンチ攻撃を交《か》わしつつ、ザクザクやっているとやがて、スライムがヘナヘナと力尽《つ》きた。

後には、不思議な色をした石ころのようなものと粘液が残った。粘液はペットボトルに入れ、持ち帰ることにした。


しばらく、家の周りにいたスライムを五～六体クワで駆除《くじょ》したところで。


『個体名：奥田圭吾は、Ｌｖ2になりました。体力5→6、魔力1→2、気力2→3、力5→7、知能67→68、器用さ9→10、素早さ8→9』と機械的な音声のアナウンスが流れると同時に、目の前にステータスウィンドウが表示された。この世界の仕様なのだろうか。

まずは、そのステータスウィンドウ自体に驚《おどろ》いたが。殆《ほとん》どのステータスが一桁《けた》。『最弱』という言葉が頭に浮《う》かんだ。

魔力が2ということがショックだった。俺は実は、とんでもない魔法が使えるのではないかと期待していたのだ。

今のところ、こちらの世界に来た当初に遭遇《そうぐう》した、ゴブリンらしき生物は見ていない。

しかし、出てきたときには、こちらが大変なリスクを負わされることになることには違いない。小さいとは言え、人型のモンスターが武器をもって攻撃を仕掛《しか》けてくるのである。普通に考えれば、包丁をもった通り魔に遭遇するようなものである。

あの奇妙《きみよう》な音声を発する異形《いぎよう》の生物を思い出し、俺は身震《みぶる》いした。

……

ちょっとした変化があった。イレーヌ薬草と、ムレーヌ解毒草を与え続けた鶏たちが変化したのである。

【ハーブ鶏：その肉には滋養強壮《じようきようそう》、体力回復、解毒の効果がある】
【ハーブ鶏の卵：滋養強壮、体力回復、解毒の効果がある】

俺は、二〇羽以上いたハーブ鶏のうち一羽は自分で醤油をつけて、焼き鳥にすることにした。金網《かなあみ》は倉庫にあり、火については、ガスライターと薪《まき》があったので、それで用を足すことにした。

涙が出るほど美味かった。焦燥《しようそう》、不安。抑圧《よくあつ》された極限の精神状態が、最高の料理を食べたことで一気に弛緩《しかん》した。気がつけば、俺の視界は涙で滲《にじ》んでいた。何の涙かよくわからないまま、俺はモグモグと一心不乱に焼き鳥を食べた。

k - 5

俺は、遠くに見える町に勇気をもって行ってみることにした。

往復三時間程度の場所にあるので、とりあえず小屋の方は鍵をかけておけば大丈夫《だいじょうぶ》だろう。鶏には十分なエサと水をあげた上で、出発する。

当然、身一つで行くのではなく、商品をもって。何か有用な商品や情報、何より人脈が手に入るかもしれない。山菜採り用のショイコがあったのでそれに薬草やらハーブ卵などの売り物を入れて出発した。

——俺が甘《あま》かったとしか言いようがない。

「~○~◆△☆~□◆☆！」

何を言っているかわからない。商人らしき女性と話をしているのだか。

門番にはジェスチャーで、商品を示し、指をくるくる回して交易売却《ばいきゃく》する意図を伝えたら解ってくれた。ショイコに入っている薬草や卵、鶏を見れば一目瞭然《いちもくりょうぜん》なんだろうが。

これも、商社勤めの際に外国に行って、商談を身振り手振りこなしてきた、昔とった杵柄《きねづか》というやつである。

商人らしき女性と話をしているうち、判明したことがある。彼女《かのじょ》はサラサという名前であるということ。商店を構えていることからして、商人であろうこと。コンニチハ、イクラデスカ、ウリマス、カイマス、の現地語については言えるようになった。

俺の方も、なんとか自分の名前はケイゴオクダであるということを伝えられたと思う。

それもこれも、日本でサラリーマンをしていたとき、海外で商売をしてきた経験に感謝するしかないだろう。

あと、俺の鑑定スキルでは、説明のあと、よくわからない異国の言葉が併記される。これはおそらく……。俺は、イレーヌ薬草を指差し、小屋にあった、小さめなマジックボードにその鑑定したときに出る異国語を記載《きさい》する。筆談である。

そうすると、サラサは、驚いた口調で何やら話し出す。おそらく、イレーヌ薬草が有用なのだろうということは雰囲気《ふんいき》で伝わってきた。

俺は全《すべ》てのイレーヌ薬草の葉の束を並べると、サラサは銀貨五枚を並べ、指をくるくると回し、交換《こうかん》するというジェスチャーをしてきた。俺は、現地の言葉でウリマスと答えた。

そのやり取りを、ムレーヌ解毒草、ハーブ卵についても同様に繰《く》り返したところ、ムレーヌ解毒草の束は銀貨四枚、ハーブ卵一〇個は銀貨二枚で売却することができた。

一応、バドル毒草についても持ってきてはいたが、試《ため》しに聞いてみると、ついて来いというジェスチャーをされた。

k-6

たどり着いた先は、ドラゴンが火を噴《ふ》いている紋章《もんしょう》が目印の建物だった。

サラサは掲示板《けいじばん》に張ってある張り紙をペリっとはがし、俺がもっているバドル毒草を一株もって、窓口の男性と何やら話をしはじめた。

ちなみに、俺には何を言っているのか、さっぱりわからない。

しかし、その張り紙には、俺がバドル毒草を鑑定したときに併記された、この世界の文字がしっかりと書いてあった。

推測するに、この場所は冒険者ギルドのようなものなのだろう。

待合場所のようなものがあり、武器防具を装備した屈強な戦士風の人々が、こちらを興味なさげに眺《なが》めていた。

そして、あの張り紙は依頼《いらい》というわけか。

サラサは、受付の男性と話がついたのか、俺にこっちへ来いのジェスチャーをし、紙を指差し、物を書くジェスチャーをした。その際、はっきりと、「ケイゴオクダ」と口にした。

記名しろということなのだろうな。契約書《けいやくしょ》か何かだろう。

俺は、すっかりサラサを信用するようになっていた。わざわざ手を引いてここまで連れて来て、俺に不利益なことをするわけがないと思っている。どちらにせよ、言葉のわからない俺には、一人で

生きる手段なんてないのだから。

俺は、快くサインをすることにした。『ケイゴオクダ』とこの世界の文字で記入した。ちなみにその文字は、自分自身を鑑定した際に出た文字である。どこかアラビア文字っぽい趣《おもむき》のある文字で、模写するのに結構苦労した。

それが終わると、窓口の男が奥《おく》へ引っ込み、何かサッカーボールサイズの水晶《すいしょう》のような球体がついた道具をもってきた。

それに手をかざすジェスチャーを、男からされる。

俺は水晶のような球体に手をかざすと、下にあったカードに俺の顔写真が記載された身分証のようなものが出来上がった。

それを手渡《てわた》され、何かわからない言葉とともに、ゆびをくるくるさせた。

それは、おそらくまた何か手に入ったらもって来いのジェスチャーであると理解する。

そして、バドル毒草一株については銅貨三枚で引き取ってもらえた。

俺は、アリガトウの言葉をまだ覚えていないので、九〇度ぐらいの深いおじぎをした。その際に俺は、日本語で「ありがとう」と言った。

男とサラサは笑顔《えがお》になったので、おそらくこちらの意図は伝わったと思う。

そして、用は済んだとばかりに、サラサは手をヒラヒラさせて、その場を去って行った。

俺は、冒険者ギルドらしき場所を出る前に、掲示板の依頼を見て、文字をマジックボードに小さく書き写すことにした。ちなみにスライムという単語があったので、それをペリっとはがし、再度受付の男に持っていった。

念のため、ペットボトル容器にスライムを倒《たお》した際に採取した粘液と、魔核《まかく》という黒い石ころをもってきていた。

スライム討伐《とうばつ》の依頼達成だったようで、粘液と銅貨一枚を交換してくれた。魔核の方はどうやら依頼達成条件ではなかったようだ。

k - 7

もってきた荷物を売却した結果、手持ちの所持金は銀貨一一枚、銅貨四枚となった。

パン屋さんでパンと革袋《かわぶくろ》に入った水をショイコ半分くらいになるまで買った。それでも銀貨一枚で済んだ。これだけあれば、とりあえず飢《う》え死にだけは免《まぬが》れるはずだ。

その後、町を歩いて見つけた剣と盾《たて》の看板。そこはまさしく、武器防具の店だった。

中に入ってみると、スキンヘッドのイカツイ隻眼《せきがん》の店主がいた。

俺が身振り手振りで、武器防具がほしいということと、所持金が銀貨一〇枚であることを伝えると、店主は黙《だま》って俺に、鞘《さや》に入ったショートソードと革で作られた鎧《よろい》を投げてよこした。いかにも、初心者用という代物《しろもの》だったが、背に腹は代えられない。俺は「カイマス」と現地語で伝え、商談は成立した。

ここで下手にディスカウントしたりすれば、今後の人間関係に影響《えいきょう》を及《およ》ぼすかもしれない。ここは、言い値に従っておくほうが無難だと判断した。

ディスカウントの交渉《こうしょう》は高いものを買うような、ここぞというときのみ行うというのが鉄則だ。卵や薬草なら、まだまだ取引をする予定なので、ここは取引関係の構築を重視しなければならない。

できれば、棚《たな》に立てかけてある弓矢も欲《ほ》しかったが、聞けば金貨二枚とのこと。

今はちょっと手がでないので、これは追々《おいおい》ということにしよう。

最後に、彼《かれ》は自分はマルゴだと名乗り、俺にゴツイ手で握手《あくしゅ》を求めてきた。俺も、彼がおそらくこちらの言葉で「ヨロシク」と言っているのを真似《まね》して、「ヨロシク」と握手を返した。そして俺は、マルゴの武器防具店を後にし、小屋に戻ることにした。

今日は、結構収穫《しゅうかく》があった。まず、こちらの世界の人と交流をもてたのが大きい。現地の言葉をいくつか覚えたし、鶏の卵やハーブ類、魔物の素材などの取引先が見つかった。

まずは、スライム相手にショートソードで戦闘《せんとう》をしつつ、薬草の採取をして、取引をするという生活をしよう。

小屋に戻るまで、ちょっと歩きすぎて疲《つか》れたなと思い、イレーヌ薬草をムシャムシャとかじってみた。そうすると、身体が温まり軽くなった。

『個体名：奥田圭吾の体力が、6→7となりました』

どうやら、体力が上がったらしい。俺は基本的に仕事以外はインドア派な性質で、体力はない方だ。今日の活動は、今までの俺からしたら考えられない程の運動量となる。回復と同時に、体力上限値が上がったということだろう。

k - 8

一〇：〇〇

次の日、俺は朝食と鶏の世話を終え、革鎧とショートソードにショイコを背負うという姿で探索《たんさく》に出かけた。いつも通りスライムを狩《か》りつつ、植物を採取して回る。

今日は葉の形が細長く、黄色い花をつけている植物、もみじの形をした葉に紫とピンクが混ざった色をした花をつけている植物を発見した。

その他、イレーヌ薬草、ムレーヌ解毒草も採取した。

思うに、これって、葉を煮詰《につ》めて液体にすることでポーションにできるのではと思い至り、今度作ってみようかなと思う。そして、スライムを狩り続けること一二体目で。

『個体名：奥田圭吾は、Ｌｖ２からＬｖ３になりました。体力７→８、魔力２→３、気力３→４、力７→９、知能68→69、器用さ10→11、素早さ９→10』

一三：〇〇

そろそろ切りがよいかなと小屋に戻る。

そして、【花】としか表示されなかった、二種類の新たな植物の鑑定をすることにしたいと思う。

まず、葉の形が長く、黄色い花をつけている方の植物を鑑定する。匂いは特に問題ないようだ。ムシャムシャ……。俺は、その植物の葉を注意深く噛《か》みつつ飲み込む。

頭の奥の方が温まる感じがした。イレーヌ薬草は体全体が温まる感じがするのに対しこれは、頭がスッキリするような感じだ。そして、再度鑑定をしてみると。

【ベルジン魔力草：葉と花びらに魔力と気力を回復させる成分が含《ふく》まれている】

ふー。毒草ではなかったようで一安心である。まるで、ロシアンルーレットをしているかのような心境である。これは数株採取してきたので、庭に植えることにする。

次は、紅葉《もみじ》のような葉をした、ピンクと紫色をした花をつけた植物の方である。嫌な予感がするが、食べてみないことにはわからない。注意深く、スンスンと匂いをかいでみるが、やはり判別不能だった。しかし、有益な薬草である可能性も捨てきれない。

ままよ。俺はムレーヌ解毒草をもう片方の手に持ち、意を決して草を口につっこむ。

……。舌がビリビリする。草を飲み込むと頭にガツンと衝撃がきた。と同時に意識が混濁《こんだく》し始める。まだ、かろうじて意識がある俺は、ムレーヌ解毒草を急いで飲み込む。

パタリと倒れること、三〇分あまり。解毒に成功したのか、俺は意識を取り戻す。

『個体名：奥田圭吾は、毒耐性Ｌｖ２を取得しました』

またもや、機械的なアナウンスが流れる。これも修行《しゅぎょう》の一環《いっかん》ということになるのだろうかと、天《てん》井《じょう》を見上げながらボンヤリとアホなことを考える。優秀《ゆうしゅう》な暗殺者は毒を少量ずつ飲み、耐性をつけると言うし、これも似たようなものなのだろうか。そして、再度植物を鑑定してみる。

【ガドル毒草：意識を混濁させ、幻覚《げんかく》を見せる毒草】

これも一応数株もってきているので、ハーブや食物類とは別の場所に一応植えておくことにする。バドル毒草も売ることができたのだから、何か用途《ようと》があるのかもしれない。

k‐9

一五：〇〇

植物の鑑定が終わり、まだ時間があるので、町で今日の収穫物を売ってこようと思う。しかし、徒歩で町と小屋を往復する時間を短縮できないかなと思う。馬車でも調達できればよいのだが。

鶏に雨水をやり、ショイコにハーブや毒草、スライムの粘液、魔核を入れる。小屋に鍵をかけた後、俺は町へ出かけた。

町への出入りは、冒険者ギルドであろうところが発行した、身分証明書のおかげで入ることができた。初めて来たときのような、取引に来たという門番とのやり取りも不要だった。

冒険者ギルドに顔を出し、スライム三体の討伐クエストとガドル毒草一株の採取クエスト、イレーヌ薬草五枚の採取クエストの張り紙を剥《は》がし、窓口のおじさんに提出する。そして、スライム三体分の粘液を提出。

スライム一匹《ぴき》は、かなりの大きさだが、魔核を抜《ぬ》き出すと身体が維持《いじ》できず蒸発し、採取できる素材となる粘液はペットボトルの三分の一程度に過ぎない。したがって、ペットボトル一本でスライム三体分の討伐の証《あかし》とみなされるようだ。

残りのガドル毒草一株とイレーヌ薬草五枚を提出。しめて、銀貨二枚の報酬《ほうしゅう》となった。

俺が帰ろうとすると、窓口のおじさんに呼び止められた。

何を言っているのか、相変わらずわからないが、俺の特技ジェスチャーコミュニケーションが発揮される時である。それによると、身分証明書にポイントが記載されていて、依頼をこなすごとに、それが加算されていくらしい。

ギルドポイントは特典と交換できるそうで、その一覧が書かれたメモがある。その中でオススメなのが、戦闘系スキルを指導してくれるというものだ。

身振り手振りで魔法を出したり剣を振るジェスチャーをしてくれたので、なんとか俺にも理解できた。ちなみに今回のクエストをこなしたことで、剣を振るものはＯＫとのことだったので、剣術指導の特典は受けられるようだ。

最後に、ギルド職員のおじさんはダンという名前だということを知った。俺はアリガトウと言って、九〇度のお辞儀《じぎ》をした。

せっかくなので、その指導とやらを受けてみることにした。

俺は、建物内にある道場のようなところに通された。そこには、人形と思しき訓練用の物体と指導教官がいた。指導教官は俺に握手を求めてきた。俺は、「コンニチハ、ケイゴオクダ」と述べ、握手をした。彼はカイという名前だそうだ。

彼は、木剣《ぼっけん》を俺に投げてよこし、俺に技《わざ》の説明と実演をしてみせた。

説明の方は、何を言っているか解らなかったが、実演の方は、剣に気のようなものをためて、一撃を与える技のようだった。木剣が白く光りそれを人形に叩き込むと、「ズガッ！」という音とともに、人形が吹き飛んだ。

カイ先生が、俺にもやってみろとジェスチャーをする。カイ先生は俺の手つかみ、目をつぶり、気を込める。

そうすると、俺の中で何かが目覚めたような感覚が芽生える。

俺は人形を立て直し、木剣に気を込め叩きこむ。カイほどではないが、「ガスッ！」と音がする程度には、威力《いりょく》のある一撃ができた。人形は少しずれる程度だった。

『個体名：奥田圭吾は、バッシュＬｖ１を取得しました』

カイはパチパチと手を叩いてくれた。どうやら、おめでとうと言っているようだ。

おれは日本語で「アリガトウ」と言い、お辞儀をした。

この世界の言葉で「アリガトウ」ってなんて言うんだろうな？　と思っていると、カイ先生が教

パチ
パチ

えてくれた。カイ先生の説明によると、スキルは熟練度があるらしく、何度も繰り返し練習しろ、とのことだった。

俺は、冒険者ギルドを後にした。

k・10

一七：三〇

結構時間を食った。サラサのところにも行かないといけない。サラサのお店はまだ開いていたので、とりあえず安心する。

サラサに「コンニチハ」と言い。持ってきたハーブ類、毒草、卵を出す。これらの品は、鮮度《せんど》が命なところがあるから、毎日だって来てくれると嬉《うれ》しいはずだ。

イレーヌ薬草の束は銀貨六枚、ムレーヌ解毒草の束は銀貨五枚、バドル毒草の葉は銀貨二枚と銅貨四枚、ベルジン魔力草の束は、金貨一枚と銀貨三枚で売れた。ハーブ鶏の卵二〇個は銀貨四枚で売れた。スライムの魔核については一個銅貨二枚とのことでこれは銀貨四枚になった。しめて、金貨三枚、銀貨四枚、銅貨四枚となった。

ちなみに銀貨は一〇枚で金貨一枚になる。植物が見分けられるようになったことと、最初よりは慣れてきたことで、割と採取効率があがってきた。家の前で育てることもできるし、もう少し効率を考えた行動を心がけたいと思う。

ついでなので、サラサに店の商品を見せてもらうことにする。

魔核については、魔法具という装置のようなものがあり、それの動力源として使用しているようだ。実際に、商店には『コンロ』のようなものがあった。それに魔核をはめる部分があり、それを動力として火を出すことができるようだ。魔核は、日本で言うところの電池のようなものだろうか。

他にも、魔核を動力源として光る、『ランタン』が売っていた。

また、ポーションが売られていた。試験管のようなビンに入ったイレーヌ薬草の体力ポーションが金貨三枚もしていた。おそらく、戦闘中に摂取《せっしゅ》するなら、飲み物の方が素早《すばや》く摂取でき、薬効もよいのだろう。

俺はまだ、魔法を使ったことがないのでわからないが、スキルを覚えたので、気力を回復させるために、ポーションは必要なのではないかと思った。なぜなら、バッシュを一度使ったあと、もう一度使おうとしても、木剣は白く光らなかったからだ。単純に気力の枯渇《こかつ》であると思われる。妙《みょう》な倦怠感《けんたいかん》もあるし、あとで、ベルジン魔力草を摂取してみよう。

移動用の馬についても聞いてみた。もちろん、ジェスチャーとマジックボードに絵を描《か》いてだ。しかし、馬は金貨一〇〇枚はするとのことで、今すぐ俺がどうこうできるものではなかった。サラサにフライパン、鍋《なべ》と薪を少々ほしいと言ったら、タダで譲《ゆず》ってくれた。

見事なスタイルのクセに、太っ腹なことよな。

k - 11

一八：三〇

続いて俺は、マルゴ武器防具店に行く。所持金は金貨三枚、銀貨六枚、銅貨八枚。

今の俺の装備は革の鎧に、ショートソードという最低限の装備なので、もう一度じっくり装備を見てみたかった。

マルゴに挨拶《あいさつ》し、店内を物色する。明らかに質のよいショートソードがあった。しかしそれは、値札を鑑定すると金貨五枚と書いてあった。残念。

他にも、別の革素材や金属で作られたライトアーマーやら、ロングソード、様々な大きさの盾、弓などが置かれていた。

俺は、腕《うで》に装着できるタイプの金属で補強されたスモールシールドと、弓矢を購入《こうにゅう》することにした。遠距離《きょり》攻撃の手段がなく、魔力もほぼないという状況《じょうきょう》。魔法習得の見込みもないだろうとの判断と、防御力《ぼうぎょりょく》の強化のためだ。しめて、金貨二枚と銀貨四枚だった。

マルゴの店を出た俺はもう既《すで》に遅《おそ》い時間となっていたことから、酒場に寄って、ニンニクと干し肉を調達。エールと水を革袋に入れてもらい、町を後にした。

家に帰る道中で、ベルジン魔力草を食べてみたところ、先ほどまでの倦怠感が嘘みたいに回復した。

『個体名：奥田圭吾の気力が、4↓5になりました』

限界を超《こ》えたからなのか、薬効自体の効果なのか不明だが、訓練をすることで、ステータス値が上昇《じょうしょう》するらしい。筋トレのようなものだろうか。

家に到着《とうちゃく》した俺は、家の前に作った簡易竈《かまど》で火を起こし、早速《さっそく》フライパンで、ハーブ鶏の卵、干し肉、にんにくで簡単な料理を作り、カチカチの黒いパンと一緒にエールをチビチビやりながら食べる。

火を起こしたついでに、イレーヌ薬草を鍋で煮込《にこ》んでみることにした。その煮汁《にじる》を冷まして、ペットボトルに移す。

ちょっと飲んでみると、葉をムシャムシャ食べるよりも、かなり身体が温かくなったし、効能もよいようだ。ペットボトル二本分くらいの量ができ、これだとサラサの店にあったビン五本分くらいにはなりそうな量である。鑑定してみると【イレーヌ薬草の体力ポーション：薬効、即効性《そっこうせい》が草の状態よりも高い。体力傷回復（小）】と出た。

『個体名：奥田圭吾は、錬金術《れんきんじゅつ》Ｌｖ１を取得しました』

他のハーブ類についても、在庫が溜《た》まったら、色々と試してみようと思う。

k－12

次の朝、いつものようにパンと卵の朝食を食べ、鶏を軽く散歩させたり世話をしてから、採取に出ることにした。ちなみに鶏のエサにハーブばかりではもったいないので、パン屑《くず》を与えることにしていた。

装備は、革の鎧に腕装着型のスモールシールド、ショートソード、弓。

しばらく、植物を鑑定しながら薬草類を中心に採取していると、近くに不穏《ふおん》な気配を感じた。

――そこには、緑色のモンスター、『ゴブリン』がいた。

幸いゴブリンは、こちらに気づいていないようだった。ゴブリンはダガーを装備している。スライムと異なり、多少の知性を感じて、より一層恐ろしく感じる。

しかし、いつまでも逃げてはいられないと、腹をくくる。相手が複数なら逃げるしかないが、一体である。俺は弓を構え、身体の中心に狙《ねら》いを定める。ビシュ！　矢がゴブリンの肩《かた》にヒットする。

「ゲギャッ！」ゴブリンは落としたダガーを拾いつつ、こちらに赤くテラテラと光る目を向ける。俺は一瞬怖気《おじけ》づく。しかし、意を決して盾を構えつつ、ゴブリンに剣先を向ける。

「ギギャー！」ゴブリンが耳障りに奇声《きせい》を発しながら、ダガーを構えて一直線に向かってくる。俺は、ゴブリンのダガーの突きを、スモールシールドで防ぐ。そしてカウンターで、袈裟《けさ》斬りを繰り出す。
袈裟斬りはゴブリンにヒット。しかし浅い。緑色の血を流しながら、ゴブリンはそれでも、ダガーを構え、一直線に進んでくる。同じ攻撃パターンだ。俺は今度も盾でゴブリンの一撃を防ぎ、カウンターでバッシュを叩き込む。
バッシュはゴブリンの頭に命中。ゴブリンの討伐に初めて成功したのだった。

『個体名：奥田圭吾は、Ｌｖ３からＬｖ４になりました。体力８↓10、魔力３↓４、気力５↓６、力９↓11、器用さ11↓13、素早さ10↓12』

やはり、ゴブリン一体だけでもスライムとは経験値が違うようだ。単調な攻撃だったとは言え、スモールシールドがないと、かなり危険な攻撃だったように思う。今倒せたのは、相当な幸運が重なったからなのではないかと思う。念のためゴブリンを鑑定しておく。

【グリーンゴブリン：ランカスタ地方全域に生息する亜人《あじん》の魔物】

ゴブリンからは、耳と魔核と鞘付きダガーだけを収集する。耳は討伐の証になる。実際、そうやって報告しているパーティを、昨日確認している。耳はそのままだと嫌なので、適当な葉に包むことにした。
その後、ゴブリンと出くわすことはなく、スライムを討伐しつつ、採取を終えて小屋に戻った。

今回採取したものの中にブドウに似た木の実があったので、食べてみることにする。

当然、ムレーヌ解毒草を煮込んで作った【ムレーヌの解毒ポーション：解毒効果、即効性は葉よりも上。解毒効果（小）】は用意した上で。

食べると、少し甘酸《あまず》っぱい味がした。もっとも、ブドウの味はしない。不思議な味だ。身体の不調はなく、むしろ、体調がよくなった気がする。鑑定した結果。

【デルーンの実：体力、魔力、気力回復効果（微小《びしよう》）】

これはポーション作りに使えるかもしれない、と思った。

k・13

一六：〇〇

ポーション作りのために簡易竈に火を起こしていると、割と近くで「アオーン」と狼《おおかみ》の遠吠《とおぼ》えが聞こえた。

俺は、急いで小屋に戻り、スモールシールドとショートソード、弓を持ち出し、小屋に鍵をかける。すると、五〇メートル先に狼らしき生物、三体が現れた。

「やべえ……」

鑑定と念じてみると、【狼】とだけ出た。使えねえ。二・五メートル程度の奴《やつ》が一匹と二メートル程度の個体が二匹。冷や汗をかく。

俺は、弓を撃ちつつ、小屋の壁《かべ》を背に戦うことにした。後ろに一面でも壁があれば、全方位から狙われることを防げると考えた。

ひたすら弓を撃つが、敵は素早く当たらない。

三匹の狼は散開し、俺という獲物《えもの》を狩ることに決めたようだ。リーダー格らしい狼を中心に俺を挟《はさ》むように移動する二メートルの狼二匹。その間も弓を撃ち、なんとか二メートルの狼を掠《かす》めた。しかし、狼はそのような攻撃はものともせず距離をつめてくる。

もっとも俺は、モンスター対策として、古典的な罠《わな》を仕掛けてあった。『落とし穴』である。落ちてくれるだろうか……。俺は落とし穴の横に立ち、狼が近づくことに備える。

リーダー格の狼は動かない。俺は二メートルの二匹を視界にとらえつつ、ショートソードと盾を構える。二メートル級のうちの一匹が、落とし穴を飛び越《こ》えて俺に飛びかかった。

盾で牙《きば》をガードするも爪《つめ》で腹を引っかかれた。革鎧が傷つき、布のところは切り裂《さ》かれて血が滲んだ。俺は、何とか盾と剣で落とし穴の方に一匹を弾《はじ》き落とし、穴に叩き落とすことに成功した。身動きのとれない狼の頭に、剣技『バッシュ』を叩き込み仕留めた。

それを見た、もう片方の狼はリーダー格と合流。しばらく睨《にら》み合いが続いた。

俺は、敵から視線を外さず、ペットボトルに入った体力ポーションを飲み、口を手の甲《こう》でぬぐう。

すると、肩で息をしていたのが収まり、痛みのあった腹の傷の痛みが引いていった。気力を回復するためにベルジン魔力草も食べた。

——時間がやけに長く感じる。

結局、リーダー格の狼が「アオーン」と一声合図し、敵は森の方へ帰っていった。

「た……助かった」

俺は、ヘナヘナと急激に力が抜け、その場に尻餅《しりもち》をついた。

k‐14

改めて、俺が倒した狼を鑑定してみる。

【ブルーウルフ：ランカスタ地方全域に生息する狼の魔物】

つまり、ここはランカスタ地方という地名だということになる。

俺は、ブルーウルフを落とし穴から出して、落とし穴を木の枝や葉っぱ、土をかけて修復。ゴブリンのドロップ品であるダガーを使って、ブルーウルフの解体に取り掛かったがかなりヘタクソな結果となった。

鶏やシカの血抜《ちぬ》きや解体はしたことがあるが、狼なんて初めてだからな。今度町で誰《だれ》かにモンスターの解体の方法を教えてもらおう。

皮と肉、牙や爪それぞれに分けて解体した。あとはブルーウルフの魔核がとれた。皮もシカでやるのと同じような方法でなめしてみた。

肉を鑑定すると、【ブルーウルフの肉：食用可能、品質最低】と出たので、半分を自分用に、もう半分を町に売りに行くことにした。皮や牙、爪といった部位はサラサに買い取ってもらうか、冒険者ギルドに行ってみて、討伐の依頼があれば、そこで交換をしてみるつもりだ。

昼の一三時になったので、昼飯作りと、ついでにベルジン魔力草でポーションを作ることにした。

今日の昼飯は、早速獲《と》ったブルーウルフ肉のステーキである。フライパンで、ニンニクと醤油で焼いて食ったら中々美味かった。

ポーションは、ベルジン魔力草を煮込んでみた。試しに、デルーンの実も一緒に煮込んでみた。そして出来上がったのがペットボトル２本分の煮汁で、鑑定してみると。

【デュアルポーション（小）：魔力、気力、体力が回復する。効果は魔力、気力が小、体力が微小】

組み合わせることで、別のものができるということだろうか。

さてと、町へ出かけよう。

今日の商品は、イレーヌ薬草の体力ポーション、ブルーウルフの肉、皮、牙、爪、魔核。ゴブリンの魔核、デュアルポーション（小）である。

ちなみに、大体の目安として、朝日が昇《のぼ》るのは六時頃《ごろ》、日が落ちるのは一八時頃で俺が北海道で農家をやっていた時とほぼ時間は同じだ。なので、大体の目安で活動時間、睡眠《すいみん》時間を計算、把握《はあく》している状況である。

k‐15

一五：三〇

町に到着。ちなみに町の名前はレスタと言うらしい。門番とコミュニケーションをとる中で解った。

まず冒険者ギルドに寄って、依頼がないか確認をする。

ブルーウルフとゴブリンという単語があったので、依頼書をペリっと剥がし、窓口のダンのところへ持っていく。そして、ゴブリンの耳と、ブルーウルフの爪や牙を見せる。

そうすると、ダンさんは指で輪をつくり、ＯＫのジェスチャーと一緒に「○～◆△★」。

「オーケー」だとか「大丈夫」という意味なのだろう。また一つ、言葉を覚えた。

ゴブリンの耳とブルーウルフの爪は回収された。その代わり、討伐報酬として、銀貨四枚とポイントをもらえた。

ちなみにダンに数字を教えてもらった。指を一本立ててこれが一という感じで。となると、俺の今のポイントは14ポイントということになる。

ちなみに魔法のジェスチャーをしたスキル指導は150ポイントと書かれてある。まだまだ、遠いな。

次に、サラサの店に寄ることにする。

サラサにウリマスと現地語で伝えると、台を指差し、物をだせのジェスチャーと言葉をかけられた。ちなみにサラサは中々の美人さんで、髪《かみ》の毛は赤っぽいブラウン。目鼻立ちはくっきりしていて、背もそこそこ高い。一六〇センチ以上はある。年齢《ねんれい》は見たところ二五歳くらいに見える。言葉のわからない俺にも優《やさ》しく接してくれているし、本当によい娘《むすめ》さんである。

さて、商品の売却であるが、ブルーウルフの毛皮、牙は銀貨五枚、魔核は銀貨一枚、ゴブリンの魔核は銅貨六枚。ダガーは解体用に使うので売らない。

体力ポーションは試験管一本で金貨三枚もしているが、それは作製の手間や保存性能がよいからだと思われる。ペットボトルに入れたポーションを見せると、試験管五本分強の容量があること、中間マージンを差し引き、金貨一五枚で買い取ってもらえることになった。

デュアルポーション（小）を見せ、鑑定結果の現地語をマジックボードに書いて見せるとサラサは驚き、金貨二〇枚の価値があると言った。マージンを差し引いて、金貨一九枚で買ってもらえた。

サラサは金貨三四枚、銀貨六枚、銅貨六枚を革袋に入れて、俺に差し出した。俺はそれを受け取り、現地語でアリガトウと言い、彼女と握手を交わした。

俺は、サラサに寝具《しんぐ》や歯ブラシがないか、ジェスチャーで聞いてみた。

何とか通じたらしく、ブルーウルフの毛皮を加工した掛け布団《ぶとん》、藁《わら》を布でくるんだような敷《し》き布団。これが、二つで金貨四枚だったので、買うことにした。

また、ショイコだけだと流石《さすが》に布団の持ち運びは無理なので、人力の荷車を買うことにした。なお、歯ブラシは三本おまけしてもらった。

荷車に購入した荷物を積んだ俺は、店を後にしたのだった。

k・16

一七：〇〇
サラサの店を出た俺は、食料品の店でパンと水と干し肉、葉物の野菜、ワインらしき酒を買った。荷車を手に入れたので、保存の利《き》く干し肉と酒は、少し大目に買うことにした。これが銀貨四枚と銅貨八枚だった。

続いて入った、マルゴの武器防具店。
俺は、マルゴに金貨を見せて、アドバイスをもらうことにした。彼は、あごに手をやり、ジョリジョリと思案顔。そして、店の中にある武器防具から、比較的軽そうな革素材のガントレットとグリーブ、同じ素材のライトアーマーを取り出した。いずれも、今俺が身に着けている革の鎧よりもよさそうだ。それと、前に俺が見ていた、ちょっとよいショートソード。
試しに鑑定をしてみると、今の俺の装備は。

【ショートソード：劣《れっ》鉄製、最低品位素材の剣】
【革の鎧：動物の皮を素材とした、最低品位素材の鎧】

対して、マルゴの薦《すす》めてきた装備を鑑定してみると。

【ショートソード：銑《せんてつ》鉄製。通常品位素材の剣】
【ライトアーマー：魔物の皮を素材とした通常品位の鎧】
【ライトガントレット：魔物の皮を素材とした通常品位の籠手《こて》】
【ライトグリーブ：魔物の皮を素材とした、通常品位の具足】

というものだった。

流石に俺の鑑定スキルでは細かい素材の内容まではわからないが、前のものよりよいのは確かである。ショートソードは金貨8枚、鎧、ガントレット、グリーブ一式で金貨二〇枚。合計金貨二八枚だが、金貨二七枚にまけてくれた。今までの装備を下取りに出し、劣化も込みで銀貨八枚で引き取ってもらえた。

俺は「アリガトウ」と言葉をかけマルゴと握手を交わした。そして彼は、ニヤリと陽気な笑《え》みを浮かべ、俺の肩を拳《こぶし》でゴツンとやった。「ガンバレ」のジェスチャーだ。

「マルゴ、サンキューな」

俺は思わず、日本語で返していた。「しまった」と思ったが、伝わったのだろう。マルゴは陽気な笑顔を崩《くず》さなかった。

一八：〇〇

店を出た俺は、荷車を引きつつ小屋に戻ることにした。

小屋に戻る途中《とちゅう》で、スライムが居たので狩りつつ。ベルジン魔力草とイレーヌ薬草があったので、株ごと引っこ抜いて、荷車に載《の》せ持ち帰った。

k・17

一九：三〇

小屋にたどり着いた俺は、根ごと引っこ抜いてきた、ベルジン魔力草とイレーヌ薬草を家の前に植えなおした。

今日は疲れたので、夕飯は簡単に済ませようと思う。

ハーブ鶏の生卵と醤油を木の器《うつわ》にいれて食べる。後は干し肉をイレーヌ薬草と一緒にかじりつつ、買ってきた酒を飲む。薬草の効果もあってか、これはかなり身体が温まる。

赤ワインっぽい酒を鑑定してみる。

【ミランの果実酒：甘口《あまくち》の酒】

確かに甘口であるが、結構度数が強い。赤ワインくらいあるのではないかと思う。簡易竈の前に木の切り株椅子《いす》を置き、暖をとりつつ酒を飲んでいると、俺の頭に根本的な疑問がよぎる。

——ここは、どこなのだろう？

それは、現時点では絶対に答えの出ない疑問だった。

空を見上げると、満天の星と蒼《あお》い月が見える。

俺は、東京の人ごみに嫌気《いやけ》がさし、お金も一生無理をしなければ暮らしていけるだけの額が手に入ったので、田舎暮らしを選択《せんたく》するような性分《しょうぶん》だ。今の環境《かんきょう》は、田舎暮らしという一点においては、それほど日本と変わることはない。但《ただ》し、モンスターが出るようなサバイバルでなければ、という条件つきではあるが。

この世界は、非常にリアルなＲＰＧゲームのようなものらしい。ステータスやスキルが存在し、モンスターもいる。今はスライムなどの低級のモンスターとしか遭遇していないが、高レベルのモンスターと遭遇することも十分あり得る。

そういったことも加味しつつ、色々生き抜く知恵《ちえ》を身につけなければならない。

当面家の周りに落とし穴などの罠や、敵襲《てきしゅう》を知らせる鳴子《なるこ》を仕掛けようと思う。寝込《ねこ》みを襲《おそ》われたりしたら、為《な》す術《すべ》がないのだから。次に町に行ったときは鳴子用の糸を仕入れたいと思う。

そろそろ眠《ねむ》たくなってきた。俺は歯ブラシで歯をみがき、荷車から布団を小屋に運びいれ、今まで寝ていたダンボールの上に敷《し》き、眠りについたのだった。

k‐18

目覚めはよかった。

寝具を購入したのは正解で、かなり快適な睡眠をとることができた。

朝の日課である鶏の世話に加え、俺は小屋の裏に木材で製作した弓の的を立て、弓の訓練をすることにした。また、毒草を食べることで、毒耐性が身につくことも解ったので、ダメージを負うことで身体が強化されるのではないかと推論を立てることもできた。

俺は、ポーションを片手に、スライムを探す。スライムを見つけた俺は、ひたすら殴《なぐ》られ続け、クラっときたらポーションを飲むという、傍《はた》から見ると、変人にしか見えないような作業を続けてみた。すると。

『個体名：奥田圭吾は、物理攻撃耐性Ｌｖ１を取得しました』

この作業は体力的にも精神的にもかなりキツイものがある。好んでやりたいと思うものではない。俺は、スライムを剣で倒した。

その後、暫く採取のため、森の方を歩いていたら、全長一・五メートルくらいのでかいコウモリモンスターが出てきた。鑑定してみると【コウモリ】とだけ出た。

そのコウモリ型モンスターは結構素早く、しかも剣の届かない絶妙《ぜつみよう》な位置にいて、たまに降りてきて噛みつき攻撃をしてきた。とりあえず、盾で防いでいるが、吸血攻撃っぽいので、結構危ないかもしれない。俺は、弓を構え、身体の中心目掛けて撃つ。

ビシュ！

身体には命中しなかったが、羽に命中し、高度が下がった。俺はそこを見逃《みのが》さず、剣に持ち替《か》え、バッシュを叩き込む。コウモリの頭をかち割った。

『個体名：奥田圭吾は、Ｌｖ４から５になりました。体力10↓11、魔力４↓５、気力６↓７、力11↓12、知能69↓70、器用さ13↓14、素早さ12↓13。バッシュＬｖ２を取得しました』

俺は、コウモリを再度、鑑定してみた。

【ジャイアントバット：ランカスタ地方全域に出現するコウモリ型モンスター。毒、体力吸収攻撃あり】

ジャイアントバットをその場で解体し、羽、牙、毒袋《ぶくろ》、魔核を取得。

そろそろ昼飯時なので、ここで切り上げ、採取した植物とスライムやジャイアントバットの素材を小屋に持ち帰ることにした。

k - 19

一二：三〇
小屋に帰ると、サラサと知らない戦士風の男がいた。

俺は「コンニチハ」と挨拶した。俺は戦士風の男に、俺の名前は「ケイゴオクダ」であると伝えた。戦士風の男は「自分はジュノである」と教えてくれた。

それから、サラサがお土産《みやげ》にもってきた茶葉で、お茶を淹《い》れることにした。

お礼に、丁度昼食時だったので、干し肉と卵を使ったベーコンエッグっぽいものを作って、パンと一緒に出してあげた。なお、俺は簡単な木のテーブルを空いた時間で作りあげていた。小屋にはノコギリ、釘《くぎ》、トンカチ。そして適当な木材があったので、日曜大工よろしく、製作していた。

そのテーブルを囲む形で、切り株を用いた簡易椅子を三つ並べ、お茶を飲みながら話をした。

ジェスチャーで理解したところによると、どうやら、俺に町に移り住まないかと言っているようだ。

俺は人ごみが嫌いで、田舎の一人暮らしをするような男である。しかも言葉の通じないような土地で、町の『しがらみ』の中で生きるなど、まっぴらである。当然、「ノー」と現地の言葉で返事をする。

なお、ジュノはサラサの護衛役であり、今回はサラサの身の安全のため、依頼を受けて付いて来たとのこと。

サラサはジュノが背負ってきたショイコを指差し、ついでに買い取りをするということだったので、俺は、解体したジャイアントバットの羽、牙、毒袋、魔核を取り出しテーブルに並べた。ついでにスライムから採取した粘液と魔核一〇個。ガドル毒草とバドル毒草。薬草類は、ポーションにした方が利益があがること、また錬金術スキルのレベル上げにもなると思われることから、売却は見送った。

サラサから、ハーブ鶏の卵を要求されたので、小屋からとってきて、五個をテーブルにコトリと置いた。

ジャイアントバットの素材は討伐の証である羽を除いて金貨一枚、銀貨五枚。スライムの粘液と魔核は銀貨四枚、ガドル毒草とバドル毒草は合計、銀貨四枚で買い取ってもらえた。ハーブ鶏の卵は効能や味、保存性能が通常のものとは違うとのことで、前回は一〇個で銀貨二枚だったが、今回は五個で銀貨六枚になるとのことだった。

金貨二枚、銀貨九枚と交換することができた。

ジュノのショイコの中には。色々と商品が入っており、カチカチの黒パン、水、ミランの果実酒、シカの干し肉、ニンニクが入っており、生活に必要そうなものを持って来てくれたようだった。これらを俺は、銀貨三枚で譲ってもらった。

取引を終えた俺は、鳴子用に糸がほしい旨《むね》サラサに伝えた。糸はマジックボードに書いて、何とか伝えることができたと思う。

そうして、サラサとジュノは町へと帰って行った。

k-20

一四：三〇

サラサとジュノが帰った後、俺は、採取してきたものの分析の時間に当てることにした。

まず、新しく採取した植物の確認から行う。細長い葉に茎《くき》にトゲトゲがあり、赤い花が特徴の植物。現時点では、鑑定しても【花】としか表示されない。葉をもしゃもしゃと食べてみる。ちょっと苦味があるかなというだけで、これといって何もない。そして、再度鑑定してみる。

【ガーベルの花：泥《どろ》の中に咲《さ》く平凡《へいぼん》な花、特段の薬効などはない、特に毒などもない】

平凡な花だという鑑定結果だったが、俺はなぜか、この花が気に入った。水と一緒にペットボトルに入れて、小屋の中に飾《かざ》ることにした。

花だけではなく、木の実と表示されるものもデルーンの実であったりと、有用な発見もあった。ならば、【石】と表示されるものも、有用な鉱石であれば、表記が変わったりするかもしれない。植物の場合であれば、取り込んで、効用を把握することで鑑定結果が変わった。鉱石についても同様なのではないか。

俺は、採ってきた【石】と表示されたものについて、分析してみることにした。

まず、赤色の石から。歯でかじるのは流石に無理なので、鋼《はがね》のヤスリで一部を削《けず》り粉にして、舐《な》めてみる。舌が熱くなった。水、水。

そして再度鑑定してみると。

【火炎《かえん》石：火属性をもった石】

単なる石ではなかった。色々と気になる点はあるが、とりあえず保留する。

次に、白く紫色の線が入った石を削って、粉を舐めてみたが、無味無臭《むしゅう》だった。

【フェムト石：研磨剤《けんまざい》の材料となる】

持って来た石はこの二種類だった。石を試しに金槌《かなづち》で細かく砕《くだ》いてみてから鑑定をしてみる。

【研磨剤：金属や宝石を研磨《けんま》する際に使用すると、効果が向上】

火炎石を、金槌で細かく砕いて鑑定してみると【火炎石の粉】と出る。これを、研磨剤と混ぜてから再度鑑定すると、【火炎研磨剤】と出た。俺は、またもクエスチョンを体全体で表現する。首をかしげ、身体が斜《なな》めになる。

これはどういうことだろう。火属性とはなんだ。ＲＰＧではお馴《な》染《じ》みの単語だけれども、そのままの意味なのだろうか。研磨はそのままの意味だろう。

確か砥石《といし》はある。草刈《くさか》り鎌などの農具用のものが。俺は棚から砥石を引っ張り出す。試しに、解体用のダガーに火炎研磨剤《けんまざい》を振りかけ砥石でシャッシャッと砥いでみた。しばらくそうしていると、刀身が薄《うす》く赤く輝《かがや》き出した。

俺はダガーを鑑定してみる。

【ファイアダガー：劣鉄製、火属性が付与《ふよ》されたダガー】

『個体名：奥田圭吾は、鍛冶《かじ》Ｌｖ１を取得しました』

どうやら、『砥ぐ』という行為《こうい》は鍛冶になるようだ。

試しに、ファイアダガーを薪に突き立てると、プスプスと煙《けむり》が出て、しばらくすると発火した。ショートソードも同じく、火炎研磨剤を作製し、砥ぐことにする。ダガーの時よりも、結構な量の火炎研磨剤が必要となりそうだ。なお、ダガーの時に使用した火炎研磨剤を再度鑑定してみたが、ただの【粉】になっていた。

シャッシャッシャッシャ。砥げども砥げども、ショートソードが変質する気配がない。念のため鑑定してみても、【ショートソード：銑鉄製。通常品位素材の剣】、粉のほうも【火炎研磨剤】と表示される。

結局、ショートソードに火属性を付与することはできなかった。

k - 21

一五：三〇

火炎研磨剤でファイアダガーを製作するという、思わぬ収穫物があった。これがいくらで売れるか、気になるところだ。そして、ファイアダガーの素材として、ダガーがほしい。鳴子用の糸も用意しなければならない。ということで、俺は明るいうちに町に行くことにした。俺は小屋に鍵をかけ、町へと向かった。

一応、依頼書があるかもしれないので、ガドル毒草とバドル毒草、二種類はもっていくことにする。今回は大量に物を買うつもりはなかったので、ショイコを肩にかけて行く。

途中、出現したモンスターはスライムが二体ほど。バッシュで倒した。素材の粘液と魔核も回収。

町に着いた俺は、マルゴの店に向かう。

マルゴに「コンニチハ」と挨拶をする。なお、ここはランカスタ地方なので、『ランカスタ語』と呼ぶことにした。

俺は早速マルゴにファイアダガーを鞘ごとゴトリとテーブルに置き、マジックボードにランカスタ語でファイアダガー、劣鉄製と記載。するとマルゴは目を見開いて驚き、何か言った。「嘘だろ」的なことだと思うが。

マルゴはちょっと借りてよいか？　というジェスチャーをしたので、俺は、ランカスタ語で「ＯＫ」と言う。

マルゴは外に出て、適当な木材にファイアダガーを突き立てる。すると、木材が発火。ファイアダガーを丹念《たんねん》に観察し、何度もマルゴは頷《うなず》いていた。

俺はマルゴに「ウリマス」と伝えるとともに、自分で作れるということをジェスチャーで伝えると、マルゴは驚いていた。売値は金貨三〇枚。俺は再度「ウリマス」と伝えた。

そして、店を見回して、金属の鞘付き、劣鉄製のダガーを見つけた。大量に入った木箱を見つけたので、そこから五本取り出して、「カイマス」と言った。

するとマルゴは、ファイアダガーの素材だと推測してくれたのだろう、頷いて「銀貨四枚」と言った。俺は「カイマス」と言った。

後は、弓で結構手を怪我《けが》することが多かったので、弓用のレザーグローブも購入した。これが金貨一枚。

マルゴは、ファイアダガーの作り方を知りたかったようだが、秘密だとジェスチャーで答えた。当然のことだと、マルゴも解ってくれたようだ。

マルゴの店を出た俺は、サラサの店に向かった。

サラサに手を上げて挨拶し、糸はあるかとジェスチャーで聞く。

サラサは「ちょっと待って」のジェスチャー、そして、家の周りに張り巡《めぐ》らせるには十分な量の糸を持ってきた。俺は店の中を見渡《みわた》し、鍋と小瓶《びん》を新たに購入することにした。ガドル毒草とバドル毒草を煮詰めて毒薬を作り、矢に塗《ぬ》ったらどうだろうと思いついたのである。

糸、鍋、小瓶、薪、食料を少々。しめて金貨一枚銀貨七枚だった。なお、渡《わた》したスライムの魔核分は差し引いてもらっている。

俺は支払《しはら》いを終え、サラサに「アリガトウ。サヨウナラ」とランカスタ語で伝え、店を後にした。

冒険者ギルドに寄って、バドル毒草、ガドル毒草、ジャイアントバットを含む討伐の依頼を納品。

身分証明書のポイントは14ポイントから24ポイントになった。

k - 22

一八：三〇
特段モンスターに遭遇することもなく、小屋に到着した。

早速俺は、小屋の周りに糸で鳴子を仕掛けた。これで、寝ている間に糸に触れる敵がいれば、小屋の中で木がカランカランと鳴る。

念のため、糸よりも小屋側に、かなり深い落とし穴を三つほど掘《ほ》った。穴に葉付きの木の枝をいくつか載《の》せて、その上に軽く土をかぶせてカモフラージュする。

今日はもういい時間だし、結構体力を使った。疲れたので、イレーヌ薬草を噛む。すると身体がぽっと温かくなり。


『個体名：奥田圭吾の体力は、11→12となりました』

それから俺は、金網でブルーウルフのステーキを作り、新しく仕入れた果実酒と一緒に食べた。新しい果実酒は白く透《す》き通った色をしており、少し辛口《からくち》の味がした。

【バルゴの果実酒：辛口の果実酒】

白ワインのような見た目だが、また少し違う不思議な味わいのするお酒だった。

簡易竈に火を入れたついでにポーションと、毒薬を作製することにした。

まず、ポーション作りだが、イレーヌ薬草、ベルジン魔力草、デルーンの実を一緒に煮込んでみた。できた煮汁を一舐めしてみると、頭がシャッキリし、身体がポワポワ温かくなる感覚があった。

鑑定してみると、【デュアルポーション（中）：体力傷回復（中）、魔力回復（中）、気力回復（中）】と出た。と同時に。

『個体名：奥田圭吾は、スキル、錬金術Ｌｖ２を獲得《かくとく》しました』

次に、鍋を毒草用のものに取《と》り替《か》え、ガドル毒草とバドル毒草を一緒に煮込んでみた。

結果的に毒々しい色の液体ができた。鑑定してみると、【毒薬】とだけ表示される。

ムレーヌ草の解毒ポーションを用意し、勇気を振り絞《しぼ》って、一滴《てき》だけ舐める。

――そして、世界が回った。

グワングワンと耳鳴りがする。俺は急いで解毒ポーションを飲み、その場にぶっ倒れた。

……時計を見ると、三〇分くらい倒れていたようだ。頭を振って、何とか立ち上がる。

『個体名：奥田圭吾は、毒耐性Ｌｖ３を取得しました』

俺は再度、毒薬を鑑定してみる。

【ゲバル毒：薬効（中）。レジストするためには毒耐性Ｌｖ５以上が必要】

何とか無事だったのは、毒耐性Ｌｖ２だったことと、解毒薬の効果、それと毒自体が少量だったからと思われる。この世界で毒耐性は、実のところ、物凄《ものすご》く重要なのではないだろうか。
俺はゲバル毒に矢尻《やじり》を浸《ひた》し、暫く乾燥《かんそう》させてみた。残りはサラサの店で買ってきた小瓶に入れた。間違って、矢尻で指とか切らないようにしないと。そのために、マルゴの店で弓用レザーグローブを購入したわけだが、一抹《いちまつ》の不安は残る。解毒ポーションは最低限の備えである。
次にファイアダガーの製作に取り掛かる。バルゴ果実酒を軽くやりながらの作業だ。劣鉄製のダガーを火炎研磨石で研磨していく。一本辺り一〇分くらいかかっただろうか。小一時間で四本分のファイアダガーが完成した。

『個体名：奥田圭吾は、スキル、鍛冶Ｌｖ２を取得しました』

一本は自分用、三本は売却用。もう一本の普通のダガーは解体用だ。解体するときにファイアダガーを使うと、傷口を止血してしまい、血抜きができないと考えられた。

丁度ガスライターの燃料が切れてしまったところだ。しかし、ファイアダガーがあれば、火起こしの用は足りる。

二三：〇〇

流石に疲れた。俺は歯をみがき、布団にもぐりこんだ。

……

夜中、鳴子がカランカランとなって、俺はガバッと布団をはねのけた。盾を装着、ショートソードと弓を持ち小屋の外に出る。と、そこには落とし穴にはまったゴブリン二体がいた。俺は弓で穴の上から、毒の矢をお見舞《みま》いした。ズドッ、ズドッ。ゴブリン二体は、ビクンビクンと身体を痙攣《けいれん》させ息絶えた。

俺は穴からゴブリンを引きずり出し、糸を再設置。落とし穴をカモフラージュする。

夜も遅い。倒したゴブリンは明日解体することにして、俺は再び身体を休めることにした。

k‐23

翌朝、鶏の世話をした俺は、ゴブリンを解体した。

黒パン、ハーブ鶏の卵と葉物野菜で朝食。その後、日課である弓の練習をやる。

ゴブリンのドロップ品を用いて、ファイアダガーを製作しようとしたが、火炎研磨石の在庫がないことに気がつき、フェムト石と火炎石の採取に出かけることにした。

道中、スライム三体に遭遇し、倒した。

俺は、フェムト石と火炎石がある森方面に向かう。見つけた素材は、荷車に載せたショイコが一《いっ》杯《ぱい》になるまで採取した。荷車をその場に置くと、もう少し森に近づいてみるかと思い立つ。


——そして、しばらく歩くと、俺は二足歩行のモンスターに遭遇したのだった。


鑑定をしてみると、【モンスター】としか出ない。

一〇〇メートルほど先に、そのモンスターは居た。俺は弓を構える。

相手を観察すると、シミターに盾を装備。二メートルほどの筋肉質の巨躯《きょく》に、犬の頭。指には鋭《するど》い爪、エメラルドグリーン色の体毛が生えている。

かなり強そうだ。こめかみから、冷や汗が垂れる。

ビシュッ！

俺は心を落ち着け、敵の身体の中心を狙い、毒矢を放つ。が、敵は矢を盾ではじく。

ビシュッ！　ビシュッ！

俺はあきらめず、二連射。二射目が敵の足を掠める。と同時に相手がフラつき、膝《ひざ》をつく。俺は剣を構えて、敵に斬りかかる。が相手は持ち直しなんとか盾でガード。お互《たが》い剣と盾で攻防《こうぼう》を繰り返した。相手は、やはりゲバル毒が効いているのか、肩で息をしている。俺は袈裟斬りのフェイントからの横薙《な》ぎ斬りでスキル、バッシュを放つ。

ズゴッ！

敵の腹部に、剣がクリーンヒットする。そして、体勢を崩した敵の心臓に、ファイアダガーを突き立てた。俺は、敵を倒すことに成功した。

『個体名：奥田圭吾は、Ｌｖ５からＬｖ６になりました。体力12↓13、魔力５↓６、気力７↓９、力12↓14、知能70↓71、器用さ14↓16、素早さ13↓15。バッシュＬｖ３を取得しました』

俺は、敵を再度鑑定してみた。

【コボルトファイター：二足歩行の魔物、ランカスタ地方の森を生息域とする】

森方面は、危険なモンスターが出ると認識しておくべきだろう。

俺は、コボルトをダガーで解体した。劣鉄製のシミターと盾は回収。毛皮、肉、手足の爪にバラす。肉を鑑定してみると、【コボルトファイターの肉：そこそこ美味。状態毒】と書いてあったので、捨てた。解体した素材を荷車の空きスペースに積むと、急に腰《こし》が抜けた。

——俺は、本気の命のやりとりのヤバさとは何かについて、そこで改めて実感したのだった。

k - 24

一一：〇〇
自宅小屋に戻ると、武器防具店のマルゴが切り株椅子に腰掛け、ふあとアクビをしていた。「今日はどうした？」とジェスチャーで聞いてみると、軒先《のきさき》に並べてあった、ファイアダガーを指差した。

俺は、木のテーブルにゴトリと二つ、ファイアダガーを置く。マルゴはそれを木片《もくへん》に突き立て、問題ないことを確認。何度も首肯《しゆこう》する。

マルゴはファイアダガー三個を、金貨九〇枚で売ってくれと交渉してきた。俺は「イエス」と答え、商談が成立した。

その後マルゴは、荷車から金属製のヘルムと銑鉄製のダガーを取り出すと、ゴトリとテーブルに置いた。ランカスタ語で、何かを言ったがわからない。が、オススメの品だということだけは解る。品物を実際身に着けて確認した俺は、有《あ》り難《がた》く購入することにした。

マルゴは俺に、町に住まないかとジェスチャーで誘《さそ》ってきた。しかし、俺は「ノー」のジェスチャーをして断った。マルゴは心配そうな顔をする。申し訳ないが、俺は本当に、人間の「しがらみ」

が苦手なんだ。

俺は、「自分でも、ダガーや剣を作ってみたい」とジェスチャーでマルゴに言ってみた。マルゴは少し驚いていたが、胸をドンと叩いて「任せろ」のジェスチャー。「ハウマッチ」と俺が聞くと、少し考えたマルゴは「金貨六〇枚」と答えたので、俺はその場で支払った。

鍛冶技術は、何も武器防具を作るためのものだけではない。例えば、金属性の調理道具なども、作れると便利だ。

そうしていると、サラサが荷馬車でやってきた。今日は一人でやってきたようだ。危ないなあ……。今度から、きちんと誰かと一緒に来るように注意する。

サラサとは、イレーヌ薬草の体力ポーションをペットボトル三本分。金貨四五枚で取引した。ペットボトルは、後で返してもらうようにお願いした。

また、コボルトファイターの毛皮を金貨一枚、ハーブ鶏の卵を銀貨六枚で売却した。彼女の荷馬車に積んである商品を確認。木材は全て買い取った。

サラサ曰《いわ》く、徒歩で一時間半かかる道のりが、馬だと三〇分。つまり三倍の速さで来ることができるらしい。是非《ぜひ》欲しいものだ。

前にサラサは、金貨一〇〇枚くらいだと言っていた。既に買える金額が貯《た》まっているので、相談してみると、馬車は問題なく買えるとのことだった。俺は、サラサに前金で金貨五〇枚を渡す。「残りは、馬車を譲り受けた時に支払う」とジェスチャーで伝えた。

そして、マルゴとサラサは町へと帰って行った。

k - 25

一四：三〇

「さて、何をするかな」

腕時計をチラリと見た俺は、そうつぶやいた。

寝床《ねどこ》は土の床《ゆか》にダンボールを敷いて寝ているような状態である。せめて寝床には、木の板を敷き詰めることにしよう。木材は、先ほどサラサが持ってきたものがある。

ノコギリで木材を丁度よい大きさに切り分け、カンナで整形する。お父さんの日曜大工レベルではあるが。

何とか、木の板を小屋の中の生活スペースに敷き詰める。鶏との間に仕切りを作り、最後に箒《ほうき》で掃《は》いて掃除《そうじ》をした。

……

一七：〇〇

この手の大工仕事は、凝《こ》り出すとキリがない。

やり切った感があるので、晩酌《ばんしゃく》でもしたいなあと、いつもの俺が顔を出し始める。が、「いや待て」ともう一人の俺の理性が、「まだまだ安全なわけじゃない」と反論してくる。

理性が勝ち、鍛冶仕事をすることに決めた。俺は、採取してきたフェムト石と火炎石を金槌で叩き粉々《こなごな》にする。その粉を混ぜて、火炎研磨剤を作製した。

試すのは、鍛冶Ｌｖ２になった今、銑鉄製のショートソードに火属性の付与ができるかどうかである。

火炎研磨剤で銑鉄製のショートソードを研ぐこと二〇分。刀身が薄く赤く発光した。

俺は、ショートソードを鑑定してみる。

【ファイアソード：銑鉄製の中品位の金属製の剣。火属性が付与されている】

――カラン、カラン。

次の瞬間、室内に設置された鳴子が音を立てる。緊張《きんちょう》が走る。

武器を手に、扉を少し開け、外を窺《うかが》う。ブルーウルフがチラリと見えた。敵もこちらの様子を窺っているようだ。

装備を整えた俺は、可能な限り気配を消し、外に出る。

体長二メートルほどの個体が三体。うち一体は、落とし穴に嵌《はま》っている。そこにすかさず、毒矢を打ち込み仕留める。後二体。

距離をとりながら、弓を打つ。一体に矢がかすったが、即死《そくし》とまではいかなかった。俺は、小屋の壁を背に、盾と剣を構える。

ブルーウルフは俺を挟むように、同時に飛び掛かってきた。俺は身を屈《かが》め、一体は盾で防ぎ、もう一体はファイアソードを胴体《どうたい》に突《さ》き刺した。転げまわるブルーウルフ。盾で防いだ一体は、落とし穴に押《お》し戻した。落とし穴にはまった一体の頭に、剣を突き刺し仕留める。次に、転げまわっていた個体と対峙《たいじ》する。

グルルルル。唸《うな》るブルーウルフ。剣で突き刺した胴体から、血が垂れている。動きの鈍《にぶ》ったブルーウルフに、慎重《しんちょう》に狙いを定め、俺は毒矢を打ち込み仕留めた。

——俺は、ブルーウルフ三体に勝利した。

『個体名：奥田圭吾は、Ｌｖ６からＬｖ７になりました。体力13↓16、魔力6↓8、気力9↓10、力14↓16、器用さ16↓17、素早さ15↓16』

ｋ‐26

一九：三〇

夜の帳《とばり》が降り、俺の腹もグーっとなる。

今夜は疲れた。俺は、シカの干し肉とイレーヌ薬草をかじりつつ、バルゴの果実酒を飲む。戦闘で疲れた身体に染《し》み渡る。

明日は、マルゴとサラサがやってくる。それまで、ポーションでも作りつつ過ごそう。

俺は飯を食いつつ、この世界で起きたサバイバルな日々を、紙に書いて残したいと思った。生きた証。遺書のようなものである。こんなに頻繁《ひんぱん》にモンスターに襲われるとすれば、俺の命はそう長くはないように思われた。

連日の戦闘で、今、一番必要なものは、『安全』であると思い知った。
しかし、だからといって、他人と馴《な》れ合うつもりは毛頭ない。煩《わずら》わしいだけの関係など、最初からいらない。安全よりも孤独《こどく》を選ぶ。こんな自分は、きっと変なのだろう。
――否《いな》。孤独ではない。俺が欲しいのは、自由だ。

そして、夜は更《ふ》けていった。

……

六：〇〇
翌朝、目が覚めた俺は、活動を開始する。
顔を洗い、身体をタオルで拭《ふ》く。鶏の世話をし、剣の素振《すぶ》りと弓の練習を行う。いつものローテーションだ。

七：〇〇
朝食をとる。黒パン。野菜、ハーブ鶏の卵、干し肉をフライパンで調理したものを食べる。

八：三〇
ポーション作りを開始する。今日は、ベルジン魔力草と、ムレーヌ解毒草を混ぜて煮込んでみる。
そして、できた煮汁を鑑定してみると。

【パルナ解毒ポーション：中位の毒を解毒する。魔力回復（小）】
『個体名：奥田圭吾は、錬金術Lv3を取得しました』

俺は、新たな解毒薬の開発に成功した。
錬金術のLvも鍛冶と同じように、何かに作用するのだろう。攻略本《こうりゃくぼん》が欲しいところである。
その後、マルゴとサラサが、職人を引き連れてやって来た。鍛冶場と厩《うまや》を作ってくれるらしい。

トンテンカン　トンテンカン

平原に、釘を打つ音が響く。職人たちの手によって、鍛冶場と厩が併設《へいせつ》されていく。
鍛冶小屋には炉《ろ》や金床が設置され、火鋏《ばさみ》、金槌、石炭などが運び込まれる。厩には、水桶《みずおけ》、飼料入れ、馬具などが置かれていった。

……鍛冶小屋と厩の完成には、二日を要した。

職人たちが作業をしている間、サラサから馬具の取り扱《あつか》いや、乗馬の基本的な技術の手ほどきを受けた。またマルゴからは、劣鉄のダガーを素材に、劣鉄の肩当《かたあ》てを製作する鍛冶技術を教わった。

俺は、サラサとマルゴから、ビジネスライクな付き合いだけではない、『ナニカ』を感じつつあった。町に住むことを拒絶《きょぜつ》し、自分の殻《から》に閉じこもる俺。マルゴとサラサは、そんな俺でも、優しくノックを続けてくれる。

――このとき、俺はまだ。この『ナニカ』の正体について、気がつくことはできないでいた。

k - 27

翌朝。俺は鶏の世話をしてから、町へ出かけることにした。

持っていくものは、ゴブリンの耳二つ、コボルトファイターの爪一つ、ブルーウルフの爪三つ。冒険者ギルドへの報告が目的である。冒険者ギルドでのスキル習得は、是非とも活用したい。馬車で歩むこと数十分。町に到着した。

俺は、馬を冒険者ギルドに併設された厩に預ける。町には活気があって、露《ろ》店《てん》などがチラホラと並んでいる。宿の看板、服屋の看板なども見える。

冒険者ギルドに到着すると、ダンが俺を見て手を上げてきたので、俺も手を上げて答える。依頼掲示板を確認すると、ゴブリン、ブルーウルフ、コボルトファイター、スライムと書かれた討伐依頼書があった。

俺はそれらを剥がし、ゴブリン二体、ブルーウルフ三体、コボルトファイター一体、スライム八体の討伐の証を提出すると。ダンはそれを確認した後、金貨三枚、銀貨三枚、銅貨八枚を渡してきた。ギルドポイントは27ポイント入り、24ポイントから51ポイントとなった。

俺はダンに頼《たの》んでギルドポイントの特典を教えてもらう。Ｌｖ１弓スキルの取得が50ポイント。Ｌｖ１盾スキルの取得が50ポイント。Ｌｖ２の剣スキルの取得が100ポイント。Ｌｖ１魔法の取得が150ポイントとのこと。

ちなみに既に取得済みの『バッシュ』は、初心者支援《しえん》として、タダで教えてもらえたらしい。初心者冒険者が死ぬ事例が後を絶たず、初期スキルを指導するという方針をとっているものと思われる。

今だと50ポイント以上あるので、Ｌｖ１の弓スキルとＬｖ１の盾スキルのどちらかを選べる。しかし、俺はどうしても、Ｌｖ１の魔法スキルを覚えてみたかった。というわけで、今回はポイントを交換せず、貯めることにした。

また、冒険者ギルドには、ちょっとした物販《ぶっぱん》コーナーがあった。ポーションなどの冒険者に必須《ひっす》のアイテムが置いてある。物販コーナーを物色していた俺は、よいものを見つけた。

【アンクルスネア：歩行性の動物、モンスターを捕獲《ほかく》するための罠】

いわゆる虎挟《とらばさ》みである。罠として仕掛けることができ、足の自由を奪うことができる。まさに、今の俺に必要なものであり、有用な罠だった。

俺は「あるもの全部」とダンにジェスチャーする。しめて金貨三枚で、俺は大量のアンクルスネアを手に入れた。

冒険者ギルドを後にした俺は、サラサの店に向かった。服を買うためである。

俺は、農作業をしていたところ、この世界に飛ばされた。服などはもっていない。流石に、着替《きが》えの服が欲しかった。俺は、適当な色の服を、上下二着選び購入した。

昼飯時。露店の前に椅子とテーブルが並べられ、オープンテラスのようになっている場所を見つけた。俺は、黒パンに肉が挟まったものと、見たことのない果実ジュースを購入。果実は赤いオレンジのような。しかし、オレンジではない不思議な味のする果実だった。【ルミーの果実】というらしい。

俺は、ルミーの果実が気に入り、露店のオバチャンに何個か譲ってもらった。

昼下がり。曇天《どんてん》なり。一雨きそうだったので、俺は小屋に戻ることにした。

小屋に到着したところで、丁度ポツリポツリと雨が降ってきた。俺は、水を貯めるために、桶を外に出した。

k‐28

俺は雨降りということで、それから鍛冶に没頭《ぼっとう》した。

炉に火を入れる。劣鉄製のショートソード一本、シミター一本、ラウンドシールド一個、肩あてが一個ある。それを溶《と》かして、インゴットとして精錬《せいれん》する。

石炭と一緒に燃やして溶かし、精錬する。すると劣鉄に混じっている不純物が、浮き出てくるのが見える。溶けた金属を火挟《ひばさ》みで取り出し、金床へ。金槌で叩く。整形した金属を水で冷やし固める。浮き出た不純物はヤスリで削る。

そうしてできた金属を鑑定してみると、【銑鉄のインゴット】と表示された。

続いて、俺が今装備しているのは革の防具。これの、急所や攻撃を受けやすい場所を銑鉄で補強する。肩から胸にかけてと膝、肘《ひじ》。

俺は銑鉄のインゴットを再度炉に入れて溶かし、思い描《えが》いた形に金槌や火挟みを使って整形していく。一〇〇点満点とまではいかないまでも、防具の補強をすることができた。


……

一九：〇〇
ずいぶんと鍛冶仕事に没頭していたようだ。

気がつけば、雨はすっかり上がっていた。満天の星だ。俺は足元に注意しつつ、仕入れてきたアンクルスネアを、鳴子の糸の外側に設置する。

俺はふと、風呂《ふろ》に入りたいなあと思った。どうにかできないかと、あれこれ考えていたら、名案が浮かんだ。

その後、ガドル毒草とバドル毒草を一緒に煮込み、ゲバル毒を作製した。矢に毒を浸して、火の近くに並べて乾燥させた。

汗をかいたので、タオルを桶に貯まった水で濡《ぬ》らし、身体を拭く。そして、買ってきた服に着替えて、それまで着ていた服は貯めていた水で軽く水洗い。竈の火の近くで干す。

二一：三〇
俺は軽く寝酒《ねざけ》をやり、歯をみがいてから眠ることにした。

k - 29

翌朝。俺は、小屋の外から獣《けもの》の気配を感じた。剣と弓を持って、外に出る。弓を構えながら小屋の周りを一周する。すると、魔物ではなく『シカ』がアンクルスネアにかかり、身動きが取れなくなっていた。

俺は、早速捕《と》らえた獲物を木に吊《つ》るして、血抜きの上解体。レバーは鮮度が命なので、すぐに食した。うん、美味い。胡麻油《ごまあぶら》と塩がほしいところである。朝飯は捕らえたばかりのシカ肉のステーキにした。食べきれない肉は、干し肉にするために塩漬《しおづ》けにした。

――さて、朝食を終えたところで、今日も採取に出かけるとしよう。

今日も、森の方に行ってみようと思う。ただし、この間のコボルトファイターのような強敵もいるので、油断せず、無理そうな敵がいたなら逃げる。

スライムなどの雑魚《ざこ》を狩りつつ、未鑑定の植物とハーブ類を中心に採取していく。


――ふと、石像のようなものが目に留まる。

よく見ると、それはゴブリンによく似た石像だった。というよりも、ゴブリンが石化したものに違いなかった。嫌な汗が、額にジワリと浮かぶ。

――ギイエエエエエ

甲高《かんだか》い絶叫《ぜっきょう》。明らかに魔物の鳴き声だった。俺は恐る恐る身を低くして、声の方に進む。すると。いた。変な化物が。

見た目は鶏。五メートルはあろうかという巨躯。尻尾《しっぽ》が蛇《へび》。

まだこちらには気づいていないようだ。俺は木陰《こかげ》に身を隠《かく》し、そいつを鑑定してみたが、【モンスター】としか出ない。しかし、俺はこの特徴的なモンスターを知っている。『コカトリス』だ。RPGなどでは定番のモンスターだ。石化攻撃と毒のブレスを仕掛けてくる強力なモンスターだったはずだ。俺は木を背に、気を落ち着かせようと試みる。そして俺は……。
申し訳ないが、俺は逃げた。それはもう全力で。ショイコは木陰に置いてきた。涙と鼻水を垂らしながら逃げた。
そこのあなた。ちょっと剣をもって、あの化け物に挑《いど》むことができますか？　申し訳ございませんが、俺には無理です。
またもや俺は、猛ダッシュで小屋に逃げ込み、中から鍵をかけて布団にもぐりこんだのだった。

……

涙と鼻水でグッチョグチョになりながら、ハーブ鶏を抱《だ》っこして、傷を負ったハートを癒《い》やしていると、小屋のドアがコンコンとノックされた。

――留守にしております。

しかし、しつこくノックしてくる。誰だよ。煩《うるさ》いなあ。
俺は、仕方なくドアを開けると、サラサがいた。折れてしまった俺の心に、サラサの優しい声が響く。気がつけば、俺はサラサに抱きついて泣いていた。サラサは最初驚いたようだが、黙って俺の頭を撫《な》でてくれた。

……


その光景は、マルゴとジュノに見られていた。恥《は》ずかしい。

俺は、先ほど森で見た恐ろしい化け物のことを、地面に絵を描きつつ、身振り手振りで説明した。

すると、ハゲ頭を撫でながらマルゴは、やっつけるとジェスチャーした。

「マジで？　俺は嫌だよ？」と思っていると、マルゴは自分とジュノと俺を指差し、サラサはここに残るように指示した。ショックを隠せない俺は、「アレをどうやって？」と聞いた。

そうすると、マルゴは俺のもっている『パルナ解毒ポーション』を指差した。これで大丈夫ということなのだろうか。俺は、コカトリスの討伐作戦に、なし崩し的に参加することになってしまった。


マルゴ、ジュノの武器にゲバル毒を塗った。マルゴは両手斧《りょうておの》、ジュノはロングソードを装備していた。不安しかないが、敵の状態異常攻撃には、パルナ解毒ポーションで対応する。

マジックボードを使いつつ、絵とジェスチャーだけで、作戦の打ち合わせを終えた俺たちは、コカトリス討伐に向け出発したのだった。


——目視できる場所に、ヤツがいた。

俺は、敵の左右にマルゴとジュノがゆっくり移動するのを目の端《はし》にとらえつつ、ゆっくり身を低くして敵に近づいていく。弓の射程圏外《けんがい》にアンクルスネアを仕掛けた後、弓の射程圏内《けんない》に入った俺は、コカトリスに向け毒矢を放つ。

バシュ　バシュ

――ギイエエエエエ

コカトリスに毒矢が命中し、雄《お》たけびを上げてこちらに突進《とっしん》してくる。ある程度毒は効いているようだが。怖すぎる。

俺は、後退しながら弓を打つ。

バシュ　バシュ　バシュ

コカトリスはアンクルスネアの場所を踏みつけ、金属が敵の足を挟む。

――ギイエエエエ

恐ろしげな雄たけびを上げるコカトリス。するとそこに、左右からマルゴとジュノが接近。マルゴは両手斧を蛇の尻尾に振り下ろし、ジュノはコカトリスの足に向けロングソードを放つ。ゲバル毒の攻撃に、身をよじるコカトリス。

それを見た俺はファイアソードを構え突進し、コカトリスの足にバッシュを決める。

――ギイエエエエエ！

グラつくコカトリスは、そこで渾身《こんしん》の毒ブレスと石化攻撃を見舞う。それに、俺とジュノが被弾《ひだん》する。身体の皮膚という皮膚が粟立《あわだ》つ。急いでパルナ解毒ポーションを飲むと、皮膚の粟立ちが治まった。ジュノも解毒ポーションを飲んだおかげか、大丈夫なようだ。

『個体名：奥田圭吾は、石化耐性Ｌｖ１を取得しました』

アドレナリンが過剰分泌《かじょうぶんぴつ》されているのだろう。なぜか恐怖《きょうふ》を感じない。

その間、毒ブレスと石化攻撃を免れたマルゴは、敵の蛇の尻尾を切断することに成功。

バランスを失ったコカトリスはその場に胴体をつく。

好機と見た俺は、コカトリスの左から首筋に向けてバッシュを。ジュノは右からコカトリスの首筋に向けてバッシュを放つ。

ザザン！　ドスン！　コカトリスの首が落ちた。

『個体名：奥田圭吾は、Ｌｖ７からＬｖ９になりました。体力16↓18、魔力8↓10、気力10↓12、力16↓18、知能71↓73、器用さ17↓20、素早さ16↓19』

――俺たちはなんとか勝利を収めることに成功した。

k－30

――一人では到底《とうてい》勝てる相手ではなかった。

しかし、誰かと力を合わせれば、不可能と思われる困難も乗り越えていける。俺は、この命のやり取りで実感した。俺たち三人は拳をガチリとあわせ、やったなと笑顔でお互いの背中をバンバンと叩いた。

……

俺たち三人はその場でコカトリスを解体した。コカトリスは目、嘴《くちばし》、爪、羽、肉、毒腺《どくせん》、魔核に解体することができた。肉は毒で汚染《おせん》されているので捨てた。

俺は、石化の視線攻撃をしてきた目を鑑定してみると、【コカトリスの目：石化属性付与の素材】と出た。毒腺を鑑定してみると【コカトリスの毒腺】とだけ出た。

肉も鑑定してみたが、かなり美味いと出ただけだった。食ってみたいが。とりあえず、コカトリスの素材は俺の家に持ち帰った。

家に戻ると、サラサが食事の支度《したく》をして待っていてくれた。サラサには小屋の中にあるものは何でも使って調理してよいと言ってあった。

丁度今朝《けさ》狩ったシカ肉があったので、新鮮なレバーを刺身《さしみ》で食べるのと、シカステーキ、後はサラダとシカの骨で出汁《だし》をとったスープを作っていてくれた。

腹がグーっと鳴る。それから、皆《みな》で遅い昼食を食べた。

……

後から聞いた話だと、あのコカトリスはこの辺りで出るようなモンスターではなく、森の中のダンジョンで出るような、高レベルのモンスターだそうだ。

稀《まれ》にダンジョンから、モンスターが溢《あふ》れ出すことはあるが、それも滅多《めった》にないとのこと。ダンジョンの調査、冒険者ギルドや町の責任者に報告が必要であると三人は話しているようだった。

それはさておき、コカトリスの素材の分配である。

俺は目と毒腺を希望した。なぜなら、新しい毒が調合できるかもしれないし、目は武器に新たな効果を付与できる可能性があるからだ。

残りの爪、嘴、羽、魔核はマルゴとジュノに譲った。

嘴はコカトリス討伐の証になるらしく、マルゴが代表して、報告、討伐報酬とポイントはそれぞれ三等分することにした。

k-31

一六：〇〇
コカトリスの素材の配分が決まり、俺は、ちょっとした実験をしようと考え付いた。というのも、コカトリスの毒腺を用いた新たな毒の開発である。
マルゴとジュノは用があるとのことで先に帰った。サラサは俺の雰囲気に不穏なものを感じたのか、残ると言い出した。

試すのはズバリ、ゲバル毒の素材に、コカトリスの毒腺を加えて煮込んだらどうなるか。というものである。

グツグツ煮立《にた》つ鍋にガドル毒草、バドル毒草、コカトリスの毒腺を入れて煮込む。

俺は集中して混ぜる。ある程度煮詰まると、少し鍋の中の液体が発光し、ゲバル毒は薄紫《うすむらさき》色をした液体だったが、さらに深く赤みがかった色の液体になった。

完成したっぽいので、鑑定してみると、【毒】とだけ表示される。

はっきり言って、滅茶苦茶怖い。しかし、試してみないと、何に使えるかわからない。何をするのか察したサラサは、目をひん剥《む》いて俺の腕をつかみ止めにかかる。

しかし意を決した俺は、コカトリスの石化攻撃さえレジストする、パルナ解毒ポーションを片手に、その毒物を一滴舐めた。

頭に雷《かみなり》が落ち、世界が回った。急いでパルナ解毒ポーションを口に含み飲み込むが、そのままぶっ倒れ、俺は意識を失った。

……

目が覚めた。物凄い頭痛がする。「み、水……」と、サラサが心配そうな表情で俺の顔を覗《のぞ》き込み、身体を起こし、水を飲ませてくれた。

『個体名：奥田圭吾は、毒耐性Lv４を取得しました』

サラサに鬼《おに》のツノが生えていた。本当にすみません。もう一度、パルナ解毒ポーションを一口飲むと、頭がスッキリした。

おお。そういえば、それどころではなかったな。また、死の淵《ふち》を見たぜ……

例の毒を鑑定してみた。【ドヌール毒：薬効（大）。レジストするには毒耐性Lv７が必要】と出た。ゲバル毒が薬効（中）だから、そのさらに上の毒ということだ。

とりあえず、矢に塗るという使い方をすれば、今よりさらに敵を倒しやすくなりそうだ。

一五：○○
本当に俺はまる一日ぶっ倒れていたらしい。サラサが介抱《かいほう》してくれなかったら、やばかったかもしれない。ドヌール毒はそれだけヤバイ毒ということだ。
そして、冒険者ギルドカードを見ると、ポイントのところが51から、95になっていた。どういう仕組みかわからないが、マルゴがコカトリスの報告をしてくれてポイントが入ったということなのだろう。俺の無事を確認した後、サラサは町へ帰っていった。

k‐32

一六：○○

コカトリスの討伐で手に入れたものを確認する。まず、俺が身を挺《てい》して製法を発見したドヌール毒。そして、コカトリスの目。これは、石化効果付与の材料となりそうなので、とりあえず、乾燥させて、粉末にしてみることにした。

とりあえず、できることからはじめて行こう。コカトリスの目を干す。そして、ドヌール毒を矢に塗ってこれも干す。待っている時間で三〇分ほど弓の訓練をすることにする。

一七：〇〇

ドヌール毒の矢が乾《かわ》いたので、矢筒《やづつ》に装填《そうてん》する。コカトリスの目の方はまだ乾燥させないといけない感じだ。

次に採取してきた、植物を材料ごとに小屋の棚に収納する。今回は、イレーヌ草二株、ムレーヌ解毒草一株、ベルジン魔力草一株を採取している。葉が重要なので、庭に植えた後、ある程度葉を間引きして、小屋の倉庫の棚に種類毎《ごと》に整理して収納する。特に毒のあるものは、絶対に鶏が届かない場所にしまう。

一八：三〇

中途半端《ちゅうとはんぱ》な時間に目覚め、飯を食べてしまった。夕飯時にもかかわらず腹が空《す》かないので、鍛冶仕事をすることにした。採取してきたフェムト石と火炎石を砕いて混ぜた火炎研磨剤と普通の研磨剤を作製して、保管しておく。次に、ファイアソードをコカトリス戦などで酷使《こくし》していたので、手入れをしておく。研磨剤と砥石で砥いだ。

二〇：〇〇

割とお腹が空いてきたので、飯を食うことにした。ハーブ鶏の卵と干し肉でベーコンエッグ的なものを作る。それに、野菜をフライパンで炒《いた》める。それらを、白ワインに似たバルゴの果実酒と一緒に食する。

飯を食いながら、当面の目標はギルドポイントを150まで貯めて、Ｌｖ１の魔法習得することだなと考える。

あとは、生活面では風呂か。鍛冶ギルドに行って、一番安い金属でも仕入れて、浴槽《よくそう》でも作るかなと考える。しかし、金属で作るとしたら、下に木の板を置いて五右衛門《ごえもん》風呂にしなきゃなとも思ったり。結構疲れも溜まるし、風呂には是非とも入りたい。

この異世界では風呂に入る習慣はあるのだろうか？　どちらにせよ、町で生活をする気のない俺には関係のないことだ。よい感じで眠くなってきたので、歯をみがいて眠ることにした。

k‐33

翌朝、いつもの通り、鶏の世話と弓の訓練を行った後、身体を濡れタオルで拭いてから、朝食の用意をする。ベーコンエッグとパンと水だ。

コカトリスの目がきちんと乾燥していたので、すりつぶして粉状にする。鑑定すると、【石化粉：石化の魔力がある粉末】と出た。それを手袋をつけて、慎重にポリ袋に回収。鍛冶工房《こうぼう》の資材置場に収納する。

　さてと、今日は、探索を森とは反対方向に行ってみようと思う。小屋に鍵をかけ、装備を整え、大きな獲物を捕獲した場合、背負子《しょいこ》では運びきれないので、荷車を馬に引かせて移動することにする。

草原を行くこと三〇分。水場と何かの群れが見えた。

　もう少し近づいてみると、それは水牛の群れだった。鑑定してみると【牛】としか出ない。

　俺は、荷馬車をその場に止め、弓を構え近づく。獲物は強力なモンスターに見えないことから、矢は毒なしのものを使用することにする。食えなくなるからな。

　ビシュッ
　矢は水牛の後ろ足に刺さり、その水牛は倒れた。他の水牛は危険を察知し、俺の居る方向とは逆方向に逃げていった。近づいて、剣で頭を落とした。

　近づいてみると、その水牛は結構大きく、二メートルはあった。鑑定してみると、【バトルブル：ランカスタ地方の水場に生息する牛型モンスター】と出た。

　一応モンスターなのか。確かに角は闘牛《とうぎゅう》のそれであり、体格も筋骨隆々《きんこつりゅうりゅう》としている。俺は、どうにかこうにか、血抜きだけしたバトルブルをそのまま荷馬車に載せる。

　町にはモンスターや家畜《かちく》を解体する専門の解体屋が存在し、解体設備は冒険者ギルドに併設してある。特に今回のような、明らかに美味《おい》しそうな素材は、俺が解体すると素材を傷《いた》めてしまう可能性が高い。このまま解体屋にもっていけば、新鮮な肉が得られそうだ。

　俺は、そのまま町の方向へ向けて荷馬車を走らせたのだった。

k-34

一一:三〇
町の解体屋の門を叩く。

俺は出てきた髭《ひげ》オヤジに、荷馬車のバトルブルを指差し、解体を頼みたいとジェスチャーで伝える。髭オヤジは軽く頷き。くいっと親指で建物の裏へ行けとジェスチャー。

建物の裏に回ると、大きな解体場があり、大型の設備があった。五人ほどの作業員が手を動かしており、かなり大きなモンスターでも解体することができそうだ。

銅貨五枚を示した。料金だろう。俺はオーケーの返事をする。

バトルブルを預け、まずマルゴの武器防具店を訪《おとず》れる。

マルゴは金貨八枚、銀貨九枚を俺に渡してくれた。コカトリスの報酬だそうだ。

あとはマルゴの店に、劣鉄のインゴットがあったので購入することにした。

【貴鉄のインゴット】と出たものもあったので、それも買うことにした。

劣鉄のインゴットはかなりの量があり、金貨二枚、銀貨四枚。貴鉄のインゴットは少量にもかかわらず金貨一四枚もした。

解体屋では既に、バトルブルの解体は済んでおり、肉、皮、角、後は討伐報告用の蹄《ひづめ》にバラされていた。

俺は自分が食べる用の肉と討伐報告用の蹄だけを受け取り、後は売却することにした。

肉には当然牛タンも含まれている。今日の晩飯が楽しみだ。

俺は売却代金である金貨九枚、銀貨三枚を受け取った。新鮮で状態がよかったのも、高額査定になった理由だそう。

俺は、解体屋を後にし、冒険者ギルドでバトルブルの角を提出し討伐報告。これは、銀貨三枚とポイントが7ポイントになった。その後、食料品店で食料、水を買い込み、帰路についた。

第二章　世界一可愛い生き物『アッシュ』

shousyaman no isekai survival

k-35

一六：三〇
帰宅。色々やっていたら、結構時間を食ってしまった。

なぜか、ジュノとサラサが俺《おれ》の家の庭で談笑《だんしょう》していた。お前ら暇《ひま》なのか。そうなんだな。

俺は荷馬車を厩《うまや》の横につけ、馬を厩に入れ水を飲ませる。ちなみに俺の愛馬の名前はロシナンテだ。二人は、食料やインゴットやらの荷下ろしをしてくれた。

俺は、今日の獲物《えもの》である、バトルブルに塩をかけニンニクをすりつぶしたものを塗《ぬ》りこみ下ごしらえをする。あとは野菜を適当に切る。今日は牛肉でバーベキューだ。

牛肉には赤ワインということで、厳密には赤ワインではない、果実酒をテーブルに出す。コップと皿とフォークを三人分出し、肉を焼き始める。

とても香《こう》ばしい匂《にお》いがする。肉を噛《か》むと牛肉特有の肉汁《にくじゅう》が口一杯《いっぱい》に広がる。至福の時である。それを、赤ワインっぽい果実酒と一緒に飲み込《こ》む。最高である。

サラサとジュノも至福の表情を浮《う》かべながら、モグモグと口を動かしている。すると、キャインという獣《けもの》の悲鳴が聞こえてきた。

ブルーウルフがいつの間にやら接近してきて、アンクルスネアに引っかかったようだ。しかしでかい。体長三メートルはある。なんか身体《からだ》の色が違《ちが》うような気がするが……。

俺たちは、武器を取り臨戦態勢をとる。狼《おおかみ》は通常団体で行動するものだからだ。

すかさず、俺はドヌール毒の矢をブルーウルフに打ち込む。矢が身体に命中し、ブルーウルフは身体を痙攣《けいれん》させ倒《たお》れる。

俺たちは小屋の周りをぐるりと一周したが、敵らしき姿は見当たらなかった。

俺たちはもう一度倒したブルーウルフの前まで移動し、一応鑑定《かんてい》をしてみる。すると、

【アッシュウルフ：ブルーウルフの上位個体。レアモンスター】

と表示される。

俺たちは、仕留めた獲物を解体しようと、アッシュウルフに近づくと、落とし穴からクーンと切なげな鳴き声が聞こえてきた。

アッシュウルフの子供だった……。

俺は、その子狼を抱《だ》き上げる。子狼は尻尾《しっぽ》をフリフリさせた。仕留めたのは親なのだろうか……。

可哀想《かわいそう》なことをした。しかし……か、可愛《かわい》い……。

その子狼に、バトルブルのステーキを小さく分けたものと水をあげたら、尻尾をふりふりして、喜

んで食べていた。お腹一杯になったのか、ロシナンテの傍《かたわら》にある藁《わら》の束にトコトコ歩いていき、尻尾を丸めて眠《ねむ》りだした。

——俺は子狼の親を手にかけてしまった。

狼は俺を殺しにかかってきていた。やむを得ないとはいえ、俺はこの子の親の仇《かたき》になってしまった。無邪気《むじゃき》な子狼の姿を見ていると、チクリと棘《とげ》のような何かが心に引っかかり、罪悪感でいっぱいになった。

罪悪感からなのかはわからない。アッシュウルフの子供は、俺が責任をもって育てることにした。小さいころから育てれば、もしかすると人間に懐《なつ》くかもしれない。大きくなって、もしも人間に危害を加えるようなら、その時は俺が責任をもって処分するしかない。

——そして何より、親の仇であると知ったこの子が、俺に復讐心《ふくしゅうしん》を抱いたとしたら。

そのとき俺は、弱肉強食のこの世界における誠意をもって、全力で相手をしてやろう。そう思った。

……

アッシュウルフの成体の方は、俺とジュノで解体した。

牙《きば》を鑑定したら、【アッシュウルフの牙：武器の精錬《せいれん》に使うと金属が変質する】と出たので俺がもらうことにした。皮の方も上位個体ということで、結構な価値があるようで、トータル金額を按分《あんぶん》してその中から、牙の代金を差し引き精算することにした。素材の買い取りはサラサの商店が、ギルドへの討伐《とうばつ》報告はジュノが行うことになった。

それと、俺はこのアッシュウルフの黒寄りの灰色という色合いが気に入り、サラサにジェスチャーでマントに加工するよう頼《たの》んだ。

k - 36

二〇：三〇
二人は荷馬車でここまで来ていたので、アッシュウルフの素材を載《の》せて帰らせた。いつまでも飲んでいたら、泊《と》まっていきそうな勢いだったしな。

さてと、まだ時間もあるし、鍛冶《かじ》仕事でもするか。

まずは、鍛冶の材料になる、アッシュウルフの牙を鍛冶工房《こうぼう》の材料置き場に収納する。

俺は、劣《れつ》鉄製ドラム缶《かん》、もとい風呂《ふろ》の製作を開始する。炉《ろ》に火を入れ、劣鉄のインゴットを溶《と》かしていく。やってみて感じたことだが、丸い形は難しいということだ。

急遽《きゅうきょ》形はドラム缶に拘《こだわ》らないことにし、四角形にした。これだとパーツを作ってから溶接《ようせつ》するだけでよい。カン、カン、カン。鉄を叩《たた》く音が響《ひび》く。

完成した。四角いお手ごろサイズの金属箱。もとい、風呂である。

『個体名：奥田圭吾《おくだけいご》は、鍛冶Ｌｖ３を取得しました』

俺は、同じサイズの石を浴槽《よくそう》に合わせて並べ、その上に浴槽を置く。木材で底板とお湯を沸《わ》かす際の蓋《ふた》を作った。これで、五右衛門《ごえもん》風呂の完成である。

問題は水だが、バトルブルのいた場所に水場があったので、荷馬車で行って浴槽に汲《く》んできてもよいなと思った。

一作業終えた俺は、水を絞《しぼ》ったタオルで汗《あせ》を拭《ふ》き、子狼を抱きかかえ、布団《ふとん》で眠ることにした。ちなみに、俺は子狼の名前をどうするか考えたが、結局、『アッシュ』と名づけることにした。

「アッシュ！」と名前で呼ぶと、名前を気に入ったのか、「ワンッ！」と吠《ほ》えて尻尾をフリフリした。

k - 37

翌朝、俺は鶏《にわとり》と馬のロシナンテの世話をし、アッシュに鶏を食べちゃ駄目《だめ》と教えた。まるで、小さいワンコだな。

弓の練習場所までは、アッシュを抱っこして行った。アンクルスネアに引っかかりでもしたら大変だからだ。

弓の練習をしている間、アッシュには牛骨を与《あた》えて適当にかじらせたり、駆《か》け回らせたりさせた。

『個体名：奥田圭吾の器用さが、20→21となりました』


弓の練習などでも、ステータスがアップするようだ。

その後は、牛骨を投げたり、お座《すわ》りとお手を教えたりしてアッシュと遊んだ。

軽く汗を流した俺とアッシュは、軽く黒パンと卵と干し肉で朝食をとってから、昨日作った風呂に入ることにした。

荷馬車に風呂桶《おけ》を載せて、装備を整え、小屋に鍵《かぎ》をかけてから水場へ出発した。

荷馬車の御者台《ぎよしや》には俺。アッシュは荷台で牛骨をカジカジしている。

途中《とちゆう》ゴブリンが居たので、ゲバル毒の矢で倒した。中々弓の精度が上がってきたな。

水場に到着《とうちやく》したが、今日はバトルブルは居なかった。

水を汲もうとして、荷台から浴槽を下ろそうとしていたら、アッシュがウーっと唸《うな》った。俺は盾《たて》と剣《けん》を構え周りを警戒《けいかい》。

すると、水中から、水弾《すいだん》が俺に向かってきた。

俺は回避《かいひ》が間に合わないと思い、盾でガードする。ガツンと衝撃《しようげき》を受け吹《ふ》き飛ばされる。

背中を思い切り打った俺は、急いで体力ポーションを飲む。

そうしていると、次々と水弾が水中から俺に向かって発射される。が、何とか回避しながら後退する。

そうして、水面の様子を窺《うかが》っていると、そいつはザパッと姿を現した。

テラテラと光る青い鱗《うろこ》。二メートルほどの二足歩行の人型、魚のような顔に牙、手には水かきと鋭《するど》い爪《つめ》。

鑑定しても、【モンスター】としか出ない。

俺は嫌《いや》な汗をかきながら、弓を構える。ゲバル毒の毒矢を打ち込みつつ馬車とは別方向に後退する。こちらを追ってくるモンスター。

すると、アッシュがモンスターの後ろから飛び掛かった。

と同時に敵の注意が逸《そ》れ、隙《すき》が生まれた。俺はドヌール毒矢を打ち込む。

ビシュッ
敵の左膝《ひだりひざ》に命中。悶絶《もんぜつ》する敵。俺は素早《すばや》く近づき敵の首を剣で切り落とした。

鑑定してみると、【マーマン：水生のモンスター、水魔法《まほう》を得意とする】と出た。先ほどの水弾は水魔法か。

しかし、アッシュが警戒してくれたおかげで助かった。盾でガードしていなければ致命傷《ちめいしょう》だったかもしれない。

『個体名：奥田圭吾は、Ｌｖ９からＬｖ10になりました。体力18↓21、魔力《まりょく》10↓12、気力12↓15、力18↓21、知能73↓74、器用さ21↓23、素早さ19↓21。物理攻撃耐性《こうげきたいせい》Ｌｖ２を取得しました』

さっきの水弾は物理攻撃扱《あつか》いになるようだ。物凄《ものすご》い威力《いりょく》だったからな。

アッシュを見ると所々擦《す》り傷があったので、ポーションを飲ませ傷を治療《ちりょう》した。

アッシュの状態が気になったので、鑑定してみると【アッシュ：アッシュウルフの子供、Ｌｖ２。希少種のため成長が極《きわ》めて遅《おそ》い】と表示された。ん？　試《ため》しに俺も自分に鑑定と念じてみる。すると、【奥田圭吾：異世界から来た凡庸《ぼんよう》な人間。Ｌｖ10】と表示された。最初に自分を鑑定したときには名前しか表示されていなかったのに、どういうことだろう。鑑定にも、レベルのようなものがあるのだろうか。

俺は、マーマンを荷台に乗せた後、当初の目的である、風呂に水を貯《た》めて、その場を後にした。

k - 38

一一：〇〇

小屋に到着した俺とアッシュはマーマンとの戦闘《せんとう》で汚《よご》れていたので、さっそく風呂に入ることにした。

水を張った湯船に蓋をして、下から焚《た》き火で暖める。丁度よい湯加減になったら、弱火にし、ザプンと入る。至福である。アッシュも嬉《うれ》しそうに、湯船で犬掻《いぬか》きしている。ふー、極楽《ごくらく》極楽。

湯船につかっては出て身体を冷まし、また入ってを繰《く》り返すこと三〇分、マルゴがやってきた。俺が出たのを見計らい、マルゴも服を脱《ぬ》いで、ザプンとやる。

フーとマルゴも至福の時を味わっているようだ。アッシュはブルブル身体を震《ふる》わせて、そこら中に水と毛を飛び散らかしていた。

湯上がり後、マルゴはなぜかエールを小さな樽《たる》ごと持ってきていて、二人で一杯やり始める。

――駄目な大人達の姿が、そこにはあった。

k‐39

一四：〇〇
燻製《くんせい》とエールでほっこりした俺たちは、マーマンの解体とゴブリン討伐の報告に町へ出かけることにした。
アッシュをどうするかについては、一匹《ぴき》でここにおいておくのは可哀想なので、連れて行くことにした。今のところ、『飼い犬』で通じるだろう。

町への道中は特に何もなく、アッシュについては、何も言われなかった。荷台でゴロゴロしながら、骨をかじってるアッシュは、どこからどう見ても子犬にしか見えなかった。町に着いた俺とマルゴは大通りで別れた。

さて、まずは解体屋だ。

解体屋を訪《おとず》れた俺は、荷台のマーマンを託《たく》した。解体料は、銅貨五枚で素材の売り値から引くとのこと。冒険者《ぼうけんしゃ》ギルドは、マーマンの解体が終わってからだな。

マーマンは牙、爪、尾《お》びれ、鱗、肉、魔核《まかく》に解体された。

俺はその一つ一つの素材を鑑定してみたところ、【マーマンの鱗：水属性の魔力を有し、水属性付《ふ》与《よ》の材料となる】【マーマンの肉：そこそこ美味《うま》い、状態毒】と出たので、鱗を貰《もら》うことにする。肉は食べられないとジェスチャーしておく。尾びれは討伐の証拠《しょうこ》になるので回収した。残りは売却《ばいきゃく》である。

売却価格はしめて金貨七枚、銀貨八枚だった。

続いて併設《へいせつ》された、冒険者ギルドに行く。

依頼《いらい》掲示《けいじ》板《ばん》から、マーマンとゴブリンの記載《きさい》を探し、依頼表があったので、はがしてダンのところへもっていく。

ダンのいるカウンターに依頼表と、ゴブリンの耳とマーマンの尾びれをおいた。

結果として今回の討伐でギルドポイントは127ポイントになった。

俺は、ダンからアッシュウルフ、マーマン、ゴブリンの討伐報酬《ほうしゅう》である金貨一一枚、銀貨四枚をうけとった。アッシュウルフ分はジュノとサラサとで分配した金額になっている。今回はギルドの方で預かってもらっていた。

アッシュが気になったのかダンは足元でうろちょろするアッシュに干し肉でかまいだした。アッシュは肉ほしさにダンにお手をしていたよ。

「ほら、いくぞアッシュ！」

俺は、冒険者ギルドを後にし、帰路についた。

k - 40

一六：三〇
俺とアッシュは小屋に着いた。

ロシナンテを厩に繋《つな》ぎ、水と飼料をやる。アッシュは初めての町ではしゃぎ過ぎて疲《つか》れたのか、小屋の中の俺の布団で丸くなっている。

適当に飯を食った俺は、アッシュと一緒に鍛冶小屋に入る。

まず、マーマンの鱗の説明にあった、水属性とは何か。RPG的には、火攻撃をレジストしたりとか、そういう用途《ようと》に用いられていたが。

とりあえず、保留して、俺はマーマンの鱗を粉末にし、袋《ふくろ》に入れ保管場所に収納する。

その次に仕入れてあった貴鉄、アッシュウルフの牙、石炭を一緒に炉で熱する。そして真っ赤になった金属を金槌《かなづち》で叩き、ショートソードを製作する。

カン　カン　カン　ジュワー
柄《え》を付けてショートソードが完成する。鑑定してみると【ウルヴァリンソード：狼鉄製の剣。貴鉄を強化した硬度《こうど》】と出た。どうやらアッシュウルフの牙は、鉱物を一段階強化する効果があるらしい。

俺はふと思い立つ。そういえば、火属性の付与をした際、研磨剤《けんまざい》を使ったよなと。

じゃあ、コカトリスの石化属性、マーマンの水属性も同じなんじゃないかと。まず、在庫の多い、マーマンの鱗を粉にしたものと研磨剤を混ぜて、ひと舐《な》めした後、鑑定してみる。【水魔の粉：水属性を付与する効能あり】と出る。さらに俺はものは試しとばかりに火炎《かえん》石を砕《くだ》いて、水魔の粉に混ぜた上、ひと舐めし鑑定をしてみる。下にビリビリした感覚があった。【雷魔《らいま》の粉：雷《かみなり》属性を付与する効能あり】と出た。

なるほど、水属性と火属性を合わせると雷属性になるのか。

『個体名：奥田圭吾は、スキル、錬金術《れんきんじゅつ》Ｌｖ４を取得しました』

俺はこの雷魔の粉でウルヴァリンソードを研磨してみることにする。

シャッシャッシャッシャッシャッ
研磨すること一五分、ウルヴァリンソードの刀身が黄色く発光、帯電し始める。

試しに鑑定してみると【ウルヴァリンサンダーソード：雷属性をもつ狼鉄製の剣。貴鉄を強化した硬度】と出た。

『個体名：奥田圭吾は、鍛冶Ｌｖ４を取得しました。器用さ23→24』

出来上がった剣で木材で試し斬《ぎ》りをしてみたら、切り口がバリバリっと放電し発火した。切れ味も、今までの銑鉄《せんてつ》製のものより数段よかった。俺は、ウルヴァリンサンダーソードをメインウェポンにすることにした。

二〇：〇〇
俺は、寝酒《ねざけ》にエールを飲んだ後、アッシュと一緒に眠りについたのだった。

k‐41

翌朝、日課である馬と鶏の世話をして、弓の練習をする。

黒パンとフルーツジュース、ハーブ卵の玉子焼きを作って食べる。アッシュには、シカの干し肉とパンと水をあげたら、喜んで食べていたよ。

そして、俺は懸案事項《けんあんじこう》の一つを片付けることにした。昨日製作した雷属性の剣。ウルヴァリンサンダーソード。これをファイアソードに使っていた鞘《さや》に入れると帯電してしまい危ないのだ。そこで、小屋にあった絶縁《ぜつえん》テープで鞘をグルグル巻きにしてみた。

そうしたところ、帯電の問題は解消され、問題なく持ち歩けるようになった。

そろそろ、マルゴに売却する用に、火属性を付与したダガーやショートソード、その他の武器でも構わない。何かを製作しようかなと考え始める。あとは水属性と石化属性か。石化属性もおそらく、フェムト石を砕いたものと、コカトリスの目を混ぜると、付与できるようになると思われる。

あと、思ったのはスキルレベルの作用。鍛冶レベルが低いうちは、劣鉄にしか火属性を付与できなかった。しかし鍛冶レベルが上がったことにより、銑鉄まで付与できるようになった。他に説明がつかない以上、それで間違いないだろう。

同じことは、錬金術スキルにも言えるはずだ。

高レベルの調合。昨日作製した、雷属性付与の粉についても、スキルレベルが低かったのなら、できなかったのかもしれない。

火属性と水属性を混ぜて雷属性となるというのは新たな発見である。あとで、マルゴにこの剣を見せて、付与の提案をしてあげようかなとふと思ったり、思わなかったり。まずは、どのくらいの価値があるものなのかを確認《かくにん》しないといけない。

……

そうこうしていると、マルゴとサラサがやってきた。

まずサラサだが、アッシュウルフのマントを納めてくれた。加工代として、金貨一枚を支払《しはら》う。黒寄りの灰色、ところどころ白と斑《まだら》模様となっており、非常にカッコいい。

アッシュの反応が気になるところだな……。

アッシュは気にした風でもなく、いつも通り牛の骨にかじりついていたので、俺は大丈夫《だいじょうぶ》だと判断した。

さてと、ではやることをやろうか。

俺は鍛冶小屋に、アッシュウルフのマントと清掃《せいそう》用ブラシを持ち込む。そして、マーマンの鱗とフェムト石を砕き、混ぜる。それを、ブラシにまぶして、マントをブラッシングする。それにしても、マントにはフードもついていて、本当に便利で格好いい。

シャッシャッシャッシャッ

二〇分くらいブラッシングしただろうか。マントの毛並みがうっすらと淡《あわ》く発光したまま落ち着いた。

俺は、マントを鑑定してみた。【アッシュウルフのマント（火耐性＋）：アッシュウルフのマント。水属性が付与されており、火攻撃に耐性】と出た。

今のところ、火の攻撃をするモンスターには出会ったことはないが、耐性はないよりあった方がよいだろう。

また、他の装備に関しても、水属性が付与できるということの証明であり、例えば盾などに水属性を付与してみるとよいかもしれない。

k - 42

前に語っていたことであるが、俺はスキルビルドを考えるにあたって、どうしても魔法を覚えたいという想《おも》いから、ギルドポイントを温存していた。が、思い直すことにした。

というのも、今までの戦闘を思い返してみると、主に使っていた攻撃や防御《ぼうぎょ》、それは剣、弓、盾によるものなのだ。

確かに知能のステータスは高い。魔法を覚えると、もしかすると高火力が望めるかもしれない。しかし、それはきっと俺の魔法を使いたいという願望が、そう思わせているにすぎず、しょぼ！　となって終わるような気がしてならない。

ギルドポイント各50で弓と盾、一段階目のスキルが取得できるのだから、こちらを優先すべきなのではないかと考え直した。

……


というわけで、次の日の朝、早速《さっそく》俺はアッシュを伴《ともな》って冒険者ギルドのダンを尋《たず》ねていた。

ダンにジェスチャーで弓と盾のスキルを覚えたいということと、スキル表の50という数字を指で示した。

ダンからオーケーのジェスチャーをもらう。武術担当のカイの道場に連れて行かれ、スキルの練習をすることとなった。

カイは白いオーラを弓にまとわせて強力な矢を的に放った。

そして、俺も真似《まね》をしてみた。確かに多少威力は上がっているが、カイには到底及《とうていおよ》ばない。


『個体名：奥田圭吾は、チャージアローLv1を取得しました』


次に、盾スキルだ。

カイは木盾を構え、木刀を打ち込んでこいというジェスチャー。俺が打ち込みをしたところ、盾が発光した。ガンとまるで鋼《はがね》をぶっ叩いたかのようだった。

同様に俺も真似をしてみた。確かにオーラをまとうことはできたが、カイの打ち込みに、ズザザっと後退させられた。


『個体名：奥田圭吾は、フォートレスLv1を取得しました』

とりあえず、スキルは無事に習得できたようだ。

それぞれのスキル取得表示を鑑定してみた結果が次のとおりだった。

【チャージアローLv1：チャージした力を解放し、強力な弓攻撃を撃《う》つ】

【フォートレスLv1：盾の防御力上昇《じようしよう》効果】

よいね。当たりスキルだろう。

俺がスキルの鍛錬《たんれん》をしている間、暇をしていたアッシュは、丸くなって道場の端《はし》っこで眠っていた。

「ほら、アッシュ帰るぞー」

俺はカイ先生にアリガトウとランカスタ語で言い、小屋に戻《もど》ることにした。

k‐43

一六：〇〇
結構スキル習得に時間を食ってしまった。俺は家に戻ると、鍛冶小屋で自分の命をずいぶんと救ってくれた『スモールシールド』を強化することにした。
マーマンの鱗とフェムト石を砕いて混ぜたものを使って、砥石《といし》で盾を磨《みが》いていった。

少しだけ青く発光し消えた。鑑定したところ、【スモールシールド（火耐性＋）】と出た。どうやら、水属性の付与に成功したようだ。

『個体名：奥田圭吾は、器用さが24↓25となりました』

フォートレスと併用《へいよう》すれば、火の攻撃などにも対応できるかもしれない。

二一：〇〇

適当に飯を食ったら、眠くなった。アッシュと自分のそれぞれの濡《ぬ》れタオルで汚れを落とし、歯をみがいてから眠りについた。

……

翌朝、俺は、新しく覚えたスキルの練習をすることにした。

軽く朝食を食べ、日課である剣の素振《すぶ》り。そして弓の練習の中でチャージアローを使ってみた。

『個体名：奥田圭吾は、チャージアローＬｖ２を取得しました』

その後、スライム相手に、ひたすら盾で防御。フォートレスを発動し続けるという修行《しゅぎょう》を行った。

ベルジン魔力草、イレーヌ薬草を噛みながら気力と体力を回復させつつ防御した。

『個体名：奥田圭吾は、フォートレスＬｖ２を取得しました』

k - 44

翌日。俺はアッシュを連れてちょっと森の方へ冒険《ぼうけん》してみることにした。色々スキルを覚えたし少し調子に乗っていたのだろう。色々、見たことのない植物を採ってはショイコに入れながら進んでいた。すると……。

ギイエエエエエエ

森の中にヤツがいやがった。コカトリスである。情けないと言わないでほしい。俺はアッシュを抱きかかえると猛《もう》ダッシュで来た道を逃《に》げた。

途中、火を噴く犬が狼頭のコボルトとおぼしきモンスターと戦っているのを一瞬《いっしゅん》チラっと横目で見た。森怖《こわ》い。森怖い。

俺は、家に戻り、アッシュを抱っこして布団をかぶってガタガタ震えた。アッシュが俺を慰《なぐさ》めるようにクーンと鳴いた。

一五：〇〇

俺はようやく恐慌《きょうこう》状態から脱《だつ》し、やはり重要なのは防御面だなと再認識する。あんな化物と戦うのは御免《ごめん》だが、いざ戦うとなったらやはり重要なのは体力、そして各種耐性を含《ふく》む防御力だろうと思った。

俺は、パルナ解毒《げどく》ポーションを片手に意を決して、コカトリスの目を乾燥《かんそう》させ粉末にした【石化の粉】を舐めることにした。

ペロ……。パキパキパキパキ。

皮膚《ひふ》が粟立《あわだ》ち石化し始める。体温が急激に下がるのを感じる。ひいいいいいい！　俺は急いで、パルナの解毒ポーションを飲み、その場にぶっ倒れる。

そのまま倒れること小一時間。アッシュが心配そうに俺の顔をペロペロ舐めている。

もう一度パルナ解毒ポーションを口に含み、ようやく体調が戻った。心配そうに見上げるアッシュの頭をなでてやる。


『個体名：奥田圭吾は、石化耐性Lv2を取得しました』

一七：〇〇
次に俺が考えたのは、あの火炎放射器のような犬型モンスターの存在である。
あんなものを食らったら、丸こげになってしまうこと請《う》け合いである。俺は、マーマンの鱗とフエムト石を砕いて混ぜ、砥石とブラシを用いて、鎧《よろい》、籠手《こて》、グリーブなど全《すべ》ての装備に『火耐性＋』を付与した。

二〇：〇〇

カラン　カラン

晩飯を食った後、酒でも飲もうかと考えていると、鳴子が鳴った。俺は弓矢と剣を持ち出し、周囲を警戒する。と、真っ黒で目が火のように赤い、三メートル強の犬型モンスターが不気味にこちらをにらみ、威嚇《いかく》していた。こいつはおそらく、先ほど見たモンスターで間違いない。

グルルルルウ！　喉《のど》に火をためはじめる敵。

俺はとっさに盾を構えフォートレスを発動する。ボボボボボ！　ブワアア！　そして敵の火炎放射攻撃が発動。俺に直撃する。シューっと煙《けむり》が上がる。耐《た》える俺。全身がひりつく。

俺は、何とかチャージアローを発動してドヌール毒の矢を敵に放ち足に当て、痙攣させることに成功する。そして、剣でバッシュを打ち込み、敵の頭を斬り落とすことに成功した。

『個体名：奥田圭吾は、Ｌｖ10からＬｖ11になりました。体力21→24、魔力12→14、気力15→17、力21→23、知能74→75、器用さ25→27、素早さ21→23。火炎耐性Ｌｖ１、フォートレスＬｖ３を取得しました』

俺は、マントのポケットに入れておいたデュアルポーション（中）の小瓶《こびん》をあおり、その場にドカっと倒れる。

三〇分ほどそうしていただろうか。何とか動き出し、モンスターを鑑定した。

【ヘルハウンド：火炎を噴く犬型モンスター。俊敏《しゅんびん》。火炎攻撃後の硬直《こうちょく》が弱点】

火を噴いた後の硬直と、火耐性装備がなければ危ないところだった。普通《ふつう》に弓を打っても俊敏なので、中々当たらなかった可能性が高い。

俺は、鳴子の罠《わな》を再設置。ヘルハウンドをギルドに持って行くため、荷台に載せる。

疲れきった俺は、布団に入るとすぐに意識を手放したのだった。

k‐45

翌日、朝食を食べた後、俺はベルジジン魔力草、デルーンの実、イレーヌ薬草を煮込《にこ》み、使ってしまったデュアルポーション（中）を作製した。パルナの解毒薬も石化耐性をつけるため飲んでしまったので、ベルジジン魔力草と、ムレーヌ解毒草を煮込んで作製した。

そして、昨晩しとめたヘルハウンドをギルドに討伐報告するため、荷馬車をレスタの町に走らせた。

一二：〇〇

ギルド掲示板にはヘルハウンドの討伐クエストがあったので、ギルドポイント29と討伐報酬金貨二枚をもらえた。スライムなどの雑魚《ざこ》も倒していたので、合計ギルドポイントは合計59になった。

ヘルハウンドを解体したところ、火袋《ぶくろ》、爪、毛皮、肉（毒で食べられない）に分けられた。何かに使えるかもしれないので火袋と爪の一部をもらうことにした。

残りの素材を売却したところ、金貨七枚になった。ついでにあまり気味だったハーブ鶏《どり》の卵を見せたら、解体屋のオッチャンが個人的に買い取ってくれた。

一六：〇〇

俺は食料や飲料水を補充《ほじゅう》し、帰宅した。

一七：三〇

帰宅した俺は、鍛冶小屋で再度、『石化の粉』に挑戦《ちょうせん》することにした。

となりには、心配そうにお座りしているアッシュ。大丈夫。俺は大丈夫だ。さあ、いくぞ……。この間の二倍の粉末だ。ペロ……。

パキパキパキ。先日よりはゆっくりと、しかし確実に石化する皮膚。低下していく体温。

ぎゃあああああ！　俺は急いでパルナ解毒ポーションを飲み、ぶっ倒れた。

『個体名：奥田圭吾は、石化耐性Lv2→Lv3を獲得《かくとく》しました』

ゼーハー。ゼーハー。俺は肩《かた》で息をする。これで、コカトリス対策はバッチリだ。

アッシュが呆《あき》れたようにフン！　と鼻を鳴らした。

気がつけば、もうかなり遅い時間になっていた。俺は適当に飯を食って、眠ることにした。

k - 46

翌朝、チャージアローの練習をしていたら、偉《えら》そうな人が、豪華《ごうか》な飾《かざ》りのついた馬に乗り、武装した冒険者三〇名ほどを引き連れてやってきた。ジュノとマルゴもいる。たぶん偉そうにふんぞり返っているので、貴族様か何かだろうか。

ジュノが身振り手振り、あとは地面に絵を書いて俺に説明してくれたところによると、この人達は森のダンジョンに調査に行くらしい。で？　俺に何の用かね？

「○×△◆～！　▼●■×～！」

貴族さまが何か言ってる。嫌ですよ旦那《だんな》、俺はしがない小市民。モンスターなんて、あなたたちみたいな強い人が相手をすればよいじゃないですかあ。

俺はジュノに「ノー」と返事をすると、真っ青な顔をしたジュノが首をぶんぶんと振った。これ断れないやつか？

しかたなく、「イエス」と返事をすると、貴族様は満足げに頷《うなず》いた。でも、やばそうなら逃げるぞ？

俺は装備を整え、その物々しい一行について行くことになった。アッシュは可哀想だけど、お留

守番だ。首輪を鎖《くさり》でつないで、柱にくくりつけ庭に放しておいた。エサと水は十分においてあげた。

ロシナンテ（馬）と鶏にも、十分な水とエサをあげておいた。

「パパお仕事。よい子にしてなさい」

「ワン！」

アッシュは、よい子にちゃんとお座りして、俺をお見送りしてくれた。そして、俺は家を後にした。


……


結果的に言うと、俺たちはダンジョンにたどり着く前に敗走した。

何が起こったかと言うと、コカトリス三体、ヘルハウンド四体に囲まれたのだ。

俺の家までヘルハウンドがやってきたのだ、森の中に行けばそりゃうじゃうじゃいるだろうよ。一体ならばまだ倒せる目があっただろう。しかし、同時に七体は厳しかった。

貴族様は「突撃《とつげき》～！」と言っていたと思われるのだが、みんなスタコラサッサと逃げ出した。一部の冒険者は毒、石化、火達磨《ひだるま》になって死んだ。見ると、貴族様も取り巻きに連れられて無事逃げ出せたようだ。

俺はマルゴとジュノにパルナ解毒ポーションを渡《わた》し、彼《かれ》らの盾になってフォートレスを発動。ヘルハウンドの火炎放射をもろにくらった。

かろうじてデュアルポーション（中）を飲み、ドヌール毒の弓矢をヘルハウンドに打ち込み一体だけは片付けた。俺たち三人は肩を貸し合って逃走《とうそう》した。

『個体名：奥田圭吾は、火炎耐性Ｌｖ２を取得しました』

俺の家に到着すると、俺たちは自分たちのあまりの滑稽《こっけい》さに爆笑《ばくしょう》してしまった。

貴族様もこれに懲《こ》りて、無茶は控《ひか》えてくれるとありがたい。

お湯を沸かして汚れを落とし、傷をポーションで治療。アッシュを解放したら、庭を飛び回っていたよ。俺たちは飯と酒で慰労会《いろうかい》をすることにした。

k-47

ジュノの話によると、あのアホ貴族様はバイエルンという名前だそうだ。あの脱走劇《だっそうげき》の後、俺の家に直々《じきじき》に部下を連れてやってきて、何か怒鳴《どな》ってきた。

逆に何を言ってるのかが解《わか》らなかったのがよかったのか、俺も申し訳ないという態度を終始とっていた。そして、ランカスタ語でゴメンナサイと言いながら、金貨五枚をそっと差し出すと、もっと寄越《よこ》せという雰囲気《ふんいき》を醸《かも》し出したので、結局金貨一〇枚を差し出した。

するとたんに上機嫌《きげん》になりレスタの町へ帰っていった。金貨一〇枚程度で貴族に睨《にら》まれなかったのだ、安い買い物だろう。実は金貨五枚を最初に出して、さらに五枚上乗せしたのは、金額のつり上げを見越《みこ》してのテクニックであった。

アホ貴族様。お願いなので二度と来ないでください。俺はますます、レスタの町には住むまいと思ったのだった。

なお、アホ貴族に徴兵《ちょうへい》された他の冒険者にも、雷が落ちたらしい。なんと理不尽《りふじん》なことよ。まあ、俺には関係ないけどな。

そして、マルゴとジュノは町へと帰って行った。

……

一〇：〇〇

翌朝。俺は、前々回、調子に乗って森に行ったときに採取してきた植物を庭に植えていた。真っ青なスペードの形をした葉っぱの植物である。

鑑定しても【植物】としか出ないので、効用を調べるには食うしかない。

俺はパルナ解毒ポーションを左手に持ち、思い切ってむしゃむしゃ葉っぱを口に含んだ。

んが……。いかん、身体が痺《しび》れてきた……。俺は急いで解毒薬を飲み干した。

しかし、全く痺れは治まる様子がなかった。俺は、そのままパタリと倒れた。意識はあるのに、身体が痺れて動かない。アッシュが心配して俺の足を右足でツンツンとつついていた。

一六：〇〇

麻痺《まひ》したまま六時間ほど経過。やっと動けるようになった。

特段、身体のどこかに不調があるわけでもない。しいて言えば昼飯を抜《ぬ》いているので腹が減ったなあというくらいだ。

『個体名：奥田圭吾は、麻痺耐性Ｌｖ１を取得しました』

俺は、口にした植物を鑑定してみた。

【グリーネ麻酔草《ますい》：強力な麻酔効果のある植物。解毒薬などでは治療できない】

麻酔薬だった。これは医療《いりょう》や、肉が欲《ほ》しいときのハンティングで使えそうだ。

俺は早速、家の周りに設置したアンクルスネアに、グリーネ麻酔草の煮汁《にじる》【グリーネ麻酔薬】をハケで塗っていこうとした。

そう思い家の外に出ると、アンクルスネアにイノシシがかかっていたので、剣で仕留めた。今日はシシ鍋《なべ》にしよう。

アンクルスネアに麻酔草を塗ることで、かかったモンスターを麻痺させることができる。かつ、毒ではないので肉を食うこともできる。

手持ちの矢にも麻酔薬を塗って乾《かわ》かしておく。毒とは分けて解るようにビニールテープを巻いておいた。

二〇：〇〇
血抜《ちぬ》きをして解体したイノシシ肉を薬草、ニンニク、塩と一緒に煮込む。シシ鍋は、美味かった。
アッシュも喜んで食っていた。
肉を全部は食いきれなかったので、余った分は塩につけ、吊《つ》るして干し肉にすることにした。

k・48

俺はもう一度スキルビルドについて考えてみた。

ギルドのダンさんに魔法について聞いたところ、習得基本属性が火水風土光闇《やみ》の六つあるとのこと。この聞き取りも、ジェスチャーとマジックボードを用いて聞き出した情報だ。

というわけで、魔法を習得するとして、用途を想定してみた。

まず火。これはまさしく火を出すのだろう。しかし、俺にはファイアダガーがあるので、火を起こす程度なら別に必要ない。

次に水、これは飲み水の確保とかには有用そうではあるが、そもそも雨水を集めたり、町で飲み水を頂いたり。風呂の水は川で汲んでいる。なので、あったら便利かもという程度。そして風。風ってなんだ。ウインド！　そよ風が涼《すず》しい～的な。いらん。

土。土ねえ……。ストーンバレット！　とか石を飛ばす的な感じだろうか？　弓矢で十分だろう。

光。ライト！　夜も明るくて便利！　でも一瞬だけとかいう落ちだったりして……。

そもそも俺は早寝《はやね》早起き派だ。それに薪《まき》の暖かな明かりが落ち着いて好きだったりする。

北海道の田舎《いなか》農家に隠居《いんきょ》するくらいである。俺は、こちらの世界にワープしてくる前の家のストーブも薪ストーブに変えたくらいのアナログ人間なのだ。変な魔法の光など邪魔《じゃま》くさいだけだろう。闇。呪《のろ》い！　とか悪魔召喚《しょうかん》！　とかだろうか？　絶対にいらない。

こう考えると、全部微妙《びみょう》に思えてきた。極《きわ》めれば、色々と派生して便利なのかもしれない。しかし、今ギルドポイントを150も消費して、取得するのはどうなのかなという気がする。やはり防御か、今ある武器のスキルをのばす方が無難だよなあ。体術も気になるところだ。

k‐49

今日は今日とて朝日は昇《のぼ》る。

俺はふあとアクビをしながら、桶に入った水で顔を洗う。冷たくて思考がシャキっとしてくる。アッシュもくるくるとまわり、まんまちょーだいとアピールしている。

いつもの朝だ。先に動物の世話を。そして、軽く体操して腱《けん》を伸《の》ばしたあと、木刀での素振り、弓の練習。そのあと、干し肉エッグとパン、イレーヌ薬草を煎《せん》じたお茶で朝食だ。イレーヌ薬草のお茶は訓練で消費した体力も回復するので非常に気に入っている。

さてさて、今日は何をしようか。そうだ。久しぶりに風呂を沸かそう。

今日の予定が決まった。川へ水を汲みに行き、風呂を沸かす。あとは水を貯める四角い浴槽をもうひとつ作りたかったので、劣鉄を仕入れにマルゴのところに行こうと思う。風呂に使った水を洗濯《せんたく》につかったり、作物の水やりに使ったりと綺麗《きれい》に貯める容器が欲しかったのである。

風呂を沸かすとマルゴに言ったら、風呂と酒目当てにやってきそうだなと苦笑《くしょう》する。

こんな感じで今日したいことを決めて実行に移す。俺は本当に気ままな生活を送っている。

k‐50

俺は基本的に、自分を害さないならモンスターも動物も同じだと思っている。

ブルーウルフだって、襲《おそ》ってくるから討伐しているのであって、アッシュのように懐いてくれるのならわざわざ殺したりはしない。というか、世界一可愛いアッシュを殺すなどありえない。

ある朝、アンクルスネアにゴブリンがかかっていた。近くに彼の武器であろう棍棒《こんぼう》が落ちている。

グリーネ麻酔薬の効能で麻痺して動けないのだろう。俺は防具を着込んで彼に近づき、アンクルスネアを外してやった。

フォートレスのレベル上げに丁度いいな。

俺は、ゴブリンの棍棒を拾い彼の側に置き、麻痺が切れるのを待った。


……


「グギャ？　……ゲギャー！」

ゴブリンの麻痺がようやく解け、棍棒を拾うと俺に殴《なぐ》りかかってきた。

「フォートレス」

ガン！　ガン！　ガン！　ガン！

棍棒が盾に弾《はじ》かれびくともしない。それでも三〇分ほど滅多《めった》やたらに棍棒を振り回すゴブリン。

『個体名：奥田圭吾は、フォートレスＬｖ４を取得しました』

俺は、ベルジン魔力草を口の中でもしゃもしゃしている。

ゴブリンはゼーハーゼーハー肩で呼吸している。体力も限界そうだ。

「ゲギャギャ？」

「ギギャー！」

ゴブリンは踵《きびす》を返して川の方向へ逃げていった。

俺は別にとどめは刺《さ》さなかった。別に逃げるのなら追わない。あの調子なら、もうここには近づいてこないだろう。それでもまた襲ってくるなら倒すけど。

そういえば最近ブルーウルフに襲われてないなと遅《おく》ればせながら気がつく。

それは、ブルーウルフの上位個体であるアッシュが俺に懐いているためであることを俺は知る由《よし》もない。

k - 51

一〇：〇〇

俺はギルドのダンに、ギルドポイント50で取得できる体術は何かと聞いてみた。

するとダンはジェスチャーで蹴《け》りのポーズをした。どうやら足技《あしわざ》らしい。

足技であれば、新たな攻撃手段となり得る。正拳突《せいけんづ》きとかであれば、武器を捨てねばならないのでちょっと微妙だが、足技なら剣と盾を持ちながらでも戦える。

というわけで、ギルドポイント50を消費し、体術をカイから伝授してもらうことにした。

カイが繰り出したのは、何と言えばよいのだろうか、いわゆる『足刀蹴り』であった。左右の足を交差するように標的までの距離《きょり》を縮め、足の小指側側面を刃《は》に見立て横蹴りを放ち、木の的を「ドカッ！」とぶっとばした。

俺もグリーブを脱いで裸足《はだし》で真似をして練習してみたが「バンッ！」という程度の音しか出なかった。やはり熟練度の問題か。

『個体名：奥田圭吾は、足刀蹴りＬｖ１を取得しました』

どうやら無事に足技を習得できたようだ。俺は、カイに「アリガトウ」と言って、道場を出た。

その後、マルゴの店に寄って、貴鉄とヘルハウンドの毛皮を譲《ゆず》ってもらった。足刀蹴りに適した、足装備を製作するためである。

一九：○○

俺は、夜飯はそこそこに、鍛冶小屋にこもっていた。

足装備を製作するためである。

今までの足装備だと、防御にばかり重点を置き過ぎており、足刀蹴りには向かないこと。

および、敵にヒットする足刀部を貴鉄で強化するというような、オリジナルのカスタマイズをするためである。

カンカンカンカン　ジュワー
何度か調整し、貴鉄とヘルハウンドの毛皮でできた足装備が完成した。

『個体名：奥田圭吾は、鍛冶Lv5を取得しました』

鍛冶のレベルも上昇した。

装備してビシュっと足刀蹴りをしてみる。うん、悪くないな。

明日から、足刀蹴りの練習も追加しよう。

汗や鍛冶仕事のスス汚れを濡れタオルでふき、歯をみがいた後、アッシュとともに眠りについた。

k‐52

翌朝、アッシュに顔を足でタシタシされて目が覚める。アッシュの水のお皿が空だ。「水をくれ～(怒)」ということだね。しばらく、アッシュを構って遊ぶ。

最近はまっているのは『ベートーベン』という遊びだ。

アッシュを後ろから抱っこして、俺は指揮者の振りをして、運命を歌うとアッシュもそれに合わせてアオオーン！　と歌ってくれるのだ。可愛い。

さて、訓練だ。

ロシナンテ（馬）と鶏にエサをあげ。外に作った訓練場所に移動。アッシュも流石《さすが》にアンクルスネアにひっかかるとは思えないが、念のため一緒に抱っこして連れて行く。

今日は体術の訓練も追加だ。実戦を意識して、昨日製作した足防具を装備して足刀蹴りの練習をする。木で作った的がよい感じで割れた。結構な威力だ。

『個体名：奥田圭吾は、スキル足刀蹴りＬｖ２を取得しました』

さて、よい汗をかいたところで朝食だ。

朝食はハーブ鶏の生卵、パン、干し肉、イレーヌ薬草のお茶。生卵はやはり新鮮《しんせん》なのが美味い。あとは、植えていたジャガイモが取れたのでふかし芋《いも》にして食った。ジャガイモは常温で日持ちするのがよい。

一〇：〇〇

今日は燻製卵と燻製肉を作ることにした。

燻《いぶ》す時間は暇なので、酒をチビチビやりながら。まあ、こういう生活に憧《あこが》れて農家に隠居したのである。

できた、燻製をそのまま口に運びつつ、洗って天日干しにした、麻袋《あさぶくろ》のようなものにつめていく。保存食というよりは、マルゴへのおみやげだ。

一六：〇〇

馬車に燻製、ハーブ鶏を二羽、収穫《しゅうかく》したジャガイモを載せて町へ向かった。もちろん、アッシュも一緒だ。

一七：〇〇

途中で酒を買って、マルゴの店に入った。

劣鉄製のファイアダガーを三本作ってきたので、マルゴに渡した。火をお手軽に起こせる便利グッズとして、武器以外の用途としても人気が出ているらしい。俺は劣鉄製のダガーをマルゴからまた数本融通《ゆうずう》してもらった。

商売の話はそこそこに、俺の持ってきた酒とハーブ鶏、燻製にマルゴの目は釘付《くぎづ》けだ。

俺の育てたハーブ鶏は、この町では卵とともに評判の一品になっているらしい。鶏のエサに薬草を混ぜるなんてことをしているのは、俺くらいなものだろう。

マルゴは、もうどうせ客なんかこないと店を閉めだした。俺も人のことは言えないが駄目な大人である。

丁度、ジュノがマルゴの店に剣を研ぎに出しに来ていたので彼も誘《さそ》い、どうせならとサラサも呼ぶことにした。

ジュノがサラサを呼んでくる間に、俺が鍛冶場の砥石と研磨石を借りてジュノの剣を研いでやった。マルゴは焼き鳥の準備だ。頭が既《すで》に飲み会モードになっている。

サラサは、ニンニクや野菜など、焼き鳥と一緒に焼くと美味《おい》しそうなものを持参してきてくれた。そして、四人は一緒に鍛冶場の火を使って焼き鳥をしながら酒を飲んだ。

アッシュはマルゴにお手をして、焼き鳥をねだっていたよ。俺たちは楽しい焼き鳥パーティの時間を過ごした。

二二：○○

長居しすぎた。俺たち四人はパーティの後片付けをした後、お開きとした。余りものは皆《みな》で分けて持ち帰った。蒼《あお》い満月と透《す》き通るような満天の星が綺麗な夜だった。

二三：○○

帰宅。いつもなら寝ている時間だ。アッシュがスピースピーと寝息を立てている。おなか一杯だもんな。俺も眠いよ。

おねむのアッシュを布団まで運ぶ。俺は、濡れタオルで身体の汗をぬぐってから、布団に潜《もぐ》り込んだ。おやすみなさい。

k-53

川に風呂の水を汲みに行った時のことである、一〇メートルくらいの大蛇《だいじゃ》とマーマンが戦っていた。

大蛇が鎌首《かまくび》をもたげたあと、口に何かをため、吐《は》き出した。たぶん毒のブレスか何かだろう。マーマンが、それをモロにくらい、ジュワッっと溶けて即死《そくし》した。

こえええええ！

俺は一目散に馬車を引き返し、家に戻り、ドアの鍵をかけた。布団の中でアッシュを抱きしめ、ガタガタと震えた。アッシュがクーンと鳴いて慰めてくれた。

無理。あれは絶対無理。

でも、風呂どうしよう……。

とりあえず、どこかに居なくなってくれるのを待つしかないか。

一四：〇〇
はらへった……。
とりあえず、恐慌状態を脱した俺は。卵を食い、パンをかじる。
どうしよう……。
と、そこでハタと気がつく。
こういうときのための、冒険者ギルドなのではないのだろうか。
何でもかんでも遭遇《そうぐう》するモンスターを倒すのは、ＲＰＧゲームの勇者だけである。
俺は早速出かける準備をして、冒険者ギルドに馬車を出した。

……


　俺は、ギルドのテーブルを挟んでダンに力説していた。マジックボードに町、森、川を描《えが》き、川に丸をして大蛇の絵を描《か》く。大蛇とマーマンの絵を描き、マーマンにバッテンをする。マーマンの鱗を持ってきたので、マーマンの絵と鱗を交互《こうご》に指差す。

　なんとかダンに伝わったようだ。お金のジェスチャーをした。討伐報酬をどうするのかってことかね。俺はダンに金貨を五枚渡した。

　するとダンは新しい討伐依頼《いらい》を紙に書き込み、掲示板にペタっと大蛇の討伐依頼書を貼《は》った。なんだなんだと、強そうな冒険者たちが貼《は》り紙《がみ》を見ていった。

　他力本願で申し訳ないが、誰《だれ》かが倒してくれることを願おう……。

k - 54

　冒険者ギルドに大蛇の討伐依頼を出した後、しばらく川には行けないので、再度町に浴槽を持ち込み、水を満載《まんさい》にして家に帰った。

　あの大蛇。町に来ようものなら相当な被害《ひがい》になるぞ。俺の家も危険だ。ちょっと何か対策を考えなければな……。

俺は貴鉄でスコップを加工し補強することにした。鍛冶小屋の炉に火を入れる。
カンカンカン　シャッシャッシャッ
土を削《けず》る部分を強化して、砥石で鋭利《えいり》に研いでみた。
ザクッ
試しに土を掘《ほ》り返してみると、大分楽に掘れるようになった気がする。
俺は家の周りを囲うように穴を掘る。土を掘った穴よりも家側に積んでいき、スコップのはらで土を叩き固めていった。ないよりはマシかなという程度ではあるが、ちょっとした土壁《つちかべ》である。
掘った穴も、可能な限り外側から壁側に向けてなだらかな傾斜《けいしゃ》にし、高低差をつけるようにした。

……


結果的に言えば、大蛇の脅威《きょうい》は俺の杞憂《きゆう》に終わった。

熟練冒険者のパーティが、大蛇を討伐したそうだ。これで、ようやく川で水が汲める。

これが一般人《いっぱんじん》による冒険者ギルドの正しい利用法である。

冒険者として強敵を倒して名を馳《は》せる？　ノンノン。そんなのは現実にはありえない話なのだよ。

俺にできるのはせいぜい、討伐依頼を出すことくらいさ。

森から俺の家にコカトリスやらヘルハウンドやらが来たらとても困る……。というよりも、死ぬ可能性が非常に高い。俺は、森に生息するモンスターの討伐報酬として、金貨一〇枚を冒険者ギルドのダンに預けることにした。一匹につき金貨一枚の報酬を上乗せしてもらった。

サラサ1

私はサラサ。

実家は代々レスタの町の商人の家柄《いえがら》。私は一人娘《むすめ》なので、父親の後を継《つ》いでお店を切り盛りしている。

私には変な友人がいる。名前はケイゴオクダという。

最初彼が来たときは、何者かと思ったわ。何せ言葉が話せないくせに、文字が書けるんだもの。

彼にはポーションを作ったり、畜産《ちくさん》、農業の技術がある。非常に高品質な品物を私のお店に卸《おろ》してもらっているので、本当に助かっている。

鶏やその卵がまた絶品で、滋養強壮《じようきようそう》の効果があると言われているわ。お店に並べると飛ぶように売れていく。もっと大量に生産できないのかしら。

うちのお店の使用人を貸すからと、もっと大々的に生産するように勧《すす》めたことがあったのだけれど、彼にはやんわりと断られた。本当に欲がないのね。

彼には変な癖《くせ》があって、コカトリスの毒腺《せん》で作った毒を舐めたのよ、信じられない！

案の定、彼は倒れたわ。あの時は本当に大変だったんだから！

ケイゴとマルゴの関係は本当に憧れる。会話は通じないけどあの二人本当に似たもの同士なの。

親はよいところのお坊《ぼ》っちゃんと結婚《けっこん》をするようにと迫《せま》ってくるけど、実は私には好きな人がいたりする。誰かは秘密だけど、本当によい人。

彼は全然気がついてくれないけれど、きっといつか振り向かせてみせるわ。

マルゴ1

俺はマルゴという。

レスタという町でささやかながら武器防具店を営んでいる。妻とは若くして死に別れ、男やもめになってずいぶん経《た》つ。子供はいない。

俺には面白《おもしろ》い友人がいる。なので、ずっと寂《さび》しかったが、最近は結構楽しくやっている。

そいつは、ケイゴという奴《やつ》で、何故《なぜ》か言葉を話せないが、字が書ける。全く不思議な奴だ。

コカトリスという化け物を、ジュノと奴とで倒した時などは、血湧《わ》き肉が躍《おど》ったものだ。

ケイゴは何故か町に住まうことを嫌《きら》う。奴は奴なりのポリシーがあるのだろう。俺も、とやかく言うつもりはない。

ケイゴには鍛冶師としての才能がある。何せ、武器防具をただ作るだけではなく、火や水の属性を付与できるのだ。剣にも属性を付与しているが、あれはこの店にもない珍《めずら》しい雷属性だ。

俺にもできない芸当なので、方法を教えてもらいたいが、それは教えてくれるはずはないか。親しき仲にも礼儀《れいぎ》ありだ。

奴には、ファイアダガーを作ってもらって、格安で俺の店に卸してもらっている。俺も儲《もう》かっているので、詳《くわ》しい作り方は聞かないことにしている。お互《たが》い持ちつ持たれつということだな。

レスタの町の貴族にケイゴがファイアダガーの製作をしているとバレれば、徴税《ちょうぜい》などで多大なる迷惑《めいわく》がかかるおそれがある。

なので、ファイアダガーは俺が製作して売っていることにしている。

ケイゴの家には風呂がある。ケイゴの家で風呂に入ったあとの一杯は格別だ。あいつが育てている鶏の卵を煙で燻した料理は、本当に絶品だ。

この間、このレスタの町の貴族に狩《か》り出されて、ケイゴには迷惑をかけた。ヘルハウンドから逃走するときも、あいつはモンスターの炎《ほのお》から俺とジュノを守ってくれた。本当に頼《たよ》りになる奴だ。

あいつは、灰色の子犬を一匹飼っている。とても人懐っこくて可愛い。俺はあいつのおかげで、最近は寂しさを紛《まぎ》らわすことができている。本当にありがたいことだと思っている。

k-55

俺はマルゴのことを友人だと思っている。

それにも理由があって、孤独《こどく》をこよなく愛し、そして矛盾《むじゅん》するように、どこか寂しがり屋なところが似ている気がする。

普段《ふだん》は陽気で貫禄《かんろく》があって、弱みは見せないおっさんだがな。

マルゴのあの貫禄からすると、きっと嫁《よめ》さんがいるのだろうなとは思いつつも、未《いま》だかつて見たことはない。何らかの事情があると思われるが、わざわざ筆談をしてまでする話ではない。

マルゴも話したくなったら話すだろう。俺はあえてそのようなことまでは立ち入らない。

気楽に風呂でも入って、陽気に酒でも酌《く》み交《か》わす程度の関係で十分なのだ。

商社勤め時代、外国人と知り合いになることがあった。逆に言葉が十分通じないことで、余計にプライバシーに踏《ふ》み込まないし、踏み込まれない距離感が心地好《ここちよ》かった経験が沢山《たくさん》ある。

——言葉の壁を乗り越《こ》えないことで友情が生まれるものなのだ。

マルゴとの関係もそれに近いというか、まさにそれだ。

なので、彼にとって大切なプライバシーには、あえて触《ふ》れない。

サラサやジュノにしたって同じことだ。俺も、彼らの立ち居振る舞《ま》いを見て感じることはあるが、あえて立ち入るようなことはしない。

俺は、そういう人間だ。

昔友人と二人で飲みに行き、酒に酔《よ》って、必要以上にその友人の心の中に踏み込んでしまい後悔《こうかい》した経験がある。

しかし、この世界ではそもそも言葉が通じないので、その心配はない。言葉を選ぶ必要がない分、逆に気楽で心地好い。酒を一緒に飲むにしても、何の気兼《きが》ねもいらないのが嬉しい。

俺は、割と今の人間関係が大好きだ。

ジュノ1

俺はジュノという。

レスタという町でしがない冒険者稼業《かぎょう》をやって、細々と暮らしている。

俺には変わった友人がいる。そいつの名前をケイゴという。

何故か放っておけなくて、最初の頃《ころ》は色々世話を焼いたものだが、最近では逆に色々と世話になったりもしている。

奴はレスタの町と、強いモンスターが生息する森との間に住んでおり、狩《か》りの休憩《きゅうけい》に結構な頻度《ひんど》で立ち寄らせてもらっている。

奴は器用で、料理が上手《うま》い。ポーション作製、武器防具のメンテナンスもできる。

俺の町の貴族がケイゴに迷惑をかけた。本当に申し訳ない。あいつは本来であれば町の住民ではないので、貴族に命令される立場にないはずなのだが、あの貴族に理屈《りくつ》は通用しない。

ケイゴは言葉は通じなくても、道理は理解できる男だ。上手く貴族に睨まれることを回避したようで、俺も一安心だ。

俺は奴の他に、マルゴというオッサンとサラサという美しい女性と仲よくさせてもらっている。

俺は、密《ひそ》かにサラサに恋心《こいごころ》を抱いているのだが、いい所のお嬢様《じょうさま》に対して、野良犬《のら》のような俺。

あまりに身分違いの恋なので、ひた隠《かく》しにしている。

しかし、ケイゴはどうやら気がついているようだ。あいつはなんだかんだで鋭い。観察眼がある。

でも、あいつは何も言わずに黙《だま》ってくれている。本当にいい奴だ。

恋心は封印《ふういん》しようと思っている。どうやらサラサはマルゴのおっさんに惚《ほ》れているようなのだ。あの鈍《にぶ》いオッサンは気づいていないのか、気づかない振りをしているのか。

今の関係性を壊《こわ》すことはしたくないし、成功する目もないのにわざわざ玉砕《ぎょくさい》することもないだろう。全く困ったものだな。

第三章 大蛇怖い、無理

shousyaman no isekai survival

k-56

いつものように、アッシュがワサワサし始めて目が覚める。
今日は風呂《ふろ》を沸《わ》かそうと思う。訓練、朝飯の後、川へ出かける。なお、天気がよかったので藁《わら》の敷《し》き布団《ぶとん》とブルーウルフの掛《か》け布団は天日干しにしておいた。

一〇：〇〇
川に到着《とうちゃく》すると、マーマンと遭遇《そうぐう》した。

盾《たて》を構えフォートレスを発動したところへ、マーマンの水球魔法《まほう》が飛んでくる。

ドガッ！

前戦った時よりも、ダメージは少ない。俺《おれ》はフォートレスを発動したまま、デュアルポーション（中）を飲み、負ったダメージを回復。

素早《すばや》くマーマンに近接。マーマンの爪攻撃《つめこうげき》をはじきつつ、足刀蹴《げ》りを放ち、マーマンの頭を潰《つぶ》して倒《たお》すことができた。
『個体名：奥田圭吾《おくだけいご》は、Ｌｖ12になりました。体力24↓26、魔力14↓16、気力17↓19、力23↓25、知能75↓76、器用さ27↓29、素早さ23↓25。物理攻撃耐性《たいせい》Ｌｖ３、フォートレスＬｖ５、足刀蹴りＬｖ３を取得しました』

マーマンとならば、もうまともに戦える。その後、俺は浴槽《よくそう》に水を満たして一旦《いったん》家に置いてから、マーマンを馬車に乗せて、町に向かった。

一三：○○
ギルドではマーマンの討伐《とうばつ》以来が出ていて、今回の討伐でギルドポイントは24ポイントになった。マーマンの討伐報酬《ほうしゅう》は銀貨七枚だった。
なお、俺にとって最も重要なのは、水属性を付与《ふよ》することができる材料。『マーマンの鱗《うろこ》』である。その他の部位では、肉が【マーマンの肉：そこそこ美味《うま》い】と鑑定《かんてい》結果が出たので、食べられる分だけ持って帰ることにした。ちょっと口に含《ふく》んでみたところ、白身魚系の味がした。

一五：○○
俺は、マルゴから劣鉄《れってつ》製ダガーを数本譲《ゆず》ってもらい、家の鍛冶《かじ》小屋で試《ため》しに一本、水属性を付与してみることにした。フェムト石とマーマンの鱗を砕《くだ》いた粉を混ぜて、砥石《といし》で研ぐ。

シャッシャッシャッシャ。青白くダガーが発光した。

【ウォーターダガー：劣鉄製、水属性のダガー。水滴《すいてき》が滴《したた》り落ちる】

水属性を付与できたようだ。防具だと火耐性になるが、武器だと水を貯《た》める生活用品としての用途《ようと》に使えそうだ。

試しに、ウォーターダガーを紐《ひも》で吊《つ》るし、下に桶《おけ》を置いて水滴を貯めたところ、二時間程度で満杯《まんぱい》になった。口に含んでみると何の問題もなく飲み水にできる品質だった。

水筒《すいとう》にダガーを刺《さ》せるようにして「冒険《ぼうけん》のお供に！」なんて宣伝文句で売れば、売れそうだなと思った。俺は、残りのダガーにも水属性を付与して、今日の作業を終えた。

『固体名：奥田圭吾は、器用さ29→30となりました』

二〇：〇〇

マーマンの肉をフライパンでソテーにして食べる。その後、水を沸かしてアッシュと一緒《いっしょ》に風呂に入った。ついでなので、歯ブラシでアッシュの歯の汚《よご》れを落としてあげた。

寝酒《ねざけ》に一杯やってから布団にもぐりこむと、天日干しをしていた布団から太陽の匂《にお》いがした。おとなしいなと思ったら、アッシュは俺の足のところで気持ちよさそうに寝息を立てていた。

俺は横になりながら、ウォーターダガーは一応武器だからマルゴに卸《おろ》すべきなのか、生活用品としてサラサの商店に卸すべきなのか微妙《びみょう》なところだなと、くだらないことを考えていた。

そうしていると、いつの間にか眠《ねむ》りに落ちていた。

k - 57

翌朝、一通りの仕事を終えて、朝食を軽くとった後、マルゴの店を訪ねることにした。

昨日製作したウォータータダガーを確認《かくにん》してもらうためである。

俺は水が漏《も》れないよう、比較的《ひかくてき》大きめの桶にウォーターダガーを四本入れて、馬車を出す。

マルゴはウォーターダガーと、マジックボードにランカスタ語で鑑定結果を記入したものを見るなり、目をひん剥《む》いた。そして、桶に貯まった水を飲むと、金貨三〇枚のジェスチャーをした。

俺はサラサに二本、マルゴに二本ではどうかとジェスチャーしたが、マルゴは頑《がん》として自分に四本だと主張した。

馬に乗ってふんぞる格好をして「貴族危険」というジェスチャーをしたので何となく意味はわかった。確かにあまり色々なところに商品をばらまいて、注目を集めるのはよくないなと思った。俺は金貨一二〇枚と桶に入ったウォーターダガー四本を交換《こうかん》した。

丁度サラサが、マルゴにお弁当を渡《わた》しにやってきた。

俺のウォーターダガーとマジックボードの説明を見るなり、いきなりサラサが商人の目つきになった。マルゴと何か口論しているようだが、俺には何を話しているのかさっぱりわからない。
ウォーターダガーの販売権《はんばい》についてということだけは、何となく理解できた。
結局渋々という感じで、サラサは引き下がった。俺の世界一可愛いアッシュが、口論の仲裁《ちゅうさい》をしていた。えらいぞアッシュ。

一一：〇〇
また金に余裕《よゆう》ができたので、森のモンスター討伐報酬として、金貨一五枚を冒険者《ぼうけんしゃ》ギルドのダンに預けた。
討伐対象はコカトリスとヘルハウンド。あとは前に遭遇した猛毒《もうどく》のブレスを吐《は》く大蛇《だいじゃ》。名前は『サーペント』というらしい。サーペントにも念のため討伐報酬をかけておいた。

一四：〇〇
俺は、食料を調達して帰路に着いた。

一六：〇〇
俺はさっそく、鍛冶部屋にこもり、便利グッズ的な発想で、鞘《さや》を水筒に見立てたウォーターダガー専用水筒を作ってみた。ダガーを鞘に挿《さ》しておけば、あら不思議。ダガーを抜《ぬ》くことで、水筒から美味《おい》しい水が飲めるという代物《しろもの》だ。
なお使った金属は一番安い劣鉄であり、売り物にするつもりは今のところない。自分用である。一個マントの内ポケットに入れておいて、いつでも水が飲める便利グッズにした。

サラサ2

信じられないわ、マルゴったら、ケイゴの作ったファイアダガーだけでは飽《あ》き足らず、ウォーターダガーまで自分の店で売ると言い出したわ。流石《さすが》に私もカチンときた。

わざわざ彼《かれ》のために作ってきたお弁当を渡したくなるくらい、頭に来たわ。

ケイゴの書いた字を読む限りだと、水を生み出す魔道具じゃない。それってもはや武器じゃないわよね？　それを独り占めするなんてズルイ。私は、マルゴに食ってかかったわ。

でも、マルゴ曰《いわ》く、「じ《じ》ゃあ、お前はそれを誰《だれ》が作ったと言うつもりなんだ？」ですって。

確かにマルゴの言うとおり、ケイゴが作ったと知られれば、あの貴族が黙《だま》ってないわね。徴税《ちょうぜい》だ何だと、ケイゴからお金をむしりとるに決まっているわ。

マルゴの店にウォーターダガーを置いておけば、マルゴが作ったという言い訳も使える。

ぐうの音もでないとはこのことね。私は渋々引き下がらざるを得なかった。

子犬のアッシュちゃんが、心配そうな目で私とマルゴを交互《こうご》に見上げ、「ケンカダメ」とでも言いたそうに「クーン」と悲しそうな声を上げてたから、見逃《みのが》してあげるわ！

なんて可愛《かわい》らしいのかしら！　思わず抱《だ》きしめちゃったわ。

マルゴ2

ケイゴの作ったファイアダガーとウォーターダガーの売り上げが半端《はんぱ》ではない額になっている。最初はケイゴが貴族に目をつけられるのを防ぐための案だったが、ここまで人気が出るとは思わなかった。他の町から、商人が買い付けに来るようにまでなった。

こうなると、どこでどう噂《うわさ》が広まるかわかったもんじゃねえ。俺は、信用できる人にだけ売るようにしている。

冒険者ギルドに強いモンスター討伐の依頼《いらい》をかけるために、これらの利益の一部を使わせてもらっている。特にケイゴの家は森のダンジョンに近いので、危険だ。

これがケイゴから受けた利益の還元《かんげん》方法としては一番有意義な使い方だと思っている。

サラサが毎日のように弁当を作って持ってきてくれる。

独り身の男やもめとしては、ありがたい限りだが、良家のお嬢《じょう》さんがこのようなむさ苦しい場所に、頻繁《ひんぱん》に出入りするのは如何《いかが》なものかと心配している。

お弁当のお礼にと、軽い気持ちで市場で買った珍《めずら》しい色合いの『貝殻《かいがら》のイヤリング』を無造作に「くれてやる」と渡したら、凄《すご》く喜んでいたな。

俺はケイゴあたりが将来性があって、サラサとお似合いなんじゃないかと思っているが、ケイゴは結婚《けっこん》など、興味がなさそうだ。町にすら住みたがらない、極度の人間嫌《ぎら》いだしな。

まあ、ケイゴは俺から言わせれば、臆病者《おくびょうもの》の寂《さび》しがり屋なのだがな。

——さて、今日も冒険者の命を守るために、店を開けるとするか。

アッシュ1

僕《ぼく》の名前はアッシュ。ご主人様がつけてくれた大事な名前さ。

僕はいっつもご主人様と一緒。寝るときも一緒だよ。寝る場所はご主人様のお布団の足のところと決めてるんだ。

僕の大好物はお肉！　ご主人様がくれるお肉はすごくおいしいよ！

ご主人様はいろんなところに連れて行ってくれるんだ。

おっかない化け物がご主人様を襲《おそ》ってきたことがあって、僕は声で相手をびっくりさせてやったよ。あとでご主人さまに頭をなでなでしてもらっちゃった。えへへ。

あるとき、ご主人さまの仲良しなオジサンとおねえさんがケンカをしたから、僕は「やめてー」って言ったよ！　なぜかおねえさんにギュっとされちゃった。

ご主人様、お水がないよ！　僕のお皿にお水が入ってないよ！　寝てないで起きてよ！

僕はお歌が好きなんだ！　ご主人さまと一緒にいっつも「ダダダダーン」って歌ってるの。

お骨を投げて遊ぶのも大好き。僕は走るのが得意なんだ。お骨をとってくると、ご主人さまは僕の頭をなでなでしてくれるんだ！　えへへ。

でも、すごく心配なことがあるんだ。ご主人さまはあっついお部屋で、なめちゃいけないものなのになめて、いっつも倒れるの。顔をなめて起こそうとするけど、全然起きないんだ。

僕の名前はアッシュ。ご主人さまの相棒さ。

ジュノ2

俺は、マルゴのことを尊敬している。その尊敬は職人としての心意気に対してだ。

マルゴは、冒険者の命を第一に考えている。金がなくても、最低限の装備は無造作に投げてよこす。俺が実際そうだったのだから。そういう場合、大抵赤字《たいてい》なのも知っている。

俺は「冒険者として成長してから必ず返す」と言ったが、「先行投資だ。気にするな」と金を受け取ってもらえなかった。

マルゴからは、自分の渡した装備の不具合が原因で冒険者に絶対死なせはしないという、職人としての矜持《きようじ》を感じる。そんな彼には心から尊敬の念を抱いている。

ところが、そんなマルゴにも苦手分野がある。恋愛《れんあい》の機微《きび》についてである。

なんと彼は、サラサの気持ちに気がついていないようなのだ。あれだけモーションをかけられていたら、普通《ふつう》は気がつくだろうよ。しかも、うかつにもサラサにプレゼントなんてしている。

サラサは心底嬉《うれ》しそうに、貝殻のイヤリングを俺に見せてきた。サラサに「よかったね」と笑顔《えがお》で言いながら、俺は心の中でそっと溜息《ためいき》をついたのだった。

アホ貴族1

我輩《わがはい》の名前はバイエルン。

レスタの町の由緒《ゆいしょ》正しき血筋の貴族である。この町で我輩の栄光ある名を知らぬ者などおらぬ。

この間は散々な目にあった。

最近、モンスターが活発化しているので、ダンジョンから生まれるモンスターが溢《あふ》れ出ているのであろうと予測。『ノブレス・オブリージュ』。『貴族の義務』としてダンジョン攻略《こうりやく》に乗り出したのだが……。

あの役立たずどもめ、たかがコカトリスごときに逃《に》げ出すとは、冒険者の風上《かざかみ》にもおけん。

何か言い訳がましいことばかり言うので、我輩が鉄拳《てつけん》制裁してやったわ。ふはははは！

一週間、牢《ろう》にでも放《ほう》り込《こ》んでおけば、反省するであろう。ただ、あの町外れに住む、風変わりな人物だけは違《ちが》った。

ぺこぺこと下手に出ては、我輩に謝罪とばかりに金貨を寄越《よこ》したのである。

わかっておるではないか。ふははは！

我輩は気分がよくなったので、あやつの連れであった二人の冒険者も許してやった。感謝するがよい。

他の冒険者もそうすれば、我輩の制裁を受けずに済んだものを。態度に気をつけろ、馬鹿者《ばかもの》どめ！　我輩は諦《あきら》めんぞ。ダンジョンを攻略してこの地の英雄《えいゆう》として名を馳《は》せるのだ！　待っておれ、モンスターども！

k-58

翌朝、アッシュに顔をペロペロされ、まんまちょーだいと起こされる。

俺は、もそもそと起き出して、冷たい水で顔を洗う。

昨日寝る前にウォーターダガーをタルの中にいれておいたのだが、きちんと水が貯まっていた。よし、よい感じだ。

ロシナンテ（馬）と鶏《にわとり》のお世話をしてから、訓練だ。剣《けん》の素振《すぶ》り、弓の的あて、足刀蹴り。バッシュにチャージアローを繰《く》り出す。軽く汗《あせ》を流してから、朝食だ。今日は軽く、目玉焼き、燻製《くんせい》肉、パンにした。

一〇：〇〇
麻痺罠《まひわな》にシカとウサギがかかっていた。血抜《ちぬ》きの上、肉に解体した。

昼飯はウサギ肉の塩焼きにでもしよう。

シカ肉は余らせるのももったいないから、燻製肉と干し肉にしよう。

チビチビやりながら、燻製を作っていると、武装したマルゴとジュノがやってきた。そして、一緒に燻製を肴《さかな》にチビチビやりだした。お前ら、これからモンスターを狩《か》りに行くのじゃないのか。

一三：〇〇
ジュノにデュアルポーション（小）とパルナ解毒ポーションを譲ると、彼は狩りに出かけた。
マルゴは戦闘《せんとう》用の格好をしていたが、浴槽に水が貯まっているのを見つけるなり、薪《まき》で風呂を沸かしだした。もう好きにしてくれ。
マルゴは燻製肉やら風呂やらの礼だと言わんばかりに、馬車に積んできたフェムト石と劣鉄のインゴット、銑鉄《せんてつ》のインゴットを指差し、もっていけと合図をした。遠慮《えんりょ》なく使わせてもらおう。

一五：〇〇
俺はマルゴと一緒に森へ素材の採取に出かけることにした。アッシュも一緒だ。

森では、ヘルハウンドやコカトリスといった、強いモンスターに遭遇することはなかった。

もっとも、『グレイベア』という熊《くま》のモンスターと、『コボルトウォリアー』に遭遇した。

俺とマルゴの二人なので、俺が麻痺矢で敵を麻痺させて、マルゴがバトルアックスで仕留めるという連携《れんけい》プレーを行った。

俺たちは、馬車に倒したモンスターを載《の》せた。森では、フェムト石、火炎《かえん》石、グリーネ麻痺草、デルーンの実を採取し、探索《たんさく》を切り上げた。

一八：〇〇
家に戻《もど》り、グリーネ麻痺草を畑に植え、採取物を鍛冶小屋に運んだ。モンスターの解体と討伐報告はマルゴがやってくれるそうだ。

マルゴは薪で風呂をもう一度沸かし、ザブンとやって疲《つか》れをとってから、町へ帰っていった。

二一：○○

風呂上がりに、ギルドカードを見ると、ギルドポイントが28に変化していた。マルゴが無事討伐報告を済ませてくれたようだ。

俺は最近サラサの商店で、魔核《まかく》で光る『ランタン』を購入《こうにゅう》していた。俺は動力源である魔核を取り外し光を消すと、アッシュと一緒に眠りについたのだった。

k‐59

風呂の残り湯でも用途はある。洗濯《せんたく》や、植物への水やりに使えるのである。

流石にロシナンテ（馬）と鶏には、雨水やウォーターダガーの飲料水を与《あた》えている。

また、俺はサラサの商店で紙と綴《つづ》りひも、羽根ペン、インクを購入し、図鑑《ずかん》を作ることにした。

具体的には鑑定したモンスターの絵と特徴《とくちょう》、鑑定結果、素材の使い道。採取した植物や鉱石の絵と鑑定結果を。さらには、習得したスキルの使い道、ポーションや毒のレシピなども書き綴った。鑑定結果についてはランカスタ語を併記《へいき》した。

町へ行くとき、この『図鑑』を持ち歩けば何かと便利だろう。

……

ヘルハウンドの火袋《ひぶくろ》を乾燥《かんそう》させたものを、火炎石と混ぜてみたところ、【猛炎《もうえん》の粉：強い火属性の魔力をもつ粉】という鑑定結果が出た。ヘルハウンドの爪を鑑定してみると、【ヘルハウンドの爪：金属の精錬《せいれん》に用いることで金属の強化が可能】と出た。

早速《さっそく》、俺は鍛冶小屋にこもり、銑鉄のインゴットを熱して剣にする際、ヘルハウンドの爪を加えてみた。

【ヘルハウンドソード：ヘルハウンドの爪による金属強化が施《ほどこ》された剣。銑鉄製】と出た。猛炎の粉とフェムト研磨《けんま》石でヘルハウンドソードを研磨すると、火炎石で研磨したときよりも、より強く赤く発光した。

【ヘルファイアソード：中位の魔力を秘《ひ》めた火属性の剣】と出た。

また、そろそろスモールシールドが使いすぎでボロボロになってきており、メンテナンスでは限界の状態だった。そこで、銑鉄とヘルハウンドの爪を使い盾を作り、マーマンの鱗で火耐性も付与した。

【ヘルハウンドバックラー：ヘルハウンドの爪による金属強化が施された盾。銑鉄製。火耐性＋】

『個体名：奥田圭吾は、器用さが30→31となりました。鍛冶Ｌｖ６を取得しました』

鍛冶小屋を出た俺は、試しに訓練場でヘルファイアソードの素振りをしてみた。

剣の刀身が燃え、火炎が結構な勢いで噴射《ふんしゃ》。木の的が炭化した。

これは剥き出しにしておくと危ないと思い、改めて余った銑鉄のインゴットで鞘を製作。

マーマンの鱗を用いて鞘に水属性を付与。ヘルファイアソードの鞘にしたのだった。

k - 60

今日は川でマーマンを狩る。マーマンの水球攻撃はフォートレスで防御《ぼうぎょ》しさえすれば、問題ないことがわかっている。

フォートレスでガードしつつ、近づいては剣や足刀蹴りで頭を攻撃して倒していった。

ちなみにヘルファイアソードによる火炎噴射攻撃をしてみたが、表面がてらてら濡《ぬ》れているせいなのか、あまり効果がないようだった。水属性の敵には火属性の攻撃は効果がないということなのかもしれない。

俺はマーマンの鱗が欲《ほ》しかったので、今こうしてマーマンを狩っているというわけである。マルゴから、ウォーターダガーの製作を急《せ》かされているのだ。

俺が川沿いを歩きマーマンを狩っていると、ヤツがいた。

キシャ――――――！

一〇メートルはあろうかという巨大《きょだい》なサーペントが遠くで鎌首《かまくび》をもたげてこちらを威嚇《いかく》していた。

こえええええ！

俺は、猛ダッシュで逃げた。ロシナンテ（馬）に鞭《むち》を打ち、マーマン数体という重量にもかかわらず、猛ダッシュで家まで駆《か》け抜けてもらった。ロシナンテ（馬）も目をひん剥いて、舌を出して走ってくれた。

アッシュが勇敢《ゆうかん》にも荷台の上で大蛇に向かって吠《ほ》えている。アッシュ、吠えなくていいから！　こっち来ちゃう！

俺は、小屋に鍵《かぎ》をかけアッシュを抱きしめて、布団をかぶる。蛇怖《へびこわ》い。蛇怖い。俺はガタガタと震《ふる》えた。マーマン楽勝と思って調子に乗ってました。ごめんなさい。

どうかこっちに来ませんように。

k‐61

一五：〇〇

ようやくサーペントによる恐慌《きょうこう》状態を脱《だつ》した俺は、ロシナンテ（馬）に走ってもらい、冒険者ギルドにやってきた。

ダンの目の前に金貨二〇枚を積み上げ、「川、サーペント！」とホワイトボード&ジェスチャーで討伐の依頼《いらい》をした。

恐《おそ》らくだが、サーペントって、マーマンと同じく川が生息域のモンスターなのではないだろうか。

ダンは任せろという感じで、サラサラと討伐依頼書を書き上げ、掲示板《けいじばん》に貼《は》り付けた。冒険者がわらわらと寄って来て、腕《うで》を組んで何かを話し合っている様子だ。

頼《たの》むぞ。俺は、念のためアンクルスネアを追加購入。

馬車に乗っけてきたマーマン数体の討伐報告を終えたところ、ギルドポイントが53になった。

一七：〇〇
俺は家から川の方面に向けて、アンクルスネアを増設し、グリーネ麻酔薬《ますいやく》を塗《ぬ》っていった。もし奴《やつ》が襲ってきたらちゃんと効きますように……。

一八：〇〇
そうだ！　名案を思いついた。俺はおもむろにドヌール毒とパルナ解毒ポーションを取り出した。鍛冶小屋にあぐらをかくと、アッシュが「クーン」と心配そうに鳴いた。

量は前回の一・五倍。大丈夫《だいじょうぶ》、俺はまだやれる。

ペロ……

ごふっ。俺の頭に雷《かみなり》が落ちた。ぐわんぐわんする。意識が朦朧《もうろう》とする中、俺は、かろうじて右手につかんだパルナ解毒ポーションを飲み、ぶっ倒れたのだった。

二〇：〇〇
アッシュに顔をペロペロされて目が覚めた。まだキーンと耳鳴りがして頭が痛い。パルナ解毒ポーションの残りを飲み、なんとか復活する。

『個体名：奥田圭吾は、毒耐性Ｌｖ５を取得しました』

よし。これでサーペント対策もバッチリだ。

しかし、毒で眩暈《めまい》がするせいか、食欲がない。とにかく、燻製肉とパンを無理やりイレーヌ薬草のお茶で流し込み、今日は休むことにした。

ダン１

俺は冒険者組合ギルドで職員をしている、ダンという者だ。

最近とみに忙《いそが》しくなってきている。おそらく、ダンジョンのオーバーフローが起こっている。そんな折、不思議な男が俺の目の前に現れた。

商家のお嬢さんであるところのサラサさんに、引っ張られるようにしてやって来たその男は「ケイゴオクダ」と名乗った。

全く不思議な奴で、話が通じないのに字が書けるのだ。わけがわからない。

冒険者ギルドの本来の存在意義は、強い冒険者が弱い者を助けるというものだ。

しかし、飯が食えないのであれば、誰も命をかけて冒険者などになる馬鹿はいない。

そこで重要になってくるのが、町を治める貴族からの援助《えんじょ》なのだが、この町の貴族は本当にケチで、予算はカツカツだ。

モンスターの討伐報酬があれば、強い冒険者が積極的に動いてくれる。この町の貴族は、そんな簡単なことも理解できない馬鹿なのだ。本当に頭が痛くなる。

ところが最近、ケイゴオクダが冒険者の身ながら討伐報酬を出してくれている。確かに今の奴では討伐が難しそうなモンスターに報酬を出している。

奴はマルゴ、ジュノ、サラサと仲がよいらしく、時折一緒にいるのを見かける。大方、冒険者稼《か》業《ぎょう》以外で色々稼《かせ》いでいるのかなと推測している。

何でどのように稼ごうが関係ない。ケイゴオクダはギルドに金を払《はら》ってくれている以上、大事なお客様だ。大切にしなければ。

最近川にサーペントが出るそうだ。あれも、討伐難易度の高いモンスターだ。

町を襲われでもしたら大変だし、ケイゴの住む町外れの家も心配だ。俺のツテを使って、是《ぜ》が非でも討伐しなければならないと思っている。

だが、そもそもの根本的な問題としてダンジョンオーバーフローをなんとかしないといけない。

あのアホ貴族様がまた余計なことをしなければよいが。

この間はダンジョンを攻略すると突然《とつぜん》言い出し、無理やり実力を無視して冒険者を集めて散々な結果に終わったと聞いている。

ダンジョンの問題については、うちのギルドマスターとも相談して対策を練らないといけないと考えているが、いかんせん冒険者に支払われるべき金が圧倒《あっとう》的に足りない。

本当にどうしたものか。頭が痛い。

第四章 大蛇襲来、そして

shousyaman no isekai survival

k-62

昨晩はほとんど眠《ねむ》れなかった。

横になっているだけでも大分疲《つか》れはとれたが、眠りにはつけていない。当然だ。大蛇《だいじゃ》が逃《に》げた俺《おれ》たちを追って、襲《おそ》ってくるかもしれないのだ。

目の下にクマを作りながら、アッシュや家畜《かちく》にエサと水をやり、冷たい水で顔を洗う。

シャキっとしたところで、朝飯を作って食べていると、アッシュがうなり声を上げ始めた。

「何だ……？」

俺は朝飯を中断し、武器防具を装備。家の周りを巡視《じゅんし》する。

キシャ――――！

ぎゃあああ。

例の大蛇が現在進行形で、こちらへ爆進《ばくしん》中だ。俺はアッシュを小屋に入れてドアを閉めた。

「おとなしくしてるんだぞ、アッシュ」

……うん。死んだなこれは。

俺は小屋を出て、ヤツの方向へ向け弓矢を構える。丁度アンクルスネアを通過する辺りが射程圏《けん》内《ない》だ。

キシャ――――――!

ヤツがウネウネしながら、こちらを威嚇《いかく》している。うん。無理。アンクルスネアの所に到達《とうたつ》するも、バキバキと踏《ふ》み潰《つぶ》され効果はないようだ。俺は麻痺《まひ》矢を使い、チャージアローをヤツの喉元《のどもと》に向かって放つ。バシュッ! ドカッ! 一応ヒットし、ヤツは動きを止めた。やったか?

しかし、すぐにヤツは動きだしてブレスのモーションに入る。これまでか。すると……。

「「「○×▼□~◆!」」」

見知らぬ冒険者《ぼうけんしゃ》パーティが颯爽《さっそう》と現れた。強そうな冒険者パーティは、三人だった。

大きな盾《たて》をもった屈強《くっきょう》そうなタンク風の男。魔法使《まほうつか》い風の女にヒーラー風の女。

ヒーラー風の女が男に補助魔法っぽい魔法をかけ、男は盾を構えながらブレス攻撃《こうげき》をするため、鎌《かま》首《くび》をもたげたヤツに突撃《とつげき》をする。ヤツは猛毒《もうどく》のブレスを吐《は》くが、何とか男は耐《た》え抜《ぬ》いた。ヒーラー風の女はすかさず回復魔法を男にかける。

その間、ずっと詠唱《えいしょう》をしていた魔法使い風の女が何かを叫《さけ》ぶと、竜巻《たつまき》が巻き起こり、タンク風の男が横に飛ぶと同時に、大蛇にヒット。竜巻は大蛇をズタズタに引き裂《さ》いた。

――俺の風前の灯《ともしび》だった命は、首の皮一枚でつながったのだった。

その三人のパーティに俺は「アリガトウ」とお礼を言った。タンク風の男にはパルナ解毒《げどく》ポーシヨンを渡《わた》してあげた。そして、三人はレスタの町へと引き上げていった。
一二：〇〇
完全に寝不足《ねぶそく》の俺は、アッシュがいる小屋で、今度こそ深い眠りについたのだった。

k - 63

一六：三〇
変な時間に寝てしまったな。

アッシュに顔を足でタシタシされて目が覚めた。ああ、お皿のお水が空なのね。

アッシュのお皿に水を入れてあげ、ようやく、元の平穏《へいおん》な日常が戻《もど》ったなと思い出す。

んー。足の腱《けん》を伸《の》ばし、ストレッチをする。

大蛇に踏み散らかされ壊《こわ》されたアンクルスネアを回収。冒険者ギルドで買いなおさないとな。

……でも今日は風呂《ふろ》に入ろう。

俺は無事だったアンクルスネアを大蛇に踏み荒《あ》らされた場所に再度設置し、アンクルスネアを平均的に家の周りをぐるりと囲むように設置した。

二〇：〇〇
その後、川で水を汲《く》み、薪《まき》で風呂を沸《わ》かした。同時に卵とチーズを燻製《くんせい》にする。ザプンとやる。

ふー。緊張《きんちょう》で固まっていた筋肉がほぐれる。アッシュも大人しく一緒《いっしょ》に風呂に入っている。夜空の星を見上げる。綺麗《きれい》な星空だ。

風呂から上がり、バスタオルで身体《からだ》をふき、アッシュも、可愛《かわい》いあしあとの刺繍《ししゅう》がされた小さいタオルでふいてやる。アッシュのタオルはサラサからのプレゼントだ。

風呂上がりに燻製を肴《さかな》に一杯やる。幸せだ。

アッシュがまんまちょーだいと、俺の前でお座《すわ》りしたので、燻製を少しだけあげた。

静かな夜だなと思っていたら、青い顔をしたマルゴとジュノが荷馬車に乗ってやってきた。大方、ギルドで大蛇の話でも出たのだろう。

俺の、何とものんびりとした姿を見て安心したのか、二人は風呂でザブンとやり、俺と一緒に焚《た》き火を囲みながら切り株に腰《こし》かけ、酒盛りを始めた。

全く、俺の静かな時間を邪魔《じゃま》しやがって。でも、こういうのも悪くない。

k‐64

翌日、そのまま鍛冶《かじ》小屋に泊《と》まっていったマルゴとジュノが、まだ起きてこないのを横目に、俺はいつもの家畜の世話と、朝食の支度《したく》、鍛錬《たんれん》を行う。

朝飯の匂《にお》いにつられて、起きてくる二人。何勝手に食おうとしてるんだ。自分の分は自分で用意しやがれ。全く自由な奴《やつ》らである。

今日は何をしようか。まずはアンクルスネアの補充《ほじゅう》である。大蛇に大分破壊《はかい》されたからな。

その後は、森に採取にでも行くか。いや、こいつらがいるからそっちが先か。

俺は、マルゴとジュノに森への採取に付き合えとジェスチャーで伝えると「オーケー」の返事が返ってきた。

想定される出現モンスターの対処方法、連携《れんけい》方法を地面に木の棒で絵を書いて入念に打ち合わせをした。

一〇：〇〇
三人で森へ。アッシュも一緒だ。早速《さっそく》コボルト、ヘルハウンドに遭遇《そうぐう》する。

アッシュが敵に気がつくのが一番早く、うなり声で警告してくれるので助かる。

マルゴ、ジュノが前衛、俺は後衛でドヌール毒矢を放ち仕留めた。コカトリスも出現した。

今度は石化耐性《たいせい》スキルのある俺が前衛で、フォートレスを使いながら、タンクをしつつ、ヘルファイアソードで火炎《かえん》放射攻撃。コカトリスが石化攻撃をしてきた。

粟立《あわだ》つ肌《はだ》。パキパキパキパキ……。ひいいいいいいい。

ゆっくりであるが確実に石化が進行する。俺は、急いでパルナ解毒ポーションをあおる。

俺が注意を引き付けているうちに、マルゴとジュノが後ろに回りこんで攻撃を加え何とか倒《たお》した。

『個体名：奥田圭吾《おくだけいご》は、Ｌｖ12→Ｌｖ13になりました。体力26→28、魔力16→17、気力19→21、力25→27、知能76→77、器用さ31→33、素早《すばや》さ25→27。フォートレスＬｖ６、石化耐性Ｌｖ４を取得しました』

久しぶりのレベルアップだ。逃げてばっかりだったからな。やはり、コカトリスは一人で倒すのは難しいだろう。俺たちは採取と狩《か》りを昼過ぎまで続けた。

k-65

一四：〇〇
一旦《いったん》、俺の家まで戻り、俺の採取分は鍛冶小屋に置き、目新しい植物は畑に植えておいた。昼食をとった後、俺たち三人は荷台の馬車に討伐《とうばつ》したモンスターを載せ、町へ向かった。

一六：〇〇
俺たちは、解体所にモンスターを預け、討伐部位だけもらって、ギルドに討伐報告をした。カードのギルドポイントは112になった。

俺は、ギルドの物販《ぶっぱん》コーナーで、アンクルスネアを購入《こうにゅう》した。

ギルドポイントが100を超《こ》えたので、100で取得できるスキルをどうするか悩《なや》んだが一時保留にした。一応どのようなスキルがあるのかダンには聞いてみたが、詳細《しょうさい》はよくわからなかった。

俺たち三人は討伐報酬《ほうしゅう》金貨一五枚、銀貨四枚と、解体されたモンスターの部位を分け合い、解散した。

俺はドヌール毒の材料である『コカトリスの毒腺《どくせん》』、猛炎《もうえん》の粉の材料である『ヘルハウンドの火《ひ》袋《ぶくろ》』をもらった。

一七：三〇
サラサの商店に顔を出し、無事であることを報告した。ジュノに心配しているから顔を出せと、口を酸っぱくして言われていたのだ。
サラサの商店にはデュアルポーション（中）、ハーブ鶏《どり》の卵を卸《おろ》し、鳴子用の糸と薪を仕入れた。差し引きで、金貨五枚、銀貨二枚をもらった。
サラサは一緒につれてきたアッシュに、おやつの骨付き干し肉をあげていた。アッシュがサラサにピョンピョン飛びついて、ペロペロしていた。

一九：〇〇
帰宅。荷物を搬入《はんにゅう》して、買ってきたアンクルスネアを川と森方面に多めに設置した。

二〇：〇〇
昨日の残り湯がもったいないので、追い焚《だ》きして風呂に入った。

ふー。俺は、凝《こ》り固まった筋肉をほぐした。

晩飯はパン、シカの干し肉、ルミーの果実、ミランの果実酒で簡単に済ませた。アッシュも今日は、色々動いて疲れたのだろう。既《すで》におねむモードだ。

俺はアッシュを連れて、寝床《ねどこ》に横になることにした。

k - 66

ふう。俺は布団《ふとん》に入って仰向《あおむ》けになりながら考える。足元のアッシュはスピースピーと寝息を立てている。

俺が考え事をするのは大抵《たいてい》布団に入って目を閉じてからだ。

今のところ取り立てて生活面では問題はない。

一つ不安があるとすれば、モンスターの存在だが、これぱかりは気にしてもしょうがない。町に住めば安全性は増すかもしれないが、『しがらみ』が増え自由がなくなる。それは嫌《いや》だ。

大体、モンスターなど、どこまで強い存在がいるのかわかったものではない。

もしRPGなどでよく出てくる『ドラゴン』にでも襲われたとしたら、一〇〇％死ねる自信がある。なので、気にしても仕方がない。地道に訓練を積むだけだ。

新しく取得するスキルも、考えないといけない。今度こそ魔法取得を目指すのか、あるいは今までの延長線上のスキルを取得するのか。

先日、魔法使いが竜巻で大蛇を倒したのを見た。もし、あれが使えるようになれば、サバイバルの難易度もぐっと下がるだろう。

そんなに都合よくいくとは、とても思えないが。それと、一つ気がついたことがある。どうやら俺は鍛冶の技術が秀《ひい》でているようだ。マルゴのような熟練の職人でも、属性付与《ふよ》の技術をもっていないのがよい証拠《しょうこ》である。ポーション作製などの錬金術《れんきんじゅつ》についてもそうだ。

毒味という危険極《きわ》まりない作業を伴《ともな》うが、鑑定《かんてい》スキルから派生しての鍛冶、錬金術にはとても助けられている。鍛冶と錬金術を極めることが、生きていくことへの近道かもしれない。

もう一つ気になるのは、マルゴ、ジュノ、サラサの関係性である。

しかし俺には、見守ることくらいしかできない。なのでこれも気にしても仕方がない。

そのような、とりとめもないことをツラツラと考えていたら、いつの間にか俺は眠りに落ちていた。

k-67

翌朝、聞き慣れない不思議な音で目を覚ましたら、水を貯《た》める用の桶《おけ》の縁《ふち》に綺麗な小鳥がとまり、くちばしで水を突《つ》っついていた。森からやってきたのかな？

俺は、鶏《にわとり》用のパンくずをそっと近くにまいてやった。

うん。天気は良好。今日は目覚めのよい朝だ。

俺はストレッチをして凝り固まった筋肉をほぐし、毎朝の日課を行う。大分弓の精度も上がってきた。

一〇：〇〇
朝食をとった俺は、鍛冶小屋にこもった。

コカトリスの目を乾燥《かんそう》させて粉末状にしたものとフェムト石を砕《くだ》いた研磨剤《けんまざい》を混ぜて、矢のヤジリ部分を砥石《といし》で研磨《けんま》したところ、灰色に発光した。

【石化の矢：石化属性。攻撃対象を石化状態にする】

よし。攻撃手段が一つ増えた。但《ただ》し、毒矢と同じで、取り扱《あつか》い要注意だ。俺は、銑鉄《せんてつ》と木材で作った自前の矢に、石化属性を付与していった。自分でなめて石化耐性をつける以外にも用途《ようと》があったんだな……。

アッシュがお座りしながら、「クーン」と心配そうに鳴き声を上げる。アッシュ、そんなに心配しなくても、パパはなめて倒れたりしないよ。

昨日考えていた取得スキルの件だが、弓にしようかと思っている。大蛇と戦った時を思い起こすと、俺が使った攻撃手段は弓のみだ。近づいたらブレス攻撃で一環《いっかん》の終わり。弓以外の選択肢《せんたくし》がなかった。

今後も近づいたら一撃《いちげき》で殺されるような敵に、もし出くわしたとしたら、弓で攻撃するしかないだろう。それに俺は弓に毒、麻痺、石化と状態異常を付与することができる。

どのようなスキルかは、ダンからの聞き取りでは不明だった。しかし、チャージアローより強力なスキルである可能性が高い以上、取得しておくべきだろう。

俺は少々遅《おそ》い昼食をとったあと、鍛冶小屋で石化の矢のついでに製作したウォーターダガーを数本桶に入れ、レスタの町へと荷馬車を走らせた。

k-68

一四：○○

俺は、冒険者ギルドにやって来た。

ダンにジェスチャーで弓スキルを取得したい旨《むね》を伝える。ギルドカードを渡し、そこから100ポイントが引かれる。ギルド奥《おく》の道場に通され、ダンがカイに何か言っている。

カイがわかったとこちらを向き、訓練用の弓を投げてよこした。

カイは見てろと俺に合図し、弓を素早く引き放った。パシュッ！　ズドン！

矢が的を貫通《かんつう》した。何というか、チャージアローは面で衝撃《しょうげき》を与《あた》える技《わざ》なのに対し、今のは一点に集中して貫通させるような技に見える。

カイがジェスチャーでやってみろと指示してきたので、俺もカイのモーションを真似《まね》て何度かやってみたところ。ズドン！

貫通まではいかないものの、的のかなり深いところまで、矢が入り込《こ》んだ。

「個体名：奥田圭吾は、シャープシュートＬｖ１を取得しました」

どうやら成功したようだ。俺は、カイに礼を言い、道場を後にした。

一七：〇〇
俺はマルゴの店に寄って、ウォーターダガーを数本納品。代わりに使いすぎてボロボロになった弓を新調した。それなりによい品を買った。
マルゴは酒を飲むジェスチャーをして、店を閉めたがっていたが、連日飲んでばかりはいられないので断った。店つぶれるぞ。

一八：〇〇
冒険者ギルドに再度寄り、討伐報酬として金貨二〇枚を預けた。ターゲットは森、川にいる、俺が一人で倒せないモンスターである。
他にどのようなモンスターがいるのかわからないので、俺はジェスチャーとマジックボードを使い、倒したことがあるモンスター以外で頼《たの》むとダンに依頼《いらい》した。
頻繁《ひんぱん》に森に出入りしているわけでもないし、ダンジョンには、もっと多くの種類のモンスターが生息しているだろう。その辺りは、この間大蛇を倒したような、屈強なパーティに任せた方がよいだろう。

一九：〇〇
さて、腹も減ったし帰るとするか。俺とアッシュを乗せた馬車は、家へ向かって駆《か》け出したのだった。

……

翌日から弓の訓練で、シャープシュートの鍛錬を始めた。
木の的にスキルを使うと普通《ふつう》に撃《う》つよりも遠くから届くようになった。このスキルには飛距離《きょり》も伸びる効果があるらしい。
俺は、ポーションがもったいないので、ベルジン魔力草をむしゃむしゃやりながら気力を回復して、シャープシュートを打ち続けた。すると。

『個体名：奥田圭吾は、シャープシュートＬｖ２を取得しました』

Ｌｖ２までは結構すぐに到達するんだよな。貫通するということは、状態異常効果を敵に付与しやすいということでもある。当たりスキルなのかもしれない。
鍛錬に集中して構ってあげられなかったアッシュは、近くで黄色いチョウチョを追いかけて、ピョンピョンとじゃれついていた。

k-69

昼過ぎ、飯を食っていたら、あのアホ貴族が冒険者を二〇人ほど連れてやってきた。またかよ……。
また、偉《えら》そうに馬の上で踏ん反り返っていらっしゃる。

幸いなことにジュノとマルゴはいなかった。ほっとする俺。

「○×▲◆～～▽！」

何か言っているが、なんとなく意味は解《わか》る。しかし俺は学んだのだ。

俺は申し訳なさそうな表情を作り、ランカスタ語でゴメンナサイと言いながら土下座した後、再度ゴメンナサイと言いながら金貨五枚を懐《ふところ》から出した。

アホ貴族がちょっと不服そうな顔をしたので、もう五枚追加で出した。

とたんに上機嫌《きげん》になった様子のアホ貴族。同じ手に引っかかるのかい！　と心の中で突っ込んだ。

アホ貴族は冒険者達《たち》を連れて、森の方へ立ち去っていったのだった。

アッシュを抱《だ》っこしながら、彼《かれ》らを見送っている俺の頭の中では、なぜか『ドナドナ』が無限リピートで再生されていた。アッシュがもの悲しげにクーンと鳴いた。

南無阿弥陀仏《なむあみだぶつ》。せめて生きて帰ってきてくれ。

アホらし。どうでもよくなった俺は、昼食の残りを食い始めたのだった。

k‐70

アホ貴族に強制連行された冒険者達には気の毒ではあるが、俺にとってはメリットではある。できるかどうかは別にして、ダンジョン攻略《こうりゃく》を目指している一団なのである。俺の家が襲われる危険性が減る。
ただし、冒険者が死んでしまうと、それはそれで困る。俺の依頼を受けてくれる人が減ってしまっては元も子もない。
生きて帰ってくれることを、祈《いの》るばかりである。あわよくば、モンスターを沢山《たくさん》狩《か》ってきてくれれば助かる。
昼飯を食った後、俺は、足りなくなっていたポーション類の作製にとりかかる。パルナ解毒ポーションとデュアルポーション（中）を中心に作製していった。

『個体名：奥田圭吾は、スキル錬金術Ｌｖ５を取得しました』

そういえば、この間とってきた森の植物をまだ鑑定してなかったな。リスクはあるが、新たな錬金術に派生する可能性がある。毒味は嫌だけどやらなきゃな……。

一七：〇〇
そう思っていたら森の方から、アホ貴族と冒険者達がこちらに向かって脱兎《だっと》のごとく逃走《とうそう》してきた。
「「〇▽◆～×〇≡」」
何言ってるんだかわかんねーよ！　と突っ込む前に、冒険者に担《かつ》がれているアホ貴族がパキパキと絶賛石化進行中なことに気がついた。

俺はあわてて、パルナ解毒ポーションをアホ貴族に飲ませて、鍛冶小屋に寝かせた。

それ以外にも石化進行中の冒険者や火傷《やけど》を負ったり毒状態だったりする冒険者が多数だったので、デュアルポーション（中）やパルナ解毒ポーションを飲ませて、鍛冶小屋に寝かせてやった。

最初いた人数からは減っていないので全員無事のようだ。ただし飾《かざ》り立てられたアホ貴族の馬の姿はなかった。どうでもよいけど、ちゃんと後で金払《はら》えよ。


……


アホ貴族と冒険者は翌日まで寝込み、ようやく回復した。全くこいつらは、何やってるんだ。

「×○～▽◆×」

多分だが、冒険者達から、心からお礼を言われているような気がする。表情でなんとなく解る。俺は手を振《ふ》って、「大丈夫《だいじょうぶ》、問題ない」というジェスチャーをする。

アホ貴族も回復して起きてきた。俺はペコペコと下手に出て、朝食を出して差し上げた。

ふんぞり返るアホ貴族。どうでもよいけど、周りの冒険者たちから冷たい視線が向けられてるぞ、アホ貴族。

冒険者たちは俺に、お礼とばかりお金を払ってくれた。

アホ貴族は偉そうに、何かのたまって、お帰りになりあそばされた。

もう二度と来るんじゃねえ。

アホ貴族2

ああ……。我《わ》が愛《いと》しのメルティちゃん（馬）……。

くそ！　あの忌々《いまいま》しきコカトリスめ！

あの役立たずの冒険者どもの前では我慢《がまん》した。

しかし、館に到着《とうちゃく》して部屋で一人きりになると、急に悲しさが込み上げてきて、我輩《わがはい》は三日三晩枕《まくら》を涙《なみだ》で濡《ぬ》らした。

メルティちゃん（馬）の石像は配下の者に慎重《しんちょう》に運ばせて、金庫で保管している。

どこかの町には、石化の呪《のろ》いを解くことができる治癒師《ちゆし》がいると聞く。

我輩は金貨をいくら積んでも必ずメルティちゃん（馬）を元に戻してみせるぞ！

それにしても、役立たずの冒険者どもめ！

たかがコカトリスごときに浮《う》き足立ちおって。またしても、ダンジョンにたどり着けなかったではないか！　我輩の名誉《めいよ》のために努力するのが、配下の務めというもの。それを疎《おろそ》かにするような輩《やから》には、更《さら》なる罰《ばつ》を与えねばならぬな！

それにしても、あの町外れに住む者は使える男だったな。我輩の石化を治療《ちりょう》してみせたのだ。

他の使えない冒険者どもとは違《ちが》って、あいつは使える。

今度こそ、我が配下に引きいれてダンジョン攻略を果たし、我輩の名誉をこの地に轟《とどろ》かせるのだ！　ファーハッハッハッハ！

冒険者Ａ－１

俺はレスタという町でしがない冒険者をやっている者だ。名前は……、この際どうでもよいだろう。俺の話を聞いてくれ。

俺は普段《ふだん》、スライムやゴブリンを倒して、スズメの涙ほどの稼《かせ》ぎで何とか生活しているような状《じょう》況《きょう》だ。察しの通り、あまり強いとは言えない方だ。

マルゴというオッサンがやっている武器防具店には世話になった。未《いま》だに恩は返せていない。

あるとき、この町の貴族さまが冒険者ギルドにいる俺たちに向かって、森のダンジョン攻略が成功した暁《あかつき》には、金貨五枚をやると言って、強制的に連れ出された。

いやいや、なんで俺なんだよ。装備を見てから言えよ。

案の定、ヘルハウンドとコカトリスに囲まれて、ダンジョン攻略どころか、入り口にすらたどり着けなかった。まあ、俺は最初から戦う気なんかなかったから、無事に逃げられたけどな。そうしたら、後から貴族の手下がやってきて、一週間牢屋《ろうや》に入れられた。

俺が何をしたっていうんだよ！

そして、またスライムやらゴブリンを倒す毎日を送っていると、タイミング悪くまた、貴族が冒険者ギルドに入ってきて、今度は金貨六枚やると言ってきた。ふざけるなー。

ギルドのダンさんとギルドマスターは、一緒に貴族に抗議《こうぎ》していたが、結局貴族の権力には屈《くっ》せざるを得なかったようだ。だから、なんで俺なんだよ……。

今度も散々だった。貴族の馬もコカトリスの石化攻撃で、お陀仏《だぶつ》。貴族は、かろうじて手下に運ばれ脱出《だつしゅつ》。俺？　もちろん戦えるわけがないから、即《そく》逃げて無事だったさ。

知り合いが怪我《けが》をしていたので、肩《かた》を貸してやった。

レスタの町までの通り道に風変わりな男の家があるので、とりあえずそこに逃げ込んだ。

すると、なんということだ。その男、ポーションを沢山もっていて、俺たちを治療して、飯まで作ってくれたんだ。

貴族も石化攻撃を受けていたのだが、ポーションで回復したようだ。あれはたぶん俺には絶対手が出ないほど、めちゃくちゃ高いポーションだ。

俺の知り合いも手当てしてもらって、翌日には傷が治っていた。俺たちはその男に礼を言ったが、何でもないというふうに手を振られた。格好いい。

せめてもと、俺たちは金を出し合って、お礼をした。それに比べ、貴族の野郎《やろう》、びた一文も払いやがらねえ。お前、命救われたんだぞ！　まあ、もう俺に関《かか》わらないでくれと言いたい。

ここから北にある、タイラントの町の冒険者ギルドに拠点《きょてん》を移すかな……。

ギルドマスター1

私は、レスタの町で冒険者ギルドのマスターをしている、シュラクという。

この町の貴族であらせられるバイエルン様が近頃《ちかごろ》、冒険者たちに酷《ひど》い仕打ちをしており、見ていられない。

ダンの方にも冒険者から苦情が殺到《さっとう》しており、ギルドを預かる身としては私がなんとかバイエルン様を説得するしかない。

マルゴやジュノにも突っつかれており、私としては立つ瀬《せ》がない。

そもそもダンジョンで出現するモンスターの難易度からして、バイエルン様が直々《じきじき》に討伐に向かうなどどうかしているのだ。

先日もケイゴオクダという町外れに住む冒険者が、バイエルン様に石化の治療を施《ほどこ》したからよいものの、下手をすればバイエルン様は命を落としていたと聞いた。

命知らずにも程《ほど》がある。バイエルン様の周りには無能者しかいないのかと言いたい。仮にも貴族。バイエルン様がもし命を落とすようなことがあれば、この町は各方面で混乱をきたすことになるだろう。それは絶対に避《さ》けなければならない。

私にはギルドマスターとして、バイエルン様を交えた町会議への出席権が認められている。

町会議では、ダンジョン攻略、モンスター討伐については熟練の冒険者たちを組織して行うことを約束。バイエルン様には、命の危険とそれに伴う混乱のリスクをきちんと説明して差し上げるつもりだ。上手《うま》くいくとよいのだが……。

k-71

昼過ぎ。切り株に木を置いて斧《おの》で薪割《まきわ》りをしていたら、マルゴ、ジュノ、サラサが荷馬車に乗って心配顔で現れた。

大方、町ではアホ貴族の騒動《そうどう》が噂《うわさ》にでもなっていたのだろう。

三人は俺の何とものんびりとした牧歌的な雰囲気《ふんいき》を見て、ほっとした顔になった。俺が、強制連行されるようなヘマをするわけがないだろう。

アッシュは三人を見るなり、尻尾《しっぽ》をふりふり飛びついていた。誰《だれ》にでも懐《なつ》くアッシュに、ちょっとだけジェラシーだ。

俺はキリのよいところまで、パカーンと音を立てて薪を割り続けた。薪割りの音の合間に小鳥の鳴き声が響《ひび》いていた。

薪割りを切り上げた俺は、額の汗《あせ》をタオルでふきつつ、アッシュと遊ぶ三人のところへ行き、お茶を出してあげた。

俺たちはお手製の切り株テーブルセットで談笑《だんしょう》する。

もっとも俺はニュアンスしかわからないので、何か聞かれたときにはジェスチャーで返す。いつものことだ。

多分貴族のことを聞いているな。俺は、金をやってお帰りいただいたことを伝えたら、三人とも爆笑《ばくしょう》していた。

丁度、今朝《けさ》罠《わな》にかかっていた兎《うさぎ》。それと卵、チーズで燻製を作るところだったと伝えたら、宴会《えんかい》をすることになってしまった。こいつら……。

マルゴとジュノはもちろんのこと、サラサも意外といける口だったりする。

せっかくなので、焼き鳥でもするかと、俺が燻製を作る傍《かたわ》らで、鶏の処理を三人にやってもらった。もちろん全員チビチビとやりながらである。駄目《だめ》な大人たちである。

言葉がわからないが、表情で楽しさが伝わってきて、俺も嬉《うれ》しくなる。一緒に焚き火を囲み、歌い踊《おど》り酒を飲む。

アッシュもサラサにお手をして、おつまみをもらっている。凄《すご》く楽しい。

俺は、知らず知らずに静かな星の夜に合いそうな、ポップスを口ずさんでいた。

三人とも俺の歌に耳を傾《かたむ》けてくれた。


夜遅《おそ》くまで宴会は続き、三人は俺の家に泊まることにしたようだ。アッシュは既におねむの時間で、俺の布団の定位置でスピースピーと寝息を立てている。

三人には鍛冶小屋に藁《わら》を敷《し》いてあげ、寝てもらった。

今夜はちょっと冷え込みそうなので、炉《ろ》には小さく火をいれておいた。

翌朝、二日酔《ふつかよ》いの三人に俺は水を差し出した。俺は酒に強いのか、自制していたのか意外となんともなかった。三人は青い顔をしながら町へ帰って行った。

ジュノ3

うちの町のアホ貴族がまた何かやらかしたらしい。

俺が冒険者ギルドに寄ったときはそれはもう、どんよりとした雰囲気が立ち込めていた。

ダンさんから事情を聞いて、ああなるほどなと思った。

貴族と冒険者たちはズタボロの姿で町に帰ってきたそうだ。

しかし、ケイゴの事が心配だ。

あいつの家は森のダンジョンに行く途中《とちゅう》にある。アホ貴族に目をつけれられた可能性は十二分にある。

俺は、マルゴとサラサに声をかけ、ケイゴの様子を見に行くことにした。無事だとよいが。

ところがヤツはけろっとして、薪割りなんかしてやがった。見ているこっちが眠くなる。

……ああ、心配して損をした。そして、その晩は宴会をすることになった。

ケイゴの家で育てている鶏は絶品だ。煙《けむり》で作ったケイゴの不思議な料理も口の中で深い味わいが広がり、酒がものすごく進む。

俺は焚き火を囲みサラサと踊った。あ。サラサと手が触《ふ》れた。柔《やわ》らかくて華奢《きやしや》な手だ。

舞《ま》い上がる俺。嬉しすぎる。

でも、サラサはマルゴのヤツからプレゼントされた貝殻《かいがら》のイヤリングを嬉しそうにつけているんだよな……。

ええい、クソ。こうなったら飲むしかない！

俺は、その日記憶《きおく》がなくなるまで飲んでしまい、翌朝、海より深く後悔《こうかい》したのだった。

アッシュ2

ご主人様は鈍《にぶ》いの。

おっかないのが近くにいるのに気がつかないんだ。ご主人様！　ごはんを食べている場合じゃないよ！　大きくて長いのがこっちに来ているよ！

僕《ぼく》は気をつけて！　って言ってあげたよ。

でもご主人様は酷いんだ。おっかない顔をして僕をおうちの中に入れたの。出してよ！

僕が、ご主人様やロシナンテを守るんだ！


あるとき僕は、ご主人様とお友達《ともだち》の三人と一緒に森に出かけたよ。森にも、いっぱいおっかないのがいるんだ。ご主人様たちは、やっぱり鈍くて気がつかないんだ。もう見てられない。僕はまた、気をつけて！　って言ってあげたよ。


ピカピカしたお馬さんに乗ったオジサンが来たよ。

ご主人さまは、急に地面に頭をつけて、ピカピカしたものをオジサンに渡したんだ。

ピカピカしたものは、かじってもぜんぜんおいしくないのに、オジサンはうれしそうな顔をしていたよ。

オジサンと一緒にいる人たちは森の方に行っちゃった。悲しそうな顔をしていたから、僕まで悲しくなっちゃった。

ご主人さまと仲のよい、オジサンとおにいさんとおねえさんが来たよ！

この人たち大好き！

ニワトリさんはいつも食べちゃだめって言われてるけど、今日は特別なんだって！　わーい！

おねえさんにお肉ちょーだいって言ったら、ニワトリさんのお肉をくれたよ！　おねえさん大好き！

第五章　ジュノの覚悟

shousyaman no isekai survival

k-72

早朝、俺《おれ》は二日酔《ふつかよ》いで青い顔をしたマルゴ、ジュノ、サラサの三人が乗った荷馬車を見送ると、いつもの日課を始めることにした。

剣《けん》、弓、体術の鍛錬《たんれん》をして汗《あせ》を流した後、家畜《かちく》のエサやり。それから朝食をとる。

一〇：〇〇
前に森から数株採取してきた植物を、畑に植えていたので、今日は、それを試《ため》すとしよう。

俺は、葉っぱを一枚とって、パルナの解毒薬を用意。鍛冶《かじ》小屋に入ってあぐらをかく。

鑑定《かんてい》しても【葉】としか出ない。やはり味見するしかないだろう。大丈夫《だいじょうぶ》。俺は大丈夫だ。

アッシュが心配そうに俺の正面にお座《すわ》りして心配そうに「クーン」と鳴く。

パク。モグモグ……。あれ？　おかしいな、頭をハンマーでぶったたかれたような。いつもの衝《しょう》撃《げき》がないぞ？　スッキリとした、ミントに似た味がした。

――そこには、少し物足りないような。不服そうな顔をした男がいたのだった。

【マーブル草：食用ハーブ。乾燥《かんそう》させるとハーブティとなる】

俺は、早速《さっそく》マーブル草の葉を何枚かとって、日干しにして乾燥させることにした。

一二：〇〇

干し肉とパンで昼食をとった俺は、川に水を汲《く》みに行くことにした。

炊事《すいじ》、洗濯《せんたく》のほか、畑作や畜産《ちくさん》もしているので、水はいくらあっても足りるということはない。少しでも水を確保しておかないと不安だ。なので、風呂《ふろ》など、贅沢《ぜいたく》に水を使う場合は川で水を汲むことにしている。ウォーターダガーで水を生産できるようになったものの、湯水のように使えるというほど、量があるわけではない。

……

川に行くと、バトルブルがいた。

俺は、静かに弓を構え、素早《すばや》くシャープシュートを放つ。

パシュッ！　ズト！　麻痺《まひ》矢が水牛の腹に深く突《つ》き刺《さ》さり、横倒《よこたお》しになる。

俺は、解体屋でバトルブルほか、モンスターの解体方法について軽く手ほどきを受けていた。その場では、バトルブルの血抜《ちぬ》きだけをする。本格的な解体は家でやる。

それから俺は、湯船に水を汲んで、家に戻《もど》ることにした。

一五：〇〇
バトルブルの解体をする。レバーは鮮度《せんど》が命だ。塩はあるが、ゴマ油がほしいところだ。味見をする。うん。美味《うま》い。アッシュにも骨つき肉をあげたら、喜んでいた。

一六：三〇
解体をいち段落させ、汲んできた水で風呂を沸《わ》かす。
今日の晩飯は牛肉のステーキだ。全部は食い切れないので、干し肉にする作業も同時並行で行った。

一八：〇〇
風呂にザブンとつかる。凝《こ》った筋肉がほぐれていく。ふー。アッシュも犬かきをしながら、風呂を楽しんでいる。

一九：〇〇
風呂上がり。少しのぼせた。俺は晩飯の支度《したく》をする。
牛肉ステーキを焼く。にんにく、塩で味を付ける。
ステーキにはスモークチーズ、マーブル草のハーブをそえる。水牛のレバ刺しも用意した。

飲み物はミランの果実酒。切り株テーブルセットに並べ、一緒《いっしょ》に食す。うん。美味い。

一人では食べきれないのでアッシュにもステーキを焼いてあげた。ハグハグ食べていたよ。

食後には乾燥させたマーブル草のハーブティをいれ、リラックスした。

二一：〇〇
リラックスして眠《ねむ》くなった俺は、歯を磨《みが》き、アッシュと一緒に眠りについた。

k‐73

翌朝。目が覚めて、今日はひたすら鍛冶作業をしようと決める。

今日何をするかは、今日決める。俺は、そんな生活に憧《あこが》れ、北海道の自然豊かな農村に引きこもった。多分、今の生活はそれができていると思っている。

北海道にモンスターはいなかったけど。そういえば、『ヒグマ』というモンスターのような生物はいた。おそらく今の俺なら、ガチンコでヒグマと勝負しても勝てるような気がする。毒矢とか使えるしな。

そんなどうでもよいことを考えながら、毎朝の日課をこなす。鍛錬で汗をかいた俺は、タオルを水で濡《ぬ》らし、身体《からだ》をふく。

軽く朝食をとり、マーブル草のハーブティを淹《い》れて少し休憩《きゅうけい》する。ふー。

昨日狩《か》った牛の骨を乾燥させたものをアッシュにあげたら、よろこんでカジカジしていたよ。

一〇：〇〇

さて、鍛冶小屋の炉《ろ》に火を入れるか。石炭をくべて、炉の温度を上げる。

マルゴから卸《おろ》してもらっている石炭は、意外に品質がよい。

財閥《ざいばつ》系商社マンとして世界各地を飛び回っていた際、スイスの資源最大手、中国系石炭大手と取引し、オーストラリア、ハンターバレーの高品位炭を石炭火力発電所や大手製鉄会社に卸していた。インドネシアの炭鉱においても、バリト川を経由するロジスティクスの開発に携《たずさ》わり、発熱性は高いが良質な一般《いっぱん》炭を電力会社に卸す仕事もした。なので、石炭の品位には少々うるさかったりする。

目の前の石炭は良質の粘結《ねんけつ》炭だ。製鉄に向いている。さすがマルゴだ。

棚《たな》に劣鉄《れってつ》や銑鉄《せんてつ》のインゴットその他の素材が積みあがっているのを見ながら、何を作ろうかなと腕《うで》を組んで考える。

ヘルハウンドの火袋《ひぶくろ》があるから、猛炎《もうえん》の粉で火属性を足装備に付与《ふよ》して、ヘルファイア足刀蹴《げ》り！　とかどうかな。いや、却下《きやっか》だ。そんな装備で森に入ったら、下手をすれば森林火災になってしまう。

うーん……。

結局俺は、銑鉄のインゴットを加工し矢を製作。猛炎の粉で火属性を付与することにした。

【ヘルファイアアロー：中程度の威力《いりょく》の火属性の矢】

鉄の部分がメラメラと燃えているので、矢筒《やづつ》を加工して水属性を付与。水をはった状態の矢筒にヘルファイアアローを突っ込《こ》んでいった。一応これで、火事の心配はなさそうだ。

一三：〇〇
ヘルファイアアローの製作が一段落したところで、腹が鳴った。
飯にしよう。昨日のあまりのバトルブルの肉でステーキを作り、ミランの果実酒をチビチビやる。

一四：三〇
さて、次は何を作るかね。うーん。

俺は劣鉄のインゴットで桶《おけ》の下にひける程度の大きさの板を作り、マーマンの鱗《うろこ》で水属性を付与してみた。

【ウォーターボード：水属性の板。劣鉄製。水が湧《わ》き出る】

何もダガーである必要はなかったというね。

目立ちたくないので商品化するつもりはないが、桶の底に設置して、水場として利用することにした。

一八：〇〇
一通りの桶に設置できるだけのウォーターボードはできた。

マーマンの鱗とフェムト石の在庫がなくなったので、仕入れてこないとな。さて、飯にするか。晩飯は、昨日解体し塩もみして洗っておいたバトルブルのモツで、モツ煮込《にこ》みを作った。果実酒とハーブを味付けに使ってみた。昨日の残り湯にも薪《まき》に火をつけ追い焚《だ》きした。

一九：三〇

そんな感じで作業していると丁度マルゴがやってきた。鼻の利《き》く奴《やつ》だ。

俺たちはザブンとやったあと、焚き火でグツグツいっているモツ煮込みの鍋《なべ》を、切り株椅子《いす》に座って囲みながら一杯やる。うん。昨日のレバ刺しもよいが、モツもやっぱり最高だな。マルゴは目をクワッと見開き、なんか言っていた。俺は気にせず、手を振《ふ》ってもっと食えとジェスチャーしておく。

薄《うす》く淡《あわ》く輝《かがや》く、蒼《あお》い満月が綺麗《きれい》な夜だった。

マルゴ３

ケイゴの家の料理はよい。酒が進む。

鶏《にわとり》を焼いた料理も素晴《すば》らしかったし、煙《けむり》で燻《いぶ》すケイゴの独特な料理も凄《すご》く美味い。

だが、あれはいかん。俺を駄目《だめ》にするんだ。翌日、二日酔いで、全く仕事にならなかったことには参った。

懲《こ》りもせず、またケイゴの家に来てしまった。あの料理は一種の魔術《まじゅつ》だ。俺を魅了《みりょう》してやまない。

見ると、どうやらバトルブルを狩ったようだ。解体した後が見てとれる。今夜も期待できそうだ。

俺はゴクリとツバを飲み込んだ。

風呂につかり、身体の凝り固まった筋肉をほぐす。ふー。今日は満月が綺麗だ。

俺はケイゴの真似《まね》をして、タオルを頭にのせた。風呂から上がったら、何やら美味《おい》しそうな匂《にお》いが漂《ただよ》っていた。

汁《しる》ものか。ステーキじゃないことに少しがっかりだ。俺は、焚き火を挟《はさ》んで、ケイゴの向かいの切り株椅子に座る。ケイゴが碗《わん》に入れてくれた、その汁物《しるもの》を食べる。

パクッ……。モグモグ……。んん！　俺の背後に雷《かみなり》が轟《とどろ》いた。

なんだ！　この美味い食べ物は！　プリプリとした食感に何ともいえないコクと旨《うま》み。

ケイゴに聞いたが何も答えてくれない。もっと食えだと？

ああ、食ってやるともさ！　ついでに酒も少しだけ飲もう！　少しだけなら大丈夫だ！

俺は気がついたら、ケイゴの鍛冶小屋で寝《ね》ていて、昨晩の記憶《きおく》がなかった。頭がガンガンする。み、水……。ケイゴが何も言わずに水の入ったコップをすっと差し出してくれた。

やっちまった……。今日も仕事にならねえ……。

俺は再び、海より深く後悔《こうかい》したのだった。

k‐74

朝起きて、鍛冶小屋で寝ているマルゴの様子を見に行くと、二日酔いで酷《ひど》い顔をしていた。俺はコップに水をいれて渡《わた》してやった。

マルゴは水をあおると、牛のような唸《うな》り声を上げつつ、青い顔をしながら再び横になった。

俺は、マイペースにいつもの日課である、家畜の世話と鍛錬をして朝飯を食う。罠《わな》を確認《かくにん》すると、アンクルスネアにシカがかかっていたので、仕留めておく。

一二：三〇
結局マルゴは昼過ぎまで復活しなかった。こいつの店大丈夫なのか？　心配になってきたぞ。

昼飯にパンと、消化によさそうな牛骨で出汁《だし》をとった野菜入りスープを出してやると、なんとか復活したようだった。

マルゴは青い顔をしながら、荷馬車に乗って帰っていった。まったく……。

マルゴを見送った俺は、シカの解体をすることにした。今日はシカ刺しとステーキだな。燻製《くんせい》も作ろう。作業をしていると、ジュノを護衛にサラサが荷馬車でやってきた。ジュノは何というか、嬉《うれ》しそうだな。

荷馬車には、サラサの店の商品が食料を中心に沢山《たくさん》積んであった。ニンニクや野菜はなくなってきたところなので、助かる。

こちらは、ハーブ鶏《どり》の卵、バトルブルの干し肉、丁度解体したばかりのシカ肉の余りと毛皮をサラサに渡す。俺は、その代価分の商品をもらうことにした。なお酒はタダでもらった。先日は宴会《えんかい》で、しこたま俺の酒を飲まれたし、今もらった酒もどうせ半分はこいつらが飲むことになるのだ。

俺は、マーブル草のハーブティをお手製テーブルセットに座る二人に出してやる。しばらく談笑《だんしょう》し、休憩することにした。

一六：〇〇

流石《さすが》に今日は帰るようだ。連日、飲んでばかりいられないだろうからな。

二人を見送った後、俺は再びシカ肉の燻製作りと干し肉作りに没頭《ぼっとう》した。チーズも仕入れたので、燻製にする。

もちろん、新鮮《しんせん》なシカ刺しに塩をかけてつまみつつ、酒をチビチビやりながらだ。

アッシュも、シカ刺しを食う俺を下から見上げ、鼻をフンフン鳴らしている。お座りと待てをしてから、シカ刺しをあげた。

一八：三〇

シカ肉の処理を終え、晩飯にする。

丁度サラサから仕入れた野菜があるので、フライパンを焚き火にかけ、シカ肉入りの野菜炒《いた》めを作る。シカ肉の燻製肉、シカ刺し、スモークチーズをテーブルに並べ、果実酒と一緒に食す。……うん。よいね。

特にシカ刺しは新鮮なうちしか食べられない。味わって食べよう。

アッシュがまた、俺の足元でお座りしながら、不満そうな声を上げたので、スモークチーズを分けてやった。

二〇：〇〇
少し空が曇《くも》ってきた。いつも満天の星だが、今日は星明かりがない。一雨来そうだな……。
俺は、濡れタオルで自分とアッシュをふいて汚《よご》れを落とし、歯をみがいてから家に入った。たまには早めに寝よう。
俺は、アッシュを抱《だ》っこして布団《ふとん》まで連れていき、ランタンの灯《あか》りを消した。

サラサ3

ある日、マルゴにお弁当の空き箱を返してもらいに行ったら、お礼だと言って綺麗な貝殻《かいがら》のイヤリングをプレゼントされた。

仏頂面《ぶっちょうづら》で何でもないという風に渡してくれたけど。でも、それはきっとテレ隠《かく》しに違《ちが》いない。嬉しかったわ……。

マルゴも、もしかしたら私のことを想《おも》ってくれているのかもしれない……。

それからというもの、私は毎日のようにそのイヤリングを身に着けるようにした。

アピールするなら、ここしかないもの。


マルゴ、ジュノ、ケイゴの三人と一緒に、ケイゴの家で宴会をすることになった。

私は鶏料理を作るわ。鶏をつぶすのは、マルゴとジュノにやってもらったわ。

私はお肉を細かく切り分けたり、ニンニクと一緒に串《くし》に刺したりした。

ケイゴの作る、燻を使った料理は、それはもう本当に美味しくて、ついついお酒が進んでしまう。

焚き火を囲んで、みんなで踊《おど》ったのも楽しかった。

私はアッシュ君を抱っこして踊った。

一通り馬鹿騒《ばかさわ》ぎした後、ケイゴが歌を歌いだしたわ。意外だと思った。ケイゴは音楽が得意なのね。本当に聴《き》いたこともない、まるで周りの景色が色づくかのような美しいメロディだった……。私は知らず知らずのうちに、涙《なみだ》を流していた。

結局私はその日、不覚にも飲みすぎてしまい、翌日、海よりも深く後悔をした。


ケイゴにうちの商店の商品を届け、ケイゴからハーブ鶏の卵などの商品の買い付けに行くことにしたわ。護衛にジュノについてきてもらうことにした。

途中《とちゅう》、ジャイアントスパイダーという大きな蜘蛛《くも》のモンスターに襲《おそ》われて、本当に恐《おそ》ろしい目にあった。私は虫が苦手で、生理的にあんなの無理！

キャーキャー叫《さけ》んで、ジュノにしがみついてしまった。ジュノはさすが冒険者《ぼうけんしゃ》ね。頼《たよ》りになるわ。

ケイゴには、先日宴会で沢山お酒を飲みすぎたので、お酒はタダであげた。

商人としてはどうかと思うけど、これは友人としての礼儀《れいぎ》。

あまり長居しすぎると先日と同じ後悔をしかねないので、今日は帰ることにしましょう。

名残惜《なごりお》しいけど、またね。アッシュ君。

k - 75

翌朝、雨音で目が覚めた。

雨は嫌《きら》いじゃない。雨の日は頭がしんとして心が穏《おだ》やかになるからだ。

水を貯《た》めるため、桶を外に出し、浴槽《よくそう》の蓋《ふた》をはずす。

畑の作物に、水やりをしなくてもよいのはありがたい。

アッシュは雨が大好きだ。泥《どろ》だらけになるのが少し困りものだが、元気なのはよいことだ。

今日は家の中でポーション作りをしよう。あとは、マルゴから頼《たの》まれている仕事をやるか。鍛錬後、家畜の世話と朝食を済ませる。

一〇：〇〇
畑からイレーヌ薬草、ムレーヌ解毒《げどく》草、ベルジン魔力草をとってきた。
俺は鍛冶小屋で火を起こし、薬草を煮詰《につ》めて、パルナ解毒ポーション、デュアルポーションを作製した。

一三：〇〇

適当に干し肉や卵、パンなどで昼食をとったあと、マルゴからの依頼《いらい》に取り掛《か》かる。

外ではまだ雨が降っている。

アッシュは午前中、外で遊び疲《つか》れたのか俺の傍《かたわ》らで丸くなって、スピースピーと寝息《ねいき》を立てている。泥だらけになっているので、後で洗ってあげないと。

俺は、火炎《かえん》石、マーマンの鱗、フェムト研磨《けんま》石を取り出すと、それぞれをハンマーで砕《くだ》き粉にする。ダガーを取り出し、火炎石とマーマンの鱗は別々にフェムト研磨石に混ぜ、ダガーを研磨していく。シャッシャッシャッシャ。

鍛冶作業はよいな。鉄に触《ふ》れると、心が無になる。刀身が発光するまで研磨する。

午後はひたすらそれを、無心に繰《く》り返した。

今日、雨がやむ様子はない。こんな日には人も来ないだろう。

今日は心が穏やかだ。こんな日はあえて酒を飲まない。

夜、星明かり一つない暗闇《くらやみ》の中、ランタンの明かりを頼りに鍛冶小屋の中で干し肉やパンを食べた。リラックスするために、マーブル草のハーブティを食後に飲む。

泥だらけのアッシュを眠る前に洗ってやる。クーンと嫌《いや》がっているが、我慢《がまん》だぞ。

自分もタオルを濡らして汗を拭《ふ》いた。ついでに歯もみがく。この後はもう何もすることがない。雨音をＢＧＭに眠るだけだ。

雨の日はよい。心が穏やかになる。今夜は熟睡《じゅくすい》できそうだ。

k-76

翌朝、空は晴れ上がっていた。

畑の作物の葉から雫《しずく》がピタピタと滴《した》り落ちている。雨は嫌いじゃないはずなのに、晴れれば嬉しいのはなぜなのだろう。この不思議な気持ちをどう表現すればよいのかがわからない。

風が心地《ここち》好《よ》い。雨上がりは空気が澄《す》んでいてとても清々《すがすが》しい。今日はよい日になりそうだ。

そうだ、こんな気持ちのよい日は一日中ボーっとすることにしよう。働くなんてもったいない。俺は最低限、家畜の世話と畑の水やりをやった。

その後、俺は草の上にブルーシートを敷《し》き、寝転《ねころ》んでひなたぼっこをすることにした。

アッシュと一緒に草の上で、あおむけになって、ボーッと空を見上げる。

突き抜《ぬ》けるような青い空、ゆっくりと流れる雲。穏やかな日差し。気持ちがいい。

昼下がり。目をつむり、陽気にうとうとしていると、三人組がいつもの変わらない笑顔《えがお》で荷馬車に乗ってやってきた。

アッシュは三人に飛びついて顔をぺろぺろしていた。やはり少しジェラシーだ。荷台を見ると、酒と肴《さかな》が沢山積んである。

……結局こうなるか。

また、騒《さわ》がしい夜になりそうだ。

あまり飲みすぎるなよと三人にジェスチャーで注意しつつ、でもこれはこれで悪くないなと思った。

　翌朝、青い顔の三人を見てデジャヴを感じたのは、決して俺の気のせいではないだろう。

k‐77

マルゴ達《たち》三人の二日酔いの介抱《かいほう》をした俺は、マイペースに毎朝の作業にとりかかる。

あいつら、昼まで川の字コースだな。

俺は、ロシナンテのエサやり毛づくろい、鶏たちのエサやり、卵の回収などを済ませ、鍛錬に入る。ドシュ！　うん。今日の蹴《け》りはまたよい感じだ。

『個体名：奥田圭吾《おくだけいご》は、力27↓31となりました。スキル足刀蹴りＬｖ４を取得しました』

　俺は、タオルで汗をふきつつ、朝食の用意をする。

一〇：〇〇
二日酔いによさそうなものとして、ムレーヌ解毒草、イレーヌ薬草の入った干し肉スープを作った。一応アルコールも毒だからな。ムレーヌ解毒草は二日酔いに効くんじゃないかな。
マルゴ、ジュノ、サラサの三人のところまで、水とスープ、パンを持っていき、食べてもらった。
すると、青い顔をしていたのがケロっと治った。

なるほど、今度からシメのスープとか言って、宴会の最後にムレーヌ解毒草で作ったスープでも出せば、この惨状《さんじょう》からは脱出《だっしゅつ》できそうだ。

俺は一つ学習したのだった。

一一：〇〇

三人を乗せた荷馬車はレスタの町へと帰っていった。

……うーん。今日は久しぶりに、風呂に入りたいな。燻製を作ったり、宴会をしたりで身体の臭《にお》いがちと気になる。今日は、干し肉、ウォーターダガー水筒《すいとう》、パンをマントのポケットに入れて、川に出かけた。

適当にアッシュと干し肉を分けつつ、荷馬車で移動する。

一二：三〇

川にはマーマンがいたので、盾《たて》でガードしつつ近づき、ドシュっと足刀蹴りで頭をつぶして倒《たお》した。今日はマーマンの白身魚風ソテーかな。浴槽に水を汲み、マーマンを家まで運んだ。

一四：三〇

マーマンを解体する。鱗をダガーではがし、肉を切り分ける。尻尾《しっぽ》はあとでギルドから討伐《とうばつ》ポイントをもらわねばならないので、とっておく。

一七：三〇
風呂を薪で沸かしつつ、料理を行う。今日の料理はマーマン肉の白身魚風ソテー、ルミーの果実添《ぞ》えだ。

一九：〇〇
俺はザプンと風呂につかる。ふー。今日も筋肉を結構使っていたのが解る。風呂はいいね。心が浄化《じょうか》される。

蒼い月と満天の星を見上げつつ、下でパチパチと薪がはじける音を聞く。最高だ。

アッシュも、お風呂がお気に入りの様子。歯ブラシで歯の汚れを落としてやった。

風呂から上がると、お手製テーブルの上にはソテーと、バルゴの果実酒。俺は料理に舌鼓《したつづみ》を打つ。

大自然の中、風呂につかり、美味い料理を食う。これ以上の贅沢があるのだろうか。

アッシュがお座りをして俺を見上げている。食べるときだけ、アッシュはものすごくよい子になる。お前、さっき散々干し肉食べたろう。

俺は冗談《じょうだん》で果実酒をアッシュの口に近づけると、フンっとそっぽを向かれた。酒気はお気に召《め》さないようだ。仕方ないので、ソテーを少しだけやる。

二一：〇〇
星明かりが輝くなか、食器を片付けた俺は、しばらく夜空を見ていたい気分になった。
俺は切り株に腰《こし》掛けて、三〇分ほど星空を見上げてボーッとした。そして、ふあと欠伸《あくび》が出たので、眠りにつくことにした。

ギルドマスター2

私は、冒険者ギルドマスターのシュラク。

先ほど、バイエルン様も同席される町会議に出席していた。

なんとか説得しようと試みたものの、バイエルン様のコカトリスに対する執念《しゅうねん》には並々ならぬものがあるご様子だ。何があったのだろうか。

きっと、石化攻撃《こうげき》をくらい、命の危険にさらされたことがよほど悔《くや》しかったのだろう。

散々モンスターの危険性を説明したが、説得することは無理だった……。

それならばと、せめて人選は私に任せてもらうようにした。そこだけは絶対に譲《ゆず》れなかった。

実力不足の冒険者を無駄死《むだじ》にだけはさせてはならない。

それだけは、ギルドマスターとして絶対に容認できない。

コカトリスを討伐できる者となると、マルゴ、ジュノ、ケイゴ。

そうだ。ケイゴはヒーラーとしても優秀《ゆうしゅう》だ。石化を治癒《ちゆ》できるのだから。

あとはサーペントを退治した三人組。あのパーティはこのレスタの町でも指折りの実力者だ。

あとは、武技指導官のカイか。彼《かれ》には本来こういう依頼はしないのだが、バイエルン様の命がかかっているのだ、悠長《ゆうちょう》なことを言っている場合ではない。

他の冒険者も最低限コカトリスに後《おく》れをとらない連中を選ばなければならない。

私も、ギルドマスターだ。それなりの実力はあると自負している。私も参加すべきだ。

……この結果をギルドに持ち帰るのが本当に心苦しい。頭痛がしてきた。きっとストレスだな。ダンには冷たい目で見られるな……。

俺は心の中で盛大《せいだい》なため息をついた。

カイ1

私は、冒険者ギルドで武技スキルの指導官を務めるカイという。

最近不思議でかつ有望な冒険者が現れた。その者の名前はケイゴオクダといった。

なぜ不思議かというと、言葉が話せないくせに、文字が書けるのだ。

武技指導では言葉が通じないため、困るだろうなと思いきや、なかなかセンスがよかった。剣術《けんじゅつ》、弓術、盾術、体術の基本的な武技スキルは、特段の問題もなく取得できた。

本人のステータスを聞くと、知能が高いので魔法が向いているだろうと最初は思ったが、私の間違いだった。

どうやら彼には努力の才能があるようだ。

日々鍛錬を繰り返し、武技のレベルの成長が素晴《すば》らしいのだ。

この間はシャープシュートという弓術で二段階目に当たるスキルを教えた。

その際、以前に教えた基本的な武技についても一通り見せてもらったところ、もの凄く上達していた。

あれは恐らく、相当な鍛錬を積んでいるに違いない。最近はモンスターが活性化してきていると聞いている。なので、彼には非常に期待している。

k‐78

翌日昼下がり。丁度、畑の世話をして身体の汗をタオルでふいていたらマルゴ、ジュノ、サラサが血相を変えてやってきた。

何かあったのか？　……というか、もの凄く嫌な予感がする。

俺はとりあえず、落ち着け、ビークールとジェスチャーをして、マーブル草のハーブティを出してあげることにした。

お手製テーブルセットの切り株に、四人で腰掛ける。

深刻な話っぽかったので俺は一応マジックボードをもってきた。

なんでも、アホ貴族さまが、再度ご出陣《しゅつじん》あそばされるらしい。

で？　俺に何の関係が？　そんなの、強い人たちだけで頑張《がんば》ればよいじゃないですかあ。

「○×■□…▲×。○○×□……」

マルゴの言葉に、俺はわからないふりをしようかと真剣《しんけん》に悩《なや》んだ。

は？　洋子さん今何か言ったかの？　とおじいちゃんになりきってやるかと。

実際言葉がわからないわけだしな。しかし、「秘技洋子さん」は結局発動しなかった。

……なんということだ、ギルドマスターの指名らしい。しかもジュノとマルゴ、カイ先生まで。あとはあの大蛇《だいじゃ》を討伐してくれた冒険者パーティも。

これは逃《に》げられないやつか？　俺の格好を見てほしい。農民やで？

今まで畑で葉っぱいじってたの、お前ら見てなかったのか。

色々すったもんだ話したが、俺は参加せざるを得なくなった。マルゴとジュノが同行するのだ。俺だけ行かないというわけにはいかないか。

ダンジョンに行く間のアッシュ、鶏、ロシナンテの面倒《めんどう》はサラサが見てくれることになった。アッシュはサラサに懐《なつ》いているからな……。下を見ると、アッシュがサラサにスリスリして尻尾を振っていた。少しジェラシーだ。

一五：〇〇
準備があるということで、三人はレスタの町へ帰って行った。
なら、俺も最低限、生きのびるための準備でもしなければ……。
俺はポーション作り、保存食の確認を行った。また、鍛冶小屋にこもり、念入りに装備のメンテナンスを行った。

二〇：〇〇
うう……やだなあ……。胃のあたりがキュルキュルする。
俺は夕飯を軽く済ませたあと、アッシュを抱っこして布団に入り、ガクブルした。
返せよ、俺の平穏《へいおん》な日常。

k-79

ついに来てしまった。

貴族さまに付き従う冒険者たち一〇名あまり。サラサも心配そうな顔をして俺を見ている。俺も不安しかねえよ……。

カイ先生には肩《かた》を叩《たた》かれ、期待しているからな！　というニュアンスのことを言われた。俺に何を期待するのですか……。

貴族さまの頭の中では、おそらく凱旋《がいせん》のファンファーレが鳴り響《ひび》いていることだろう。そんな表情をしているし、勇ましい言葉をかけられた。

しかし、俺の頭の中ではドナドナがエンドレスで流れている……。

俺はサラサに抱っこされたアッシュに、「パパお仕事、よい子にしてるんだぞ」と頭をなでなでして、出発した。

アッシュがもの悲しげにクーンと鳴いた……。

俺は、しこたまポーションをもってきた。ショイコに満載《まんさい》だ。みんなが石化するか、焼死するか、毒くらって死ぬ未来しか見えないからな。

はあ……。行くのやだなあ。ダンジョンに入るとか、意味わかんねえよ。

モンスターがうじゃうじゃいる洞窟《どうくつ》だろ？　なんでそんなところに突っ込まねばいかんのか。

俺たち一団はとりあえず無事ダンジョンにたどり着いた。

今回は比較的《ひかくてき》人数が少なかったおかげか、幸運にもコカトリスほか、強敵にエンカウントしなかった。そして、俺たちは大きく口を開けたダンジョンに踏《ふ》み入れた……。

キシャ――――！　ギイエエエエエ！　ぎゃあああああ。

なんとサーペントが、広い通路を抜けた大広間でとぐろをまいていた。しかも三匹《びき》もいる。

コカトリスまで沢山いやがる。うん、これ死んだな。

これ、猛毒《もうどく》のブレスと石化攻撃くらって、全滅《ぜんめつ》コースじゃないでしょうか？

しかし、アホ貴族さまは剣を敵の軍団に向け突撃《とつげき》いい！　的なことを叫びだした。

その強メンタルどこから来るんですか……？

ところがどっこい。カイ先生と、ギルドマスター、大蛇討伐の三人組が無双《むそう》した。

しかし、多勢に無勢。五人がいくら強くても、他の冒険者に敵の攻撃は押《お》し寄せた。アホ貴族さまはギルドマスターに守られて無事だった。

俺はというと、猛毒や石化攻撃をくらった冒険者に、解毒薬を飲ませる係に徹《てつ》した。

俺、ヒーラーにジョブチェンジしました。ポーションが切れたら帰らせてもらってよいでしょうか？　もう嫌だよ、俺……。

とりあえずこの戦闘《せんとう》で負傷者は出たものの、無双五人のおかげでなんとか勝利することはできた。

しかし、他の冒険者はボロボロで、満身創痍《まんしんそうい》だ。ポーションもほぼ尽《つ》きかけている。マルゴやジュノも負傷している。

俺は一番話の通じそうなギルドマスターのところに行って、ポーションが空になっているというジェスチャーと、猛毒や石化攻撃で倒れている他の冒険者を指さして、無理だというジェスチャーをした。ギルドマスターは大きくうなずき、アホ貴族さまに御《ご》注進なされた。

何か揉《も》めているようだった。早く判断しろよアホ貴族。もう、無理に決まってるだろ。

生きているだけ奇跡《きせき》みたいなもんだ。アホ貴族はシブシブという感じで「撤退《てったい》〜！」と叫んだ。

どうでもいいけど、これちゃんと対価出るんだろうな？　貴族さまよ、命の値段ってそんなに安くありませんぜ？

というか、金とかどうでもいいから、もう俺には関《かか》わらないでほしい。

俺はマルゴ、ジュノと肩を貸し合い、疲れ果てた顔でサラサが心配しているであろう家へと帰ることにした。……さすがにやってられんな、これは。

k-80

つ、つかれた……。

俺、マルゴ、ジュノは棒のようになった足を引きずり、何とかサラサの待つ俺の家までたどり着いた。アッシュが一番最初に、俺のところにふっとんできた。

うん、パパ帰ったよ。お前も寂《さび》しかったのね。パパもだよ！　俺はアッシュとの再会の時間を楽しんだ。

続いて、サラサが出迎《でむか》えてくれた。料理を作ってくれていたようだ。

時計を見ると、もう一九：〇〇か……。

そりゃ一日中歩きっぱなしの戦いっぱなしなら疲れるわな。

サラサは俺たちのズタボロな状態を見るなり、すぐに鍛冶小屋に連れて行き、手当てをしてくれた。

サラサの作ってくれた料理を食べた俺たちは、泥のように眠った。


翌日、昼まで寝てしまった。それだけ疲れていたということだろう。

サラサは朝早くから起きていて、家畜の世話などをしてくれていた。

俺はサラサに「アリガトウ」と言った。

マルゴとジュノは盛大《せいだい》にイビキをかいて眠っている。眠らせておいてあげよう。

サラサが作ってくれた遅《おそ》い朝飯を食っていると、冒険者ギルドマスターのシュラクさんが荷馬車に乗ってやって来た。

昨日は本当にお疲れさまでした。俺はジェスチャーでそう伝える。

彼は荷台から大袋《おおぶくろ》をどさっと下ろすと、地面に置いた。

金貨は七〇〇枚。俺が大量に使ったポーションの代金も含《ふく》まれているそうだ。

金貨は一枚一枚数えた。アッシュが今にも金貨の山にダイブしそうだったので、サラサに抱っこしてもらったよ。

あとは、マルゴとジュノの分だと言って、シュラクさんは袋を二つテーブルに置いた。

こちらは、一袋金貨六〇枚だった。これもきちんと数えた。
俺は、シュラクさんにテーブルに座るようにジェスチャーして、マーブル草のハーブティを出してあげた。彼も疲れているだろうに、色々と飛び回って大変そうだ。少しでもリラックスしてください。
一四：〇〇
彼は、ずずいとハーブティを飲み干すと、そのまま荷馬車で町の方へ帰っていった。本当に忙《いそが》しいのだろうな。
俺は、風呂を沸かすことにした。疲労《ひろう》回復には風呂が一番だ。川へ行って水を汲み、薪にファイアダガーで火をつける。パチパチと薪が爆《は》ぜる音が静かな空間に鳴り響き、俺はボーっとそれを眺《なが》める。なんだか落ち着く。
一七：〇〇
やっと、マルゴとジュノが起きてきた。サラサは彼らに、消化のよさそうな飯を出してあげていた。
一九：〇〇
俺たち三人はザブンと風呂につかり身体の疲れを癒《い》やしたあと、いつものように焚き火を囲んで酒を飲むことにした。ちょっとした慰労会《いろうかい》だな。

綺麗で幻想《げんそう》的な月を見ながら、俺は酒をあおる。うん、美味い。風呂の後の酒は格別だ。

今日の酒の肴は麻痺薬を塗《ぬ》ったアンクルスネアにかかったシカ肉料理だ。

新鮮なシカ刺しが特に美味い。おろしにんにくと一緒に食べるのがよいね。

舌の上で新鮮な肉がとろけ、ニンニクと交じり合い芳醇《ほうじゅん》な味わいが広がる。

マルゴはおろしニンニクと一緒にシカ刺しを口にすると、目をひん剥《む》いて俺に牛のような唸り声で何か言ってきたが、俺はよいから食え食えと手でジェスチャーした。

ジュノとサラサも同様の反応を示していた。目をひん剥くほど美味かったか。

人が美味いものを食べた時のリアクションって、意外とどこでも同じなんだな。

焚き火を囲んだ宴会は、夜遅《おそ》くまで続いた。全くのんべえなやつらだ。

むろん学習した俺は、シメのスープと称《しょう》してムレーヌ解毒草で作った、酔《よ》い覚ましスープを出してあげたことは言うまでもない。

アホ貴族3

ふはははははは！　さすが我輩《わがはい》である！

サーペントとコカトリスの大群など我の敵ではないわ！

冒険者どもを手足のように使い、見事討《う》ち果たしてやったわ！

メルティちゃん（馬）……。パパ、かたきはとったからね……。

ほろりと落ちる涙……。

ドドーン!

む、いかん。感傷に浸《ひた》っている場合ではないな。

そうだ、冒険者どもには褒美《ほうび》をやらねばならぬな！

前回は金貨六枚と言ったが、少しもったいないな。一人金貨五枚にしよう。

なんという良案か。さすが我輩。

我輩が黒と言えば、白も黒になるのだ。当然のことである。

ただし、あのケイゴオクダという奴には特別に金貨を六枚も進呈《しんてい》しようではないか！

ふ……。なんと高貴な心づかいであることよ。

金貨一枚も上乗せするとはな。我輩は人心を掌握《しょうあく》する術《すべ》に長《た》けておるようだ。みなもそう思うであろう？

これであやつも我輩に忠誠を誓《ちか》うことであろう！　これが我輩の、貴族としての鑑《かがみ》と言われる所以《ゆえん》よ。

ギルドマスター3

私は冒険者ギルドマスターのシュラク。

今回、バイエルン様よりダンジョン攻略《こうりゃく》、モンスター討伐の任を受け、選《え》りすぐりの冒険者を集めてダンジョンに向かった。

バイエルン様も同行されるとのことで、私も同行しお守りすることにした。

ケイゴオクダにも同行してもらった。カイ曰《いわ》く基本的な武技は一通り習得しているとのこと。また、状態異常に対する治療《ちりょう》の心得もあるようだからだ。

ダンジョンへは無事にたどり着いた。だが、突発《とっぱつ》的な事態に陥《おちい》った。

サーペントとコカトリスの大群に遭遇《そうぐう》したのだ。

私は肝《きも》が冷えた。バイエルン様の御命にもし何かあれば、取り返しがつかない。

何としても守らねば。私は死力を尽くした。それは他の冒険者も同じだろう。

ケイゴオクダは負傷した冒険者の治療を行い、命をつなぎとめてくれた。いくら感謝しても、し足りないくらいだ。

この一件で、バイエルン様が満足してくだされぱよいのだが。

褒《ほ》め称《たた》えすぎると、もう一度攻略に向かうと言い出しそうな気がしてならない。なので、丁度よいバランスで褒め称えるのが肝要《かんよう》だ。

バイエルン様は冒険者に金貨五枚しか払《はら》わないらしい。そのような額であの一流の冒険者たちが納得《なっとく》するわけがない。

冒険者ギルドとしてのメンツもある。ここは招集《しょうしゅう》した私の自腹とギルド資産でなんとかするしかないだろう。

私は近いうちにストレスで胃に穴が開くかもしれない……。

マルゴ4

バイエルン様が再度ダンジョン攻略に挑《いど》まれるそうだ。

冒険者ギルドマスターのシュラクさんが、町会議で必死で止めようと頑張ったが止められなかったらしい。

シュラクさんが直々《じきじき》に俺に頭を下げてきた。同行してくれないかと。ジュノにも同様に頭を下げるそうだ。

あの人も本当に苦労人だと思う。確かにあの人の言うことも解る。

バイエルン様にもし何かあれば、跡目《あとめ》争いなど色々といらぬ争いが噴出《ふんしゅつ》するだろう。

大きな声では言えないが、君臨すれども統治せず。バイエルン様には大人しくしていただいて、周りの幹部に町を運営してもらえれば、俺は特に不満はない。

ただし、「大人しくしていれば」の話だがな……。

シュラクさんはケイゴにも同行してもらうつもりだということで、俺に説得を依頼してきた。確かに、ケイゴはタンクやヒーラーとして優秀だ。

コカトリス戦ではきっと役に立つだろう。俺とジュノがマスターの顔を立て参戦すると知れば、あいつは嫌がるだろうが助けてくれるだろう。あいつはそういう男だと俺は知っている。

俺はジュノ、サラサと待ち合わせして、ケイゴの家にその件で説得に向かった。

ケイゴはもの凄く嫌そうな顔をしたが、結局俺とジュノの身を案じてだろう、引き受けてくれた。やはり、こいつは信用できる男だ。

攻略の日が来た。アッシュのつぶらな瞳《ひとみ》が俺の罪悪感を増大させる。

そんな目で見るなよ……。お前のご主人さまは俺が死なせないさ。

サラサにも凄く心配された。お守りだといって、毒耐性《たいせい》が上がるブレスレットを渡してくれた。高いものだったろう。あとで相応の礼をしなければ。

森のダンジョンへは、比較的楽にたどり着いた。少人数だったのが功を奏したのだろう。

しかし、ピンチは唐突《とうとつ》に来た。サーペントとコカトリスの群れに遭遇したのだ。

――俺は死を覚悟《かくご》した。

しかし、マスター以下最強の五人の活躍《かつやく》と、ケイゴがヒーラーとして頑張ってくれた。

俺も石化攻撃にやられたが、ケイゴがポーションで治療してくれた。ジュノもコカトリスの爪《つめ》にやられたが、奴もケイゴに治療されていた。

他の冒険者もそれなりの実力だったので、なんとか死者を出さずに済んだ。

バイエルン様が撤退と言ったときは、心底ほっとしたさ。

太陽も沈《しず》み、星が輝きだす頃合《ころあい》に、俺たちはケイゴの家にたどり着いた。

アッシュが一番に駆《か》けてきてケイゴに飛びついていた。

サラサも心配していた様子で、俺は彼女《かのじょ》から傷の手当てを受けた。

三人ともサラサの料理を食べた後、泥のように眠った。

起きると、もう太陽が傾《かたむ》いていた。そんなに眠っていたのか……。ジュノも俺とほぼ同時に目を覚ました。傷は大分よくなっていた。

ケイゴの奴は俺とジュノよりも早く起きていて、サラサと一緒に風呂を沸かしたり、獲《と》れたてのシカを使って料理をしていた。

今日はダンジョン攻略の慰労会だな。

俺とジュノが眠っている間にシュラクさんが来たらしい。

報酬《ほうしゅう》がそれぞれ金貨六〇枚か……。俺とジュノへの報酬としては妥当《だとう》なところだろう。

俺たちは風呂に入り、焚き火を囲って宴会をした。

ケイゴは『シカ刺し』なる料理を出してくれた。ニンニクをすり下ろしたものと一緒に食べてみろと言われた。

パク……。トロ……。ドドーン。再び俺の背中に、雷が轟いた。

なんだこの美味い食べ物は……。舌の上でシカ肉がとろけていく……。そして、酒をあおる。

これはいけない。これは一種の魔術だ。少しだ。今日は少ししか飲まんぞ!

おいジュノ。それは俺の『シカ刺し』だ。勝手に食べるんじゃない!

……結局飲みすぎてしまった。

満天の星を見上げ、大自然の中焚き火を囲み、気心の知れた仲間と美味い飯と酒を飲む。酒が進まない方がおかしいだろう。

もう感覚で解る。これは明日仕事にならない奴だ。

しかし、ケイゴが出してくれた『シメのスープ』とやらを飲むと身体がすっと軽くなった気がした。ケイゴはひょっとすると、本当に魔法使いなのかもしれない。

k - 81

翌朝、マルゴ、ジュノ、サラサの3人がいつもとは違って元気だった。

俺は彼らが荷馬車に乗ってレスタの町へ帰って行くのを見送ったあと、色々と考えなければならないことがあることに思い至った。

まず、ギルドポイントが今回のダンジョン攻略で215に到達《とうたつ》していた。

次に、ダンジョン攻略報酬である金貨七〇〇枚の使い道も考えなければならない。

あまり目立つことはしたくない。まず、お金から考えよう。

家畜を増やすにしても、世話の手がまわらなくなるだけだし、そもそも俺一人生活するのなら今のままで十分だ。

高価な装備を買うことも、自分で作る方が性《しょう》に合っている。もしかすると、俺が作れないような武器をマルゴが仕入れている可能性もあるが。

サラサに頼んでアッシュ用の可愛《かわい》い服でも作ってもらうとか。

それ以外にはギルドに討伐依頼を出す以外に使い道が思いつかない。

そもそもサラサやマルゴを通じて商売をしているから、収入はそこそこ安定している。今更《いまさら》大金が入ったところで、何か必要に迫《せま》られているようなことはない。

次にギルドポイントのことを考えよう。

ポイントが200以上あるということは、ポイント150の基本魔法が取得できることを意味する。

俺は武技スキルのスキルビルドで今までやってきている。普通《ふつう》に考えれば、武技スキルをのばしていくべきだろう。しかし魔法か……。

あの強い魔法使いは竜巻《たつまき》魔法で大蛇を倒した。おそらく風魔法だろう。今回のダンジョン攻略でもメイン戦力になっていた。悩む。

結局早い段階で魔法の鍛錬を開始し、今の武技スキルに魔法を加える方が後々プラスになるのではないかとの結論に至った。

俺は、風魔法を取得することに決めた。

一一：○○

俺は、アッシュと一緒に冒険者ギルドに来ていた。

俺はまず、ダンに金貨三○枚を渡し討伐依頼を出す。ターゲットは俺が倒せないであろう大蛇、もしくはそれ以上に強い森やダンジョンにいる強敵と指定しておく。

次に、ダンに風魔法の取得を依頼する。ギルドカードを提示してポイントを引いてもらう。

ダンに待たされてやっと案内された先は、いつもと同じ道場だった。

しかし、そこにいた人物は、白髪《はくはつ》で背筋のピンと伸《の》びた老人紳士《しんし》だった。ただ、その老人は杖《つえ》をついており左足がなかった。

その老人はハンという名前だった。俺はハン先生と呼ぶことにした。

ハン先生は戦いで片足をなくして、冒険者家業を引退。こうして魔法教官を務めているとのこと。

さっそく、魔法の訓練に入ることにした。

まずハン先生が何ももっていない右手を木の的にかざし、「○×△■！」と短い言葉を唱えた。

すると、ゴウと強風が吹《ふ》き、木の的がふっとんだ。凄い……。風の力だけでこうなるのか。

ハン先生がジェスチャーでお前もやってみろと言う。

俺は、真似して「○×△■！」と唱えたが、何も起こらない。

ハン先生が集中しろというジェスチャーをしたので、右手に集中する。……何度も繰り返し練習した。

「○×△■！」

ヒョワー。

風速一〇メートルくらいの弱々しい微風《びふう》が、木の的の方に吹いた。

『個体名：奥田圭吾は、ウインドLv1を取得しました』

ハン先生は拍手《はくしゅ》代わりに杖をトントンと打ち鳴らし、「オメデトウ」と言ってくれた。俺はハン先生に「アリガトウ」とお礼を言い、道場を後にした。

一七：〇〇
ずいぶん、長いこと魔法の訓練をしていた。

しかし、この魔法は何に使えるんだろうか。スカートめくりとかかな。

と、くだらないことを考えつつ、アッシュを連れてサラサの店に向かった。店には丁度スカートをはいたサラサがいた。

なんで今日に限ってスカートをはいているかなあ。何も悪いことはしていないのだけれども、俺は少し後ろめたい気分になった。

俺はサラサにジェスチャーでアッシュの服を作ってくれと頼みつつ、金貨五枚を渡した。

サラサは多いと、金貨二枚を返してきた。律儀《りちぎ》だからこそ信用できる。

しかし、本当に大金の使い道が思いつかない。今度折をみてサラサを含め三人に相談してみようと思う。

俺は、ついでに野菜や飲み物、パンなどの食料、薪などの生活物資をサラサから調達し、帰路についた。

帰り道、さっそく鍛錬がてらウインドの魔法を使いながら荷馬車を走らせた。しかしすぐに魔力が尽き、急に倦怠感《けんたいかん》が襲ってきて、失神しかけた。慌《あわ》ててデュアルポーションを飲んで失神は免《まぬが》れた。当分は、魔力のペース配分を考えるのに時間がかかりそうだ。

ジュノ4

バイエルン様とダンジョンに向けて出陣するにあたり、サラサが俺たち三人にお守りだといって、毒耐性が付与されたブレスレットをプレゼントしてくれた。

俺は素直《すなお》に嬉しかった。本当に俺たちのことを心配してくれている。

でも、マルゴのことを見る視線が、心配するという気持ちの温度が、俺やケイゴとは違う色をしていることに気がついてしまった。

なので、このお守りのプレゼントも単なる照れ隠《かく》し。

本当はマルゴにだけプレゼントしたかったのではないかという、吐《は》き気がするような醜《みにく》い気持ちが湧き上がってくるのをとめられなかった。

俺は本気で自己嫌悪《じこけんお》に陥った。

絶対にそんなことはないのに。

サラサは本気で俺やケイゴのことも心配しているのに。

三人とも本当に心の優《やさ》しい気のよいやつらだ。そんなことはわかりきっている。

殆《ほとん》ど毎日のようにケイゴの家で飲んで笑って馬鹿騒ぎして、たまには泣き上戸になってみたり。こんな関係、きっと一生のうちに二度とない。

俺の大切な宝物だ。

ああ、なんで恋《こい》なんてしたんだろうなあ……。

いくら自分で恋心を封印《ふういん》すると思っても、燻《くすぶ》り続けてなくなりやしない。

だったらせめて、愛《いと》おしいあの人を悲しませないように、絶対にマルゴだけは生きて戦場から帰す。

——俺は、そう誓った。

第六章 人間は矛盾した生き物だ

shousyaman no isekai survival

k-82

翌日からの早朝鍛錬《たんれん》に、風魔法《まほう》が追加されることとなった。
ウインド！　ヒュオー
アッシュが気持ちよさそうにそよ風を受け、後ろ脚《あし》で耳をかいている。
柔《やわ》らかな日差しの中、小鳥のさえずりが響《ひび》き渡《わた》っている。のどかだな……。
この魔法。何に使えるのか、ものすごく不安になってきたぞ。

一〇：〇〇
先日、ポーションを作りすぎで畑の薬草類が減ってきていたので、今日はショイコを背負って採取でもするか。
アッシュと一緒《いっしょ》に森方面に向かって歩きつつ、草を片《かた》っ端《ぱし》から鑑定《かんてい》していく。
イレーヌ薬草、ムレーヌ解毒《げどく》草、ベルジン魔力草を中心に根から掘《ほ》り出していく。

稀《まれ》にマーブル草があるのでそれも採取する。よし背負子《しょいこ》も一杯《いっぱい》だ。これくらいでよいだろう。モンスターが出るかと思ったが、襲《おそ》われなかった。

一四：〇〇
俺《おれ》は家の脇《わき》にショイコを下ろすと、少し遅《おそ》い昼食をとる。干し肉と卵を焼いたものとパン、そしてマーブル草のお茶だ。
ふう。やっぱりお茶はよいのお。落ち着く。

一五：三〇
ひと休憩《きゅうけい》した俺は、採取してきた植物を畑に植えていく。

小一時間、土いじりをしていると、キャン！　と鋭《するど》い鳴き声が聞こえてきた。

見ると家まわりのアンクルスネアに二メートルほどのブルーウルフがかかっていた。

俺はそっと弓を構えつつ、近づいた。するとアッシュがブルーウルフをかばうように、俺の前にお座《すわ》りし「クーン」と鳴いた。そっか、そういえばお前の仲間だったよな。

俺はブルーウルフに近づいてみたが、意外にもブルーウルフに敵意はないようだ。麻痺《まひ》もしている。この様子なら大丈夫《だいじょうぶ》かと、アンクルスネアをはずしてやった。

アンクルスネアにはさまれた足が痛そうだ。俺は家に薬草をすり潰《つぶ》した塗《ぬ》り薬と包帯を取りに行った。

傷薬をぬり、包帯を巻いてやる。しばらくすると、こちらをジッと見つめていたブルーウルフは、森の方へ立ち去っていった。

……そういえば、前にもゴブリンとこんなことがあったよな。襲ってこないなら、わざわざこちらも戦いはしないさ。

「ほら、アッシュいくぞ。畑の続きだ」

俺はやりかけの畑作業に戻《もど》ることにした。

二〇：〇〇
飯を食ったあと、歯をみがいてからベットに入ろうとして思い出した。そういえば、サラサにブレスレットのお返しをしていなかった。ジュノと相談しつつ一緒にプレゼントでも選ぶか。お返しが被《かぶ》っても嫌《いや》だしな。
マルゴについては、まあ、俺が心配することでもないだろう。明日はジュノの泊《と》まる宿にでも行ってみるか。

ジュノ5

朝、ケイゴがアッシュと一緒に、俺の泊まる宿にやってきた。

冒険者《ぼうけんしゃ》はよほど裕福《ゆうふく》でない限り、家なども持てない。俺のようなしがない冒険者は、宿住まいというわけだ。きっと俺は、よほど酷《ひど》い顔をしていたのだろう。ケイゴが顔を洗うジェスチャーをした。

ケイゴには待ってくれと言って、冷たい水で顔を洗ってきた。ケイゴは買い物に付き合えと言ってきた。

ああ、サラサへのお返しか。俺もどうしようかと思っていたんだ。二人で渡せるなら好都合だしな。俺はＯＫした。

ケイゴには色々と話をした。といっても、一方的に俺が話をして、ケイゴはうんうんと頷《うなず》くだけだったが。それでも、気持ちはずいぶんと軽くなった。ケイゴは余計なことは一切《いっさい》言わない。

誰《だれ》にも相談できなかったことを話したのは、ケイゴが初めてだ。

きっと言葉が通じないから話の半分もわからなかったんじゃないかと思う半面、こうして俺が一番辛《つら》い時に隣《となり》にいてくれている。なので、理解してくれているんじゃないかとも思う。それでも、何も言わないで聞いてくれるのが、一番ありがたい。

俺とケイゴはアクセサリー屋に行き、宝石のついたデザインの違《ちが》うシルバーネックレスをそれぞれ購入《こうにゅう》した。青の宝石がケイゴ、赤の宝石が俺だ。

サラサの店に立ち寄り、ブレスレットのお礼だと言って渡したら喜んでくれた。

俺もケイゴに全《すべ》てを話し、こうしてサラサに喜んでもらって気持ちが吹《ふ》っ切れた気がする。

ぐちぐち悩《なや》むのは男らしくない。自分の身の丈《たけ》にあった恋《こい》でも始めるとしよう。

k - 83

本日の天気は快晴なり。雲ひとつない晴れ空だ。

本当に清々《すがすが》しい。昨日はジュノと一緒にサラサへのブレスレットのお返しを買うという名目で彼《かれ》の話をひたすら聞いた。

本当に辛《つら》そうな顔をしていた。今にも泣き出しそうな。

俺は黙《だま》って聞いた。多分アドバイスが欲《ほ》しくて彼は俺に話しかけているのではないと感覚的に解《わか》った。

俺にも辛い時何も言わずに話を聞いてくれる、口の固い友達《ともだち》がいた。

ビジネスライクな人間関係、熾烈《しれつ》な競争環境《かんきょう》に疲《つか》れ果て、北海道の農村に引きこもると言い出したとき、彼は「ああ、そうか。やっぱりな」と笑っていた。

人にもよると思うが、アドバイスをもらうくらいで解決する問題なら、そもそも相談しないのではないだろうか。

自分の中では既《すで》に答えが決まっていて、それを誰かに聞いてもらい、間違《まちが》ってないよと肯定《こうてい》してもらいたいだけなのだ。

だから、ジュノも同じなのではないかと感じた。

言葉はわからなくても、悲しみや辛さは痛いほど伝わってきた。それで十分だった。

それでも別れ際《ぎわ》、彼は俺に晴れやかな笑顔《えがお》で、「アリガトウ、マタナ」とランカスタ語で言った。

俺が別に何を言わなくても、それが彼にとっての答えだったのだろう。

俺は蒼穹《そうきゅう》を見上げ、止《や》まない雨はないなと本当にそう思った。

そうしていると、鶏《にわとり》やロシナンテ（馬）がエサをくれとわめき出し、アッシュも俺の周りをクルクル回ってエサをねだる。

さて、今日もマイペースな一日になりそうだ。

k‐84

昨日のジュノとのやりとりを考えていたら、エサをさっさとよこすんじゃ！（怒）と各方面から非難の声があがった。
しかたねえなあ……。
俺はロシナンテ（馬）やアッシュ、鶏にエサをやる。その後鍛錬に入る。
ウインドを使っているものの、やはりまだ実用レベルではない。

『個体名：奥田圭吾《おくだけいご》は、ウインドLv2を取得しました』

魔法のスキルレベルがアップするには、通常の武技よりも長い鍛錬が必要なようだ。
足刀蹴《げ》り、バッシュ、フォートレス、シャープシュートの練習をしてから、鍛錬を切り上げる。

一〇：〇〇
タオルを濡《ぬ》らして、汗《あせ》をふいてから朝食の準備をする。
朝食は干し肉と野菜の炒《いた》め物にパン、マーブル草のハーブティだ。
アッシュもお座りをしてよい子にしているので、干し肉をつまんで鼻先でマテをしてからあげた。

尻尾《しっぽ》が千切れちゃうんじゃないかというくらい、ブンブンしている。

さて、今日は大量に使ってしまったポーション作りでもしよう。

一一：〇〇

ポーション用の鍋《なべ》を火にかけ、薬草を煮詰《につ》める。パルナ解毒ポーションには本当に助けられた。あれがなかったらマルゴは先日の戦いで命を落としていただろう。他の冒険者も同様だ。

ベルジン魔力《まりょく》草とムレーヌ解毒草を混ぜて煮込《にこ》み、抽出《ちゅうしゅつ》。パルナ解毒ポーションを作成していく。

濃度《のうど》が肝要《かんよう》だ。

『個体名：奥田圭吾は、錬金術《れんきんじゅつ》Ｌｖ６を取得しました』

錬金術のスキルレベルが上がることで、何か作れるものの幅《はば》が広がるのだろうか。

結局色々試《ため》してみないことには、何ができるのかがわからない。

武技のように錬金術の師匠《ししょう》でもいれば別なのだが。

次に、デュアルポーション（中）の作製を行う。これにもまた命を救われた。ジュノも危なかった一人だ。俺は鍋を一度洗い、イレーヌ薬草、ベルジン魔力草、デルーンの実を混ぜて煮詰めていった。

作業は中断するわけにはいかないので、干し肉とウォーターダガー水筒《すいとう》の水を飲んで、昼食代わりにした。アッシュがフンフンうるさいので、水牛の骨をやったら大人しくなった。

一六：〇〇
ようやく、ポーション作りが一区切りついた。ふー。肩《かた》が凝《こ》った。風呂《ふろ》でも沸《わ》かすか。俺は、川まで荷馬車を走らせ水を汲《く》んだ。水牛かマーマンがいれば食料として狩《か》ってやるのだがいなかった。

一八：〇〇
パチパチと薪《まき》が爆《は》ぜる音がしている。そろそろ丁度よい湯加減かな。

ザプン。ふー。凝った肩に効く。俺はタオルを頭に載《の》せて、天を仰《あお》ぐ。

満天の星だ。木々のざわめき、鳥や虫の音が聴《き》こえる。まるで音楽のようだ。

しばらく、俺はボーっとする。

丁度よい感じにのぼせてきたので、犬かきをしていたアッシュを先に浴槽《よくそう》の外に出してやる。俺も風呂から出て、自分とアッシュの身体《からだ》をタオルでふく。

ふと思いつく。ウインド！　ヒュオー
アッシュの毛が乾《かわ》いていく。ウインドに使い道があることに気がついた瞬間《しゅんかん》だった。

一九：三〇
お手製テーブルで飯を食べる。
今日は特に獲物《えもの》がないので、シカの干し肉を使った野菜炒めと燻製《くんせい》卵だ。酒はエールを飲む。やはり労働後、風呂上がりの一杯は最高だ。

二一：三〇

ふあと俺はアクビをする。少し、飲みすぎたかな。

星と蒼《あお》い月があまりに綺麗《きれい》だったので、ついつい飲みすぎてしまった。周りに人工的な光が一切ないため、それはもう美しかった。

俺はムレーヌ解毒草をムシャムシャとかじり酔《よ》い覚ましをし、アッシュと一緒に眠《ねむ》ることにした。

ブルーウルフ1

我は誇《ほこ》り高き森のハンター。

我らの上位存在たる我《わ》が主《あるじ》が、人間に討《う》たれた。

その人間はとても強く、不思議な術を使う。頭がよいと自負する我々が三体がかりでも敵《かな》わない難敵であった。

何ということか、主の忘れ形見である若君が、その人間に捕《つか》まってしまったのだ。

我らはその人間に手を出すことができなくなったのだ。やむを得ず、我らは若君の様子を遠くから観察することにした。

若君は、特段人間に酷いことをされているということはなかった。

むしろ、こう言っては何だが人間と上手《うま》くやっているように見えた。

難敵であるサーペントが若君と人間を襲ったときなど、肝《きも》が冷えたが、若君は人間を守るべく強敵に対し果敢《かかん》に立ち向かっていった。

人間は若君をかばって戦っておられた。既に我らの中では、あの方は若君の恩人であるという認《にん》識《しき》となっていた。

森の方へ若君と人間が出かけることがあった。我らは、周りに隠《かく》れ潜《ひそ》み、若君に害をなす不貞《ふてい》の輩《やから》を排除《はいじょ》した。


何という失態か若君を見守るために人間に近づきすぎて、人間の不思議な術にかかってしまった。

ぐぬぬぬ……身体が動かぬ！

人間が我に気がつき、こちらにやってきた。これで殺されでもしたら、無念どころの話ではない。

何ということだ。若君が我をかばって、人間との間を取り成してくれた。

我は感動のあまり、心が打ち震《ふる》えた。

しかも何ということか、人間は脚に噛《か》み付いた不思議な術を取り除き、怪我《けが》をした脚を治療《ちりょう》してくれたのだ。

衝撃《しょうげき》だった。人間といえば、殺すか殺されるかの関係でしかなかったのだ。この人間は特別だと改めて認識した瞬間だった。


――我は誇り高き森のハンター、ブルーウルフ。

そして、我らは忠誠心が厚い。若君とその若君を守護していただいている人間に、忠誠を誓《ちか》う者也《なり》。

k - 85

翌朝、家の前にシカが一頭置かれていた。

首に噛み傷があり、身体に触《さわ》ってみると温《ぬく》もりがあった。狩られたばかりのようだ。

俺はなぜだろうと疑問を感じながらも、目の前に新鮮《しんせん》なシカ肉があるという事実に集中することにした。迅速《じんそく》に血抜《ちぬ》きをし、解体作業に取り掛《か》かる。

今日はシカ肉料理だな。知らぬうちにジュルリと口の中に唾液《だえき》が分泌《ぶんぴつ》される。

あのとろけるシカ刺《さ》しの味わいを思い出す。

シカに夢中になっていると、各方面からエサを忘れるな！（怒）と非難の声が上がった。わかったよ。

一二：三〇
午前中一杯を使い、シカの解体を行った。シカのレバ刺しを昼に食べた。当然少しチビリとやりながら。塩とともに口の中に広がる旨《うま》みがヤバイ。臭《くさ》みが少しもない。
しばらくすると荷馬車に乗ってマルゴがやって来た。

マルゴもどれどれと塩で味をつけたレバ刺しをつまみ食いしつつ、酒をグビリ。

マルゴが硬直《こうちょく》した。まあ、気持ちは解らんでもない。

これはヤバイ。ヤバイという陳腐《ちんぷ》な表現しかできないが。どうか解ってほしい。

もう一度言う。ヤバイ。


――真昼間から駄目《だめ》な大人たちであった。

一四：〇〇
どうやら、マルゴはファイアダガーとウォーターダガーを俺に作ってもらうために来たようだ。ダガーがマルゴの荷馬車で山になっている。

おいおい……。これを全部やれと言うのかね……。

しかし、マルゴは目の前のシカに釘付《くぎづ》けだ。ダガーの製作は、いつでもよいそうだ。

とにかくシカだとジェスチャーされた。

一八：〇〇
昨日の残り湯があったので、薪を燃やして追い焚《だ》きをした。
俺たちはザブンとやって、身体の凝りをほぐした後、シカを堪能《たんのう》することにした。
レバ刺しの残りと、シカ刺し、シカ肉と野菜の炒め物を作った。
それで一杯やる。幸せすぎだ。

新鮮なシカ刺しが舌の上でとろける感触《かんしょく》。すり下ろしたにんにくと絡《から》み合う旨み。

何もかもがどうでもよくなる。

マルゴはあの貴族様のことを言っていた。大人しくしていてくれることを願うのだそうだ。それは俺も同意見だと、ジェスチャーで返す。

余計なことを俺からは言わない。そもそも言葉を上手く使えないから伝わらない。

それがよい。いくらでも酔える。

俺は気分がよくなり日本語の歌を歌う。マルゴは拍手《はくしゅ》をしてくれた。

マルゴも余計なことは言わない。そもそも上手く言葉が俺に伝わらない。

酔った言葉をうっかり小耳にはさんで、棘《とげ》のように心に刺さることもない。

マルゴも歌を歌う。歌詞はよく解らないが、荒々《あらあら》しくてマルゴらしい歌だった。

俺も拍手を返した。

商社勤め時には日常だった、言葉の裏の読み合いはない。俺は一個人という関係性でマルゴとつながっている。

パチパチと音を立てる焚《た》き火を眺《なが》めながら、俺はこんな関係がいつまでも続けばよいなと願わずにはいられなかった。

k - 86

『シメのスープ』により、翌朝マルゴを無事に帰らせることに成功した。
マルゴには朝食代わりに干し肉と水を渡した。
さてと。俺は毎朝の日課をこなす。今日の足刀蹴りはキレがよい。
今日は鍛冶《かじ》仕事をして過ごそうかな。

一〇：〇〇
朝食をとった俺は、鍛冶小屋にマルゴが大量に持ち込《こ》んだダガーを見る。
鉄との語らいの時間は嫌《きら》いじゃない。金属に触《ふ》れていると心が落ち着く。
シャッシャッシャッシャ
俺は、ダガーと語らう。精神を研ぎ澄《す》ます。
俺はダガーに問いかける。マルゴの作るダガーは一本一本個性があって面白《おもしろ》い。
君はどう変化したい？　そう問いかけて、返ってきた答えで属性を決める。
シャッシャッシャッシャ
俺は、再び鉄と語らう。気持ちのよい時間だ。……できた。彼は水属性がお似合いだ。
俺は、一本一本丹念《たんねん》に仕上げる。
それが、マルゴという一流の職人に対する礼儀《れいぎ》だと思っている。

飲む時は馬鹿《ばか》になっても、仕事では手を抜《ぬ》かない。それが、仕事の流儀《りゅうぎ》だと思っている。

一八：〇〇
食事も忘れて、鉄と語らってしまった。

流石《さすが》に腹がなる。俺はタオルを濡らして全身を拭《ふ》き、適当に夕食を済ませる。

今日は精神が研ぎ澄まされているので、酒を飲む気にはなれない。

一九：三〇
流石に、集中し過ぎて疲れた。今日はよく眠れそうだ。俺は、布団《ふとん》に入るとすぐに眠りに落ちた。

k - 87

翌朝、家畜《かちく》の世話をしてから鍛錬を行っていると、マルゴ、ジュノ、サラサの三人がやってきた。

俺は手を上げ、「ランカスタ語」でオハヨウと言う。

――ん？

何かどことなくサラサが不機嫌《ふきげん》そうに見える。ほっぺたが微妙《びみょう》にプクーっとなっているし、貝殻《かいがら》のイヤリングもつけていない。何かあったのかな？

一〇：〇〇

一通り鍛錬を終わらせて、家の方に戻ると、三人が朝食を作ってテーブルに並べてくれていた。丸々一頭解体したばかりのイノシシ肉をもってきてくれたようで、ステーキが並んでいた。パクつくと、ジューシーな肉汁《にくじゅう》の旨みが、口全体に広がった。よい。

朝食を食べた後は、マーブル草のハーブティでリラックスタイムだ。

一一：三〇
俺はマルゴに、ダガーを仕上げた旨《むね》をジェスチャーで伝える。

終わったものは鍛冶小屋の入り口の方にまとめておいたので、そこを指差す。さっそくマルゴはダガーの出来を真剣《しんけん》な表情で確認した。

何度も木に突《つ》き立てて燃やしたり、刀身を太陽の光にかざしたりしていた。

俺は、属性付与《ふよ》をするだけの場合はダガー一本につき金貨二五枚をもらうことにしている。出来が悪ければその限りではないが、そのような適当仕事をしているつもりはない。

マルゴは俺に代金を支払《しはら》い、荷台にダガーを運び込んでいった。

アッシュはサラサに飛びついていて、サラサにギュッと抱《だ》きしめられていた。アッシュと戯《たわむ》れて機嫌《きげん》を直してくれればよいが。

一五：〇〇
俺はせっかく三人が来てくれたので、風呂を沸かすことにした。
いつものように、水を汲んで、薪で水を温める。

レディーファーストで、サラサに先に風呂に入ってもらう。サラサはアッシュと一緒に入りたいと言い出して譲《ゆず》らなかった。アッシュも尻尾をブンブン振《ふ》っている。

……少しジェラシーだ。

一八：三〇

ザプンとやって、身体の凝りという凝りをほぐした俺たちは、シシ鍋を肴《さかな》に宴会《えんかい》を始めた。酔いが回ったのかサラサの頭にツノが生えてきた。首には俺のプレゼントした青い宝石のネックレス。それをずずいと掴《つか》みマルゴに見せ、何か強い口調でマルゴに言っている。どんどん体格の大きいはずのマルゴが、縮んでいくように見えた。なるほど。

どうやらマルゴは、サラサが心配して俺たちに送ってくれたブレスレットのお礼を未《いま》だにしていなかったようだ。

ジュノはまあまあとサラサをなだめ、アッシュは俺の隣に来て、興味がなさそうに寝《ね》そべっていた。夫婦喧嘩《ふうふげんか》は犬も食わないという話は本当だな。

金の使い道を相談しようと思ったが、それどころではないな。

傍《はた》から見ていて可笑しくなってしまい、俺はクスっと笑ってしまった。

そうして、賑《にぎ》やかで楽しい夜は更《ふ》けていった。

サラサ4

私はマルゴが好き。

彼は男らしい見た目に反して、繊細《せんさい》な人。

奥《おく》さんを亡《な》くされたときは、もう見ていられなかったわ。

私は彼からお酒のビンを取り上げて、ビンタしてやった。あの時は、思わず私が泣いてしまった。

私を見て！　死んだ奥さんのことばかり見ないで！

私の心は張り裂《さ》けそうだった。


彼が、バイエルン様とダンジョンに行くと聞いたときは心底心配したわ。

私は、お守りに毒耐性《たいせい》が付与されたブレスレットを渡したわ。

絶対生きて帰ってきて！　私は祈《いの》るような気持ちで彼の帰りを待った。

生きた心地《ここち》がしなかったわ。

彼はボロボロになりながらも無事に帰ってきた。ケイゴやジュノも無事。

本当によかった……。


マルゴったら酷いわ。

ケイゴやジュノはブレスレットのお礼だと言って、素敵《すてき》なネックレスをプレゼントしてくれたのに、彼からのお礼は何もなかった。

ずっと待ってるのに。

お弁当を渡すのをやめたら気がつくかしら。でもマルゴに会う口実が欲しいし……。

ケイゴの家で宴会をすることになったわ。

マルゴったら、お返しのことを本当に忘れているみたい。ショックだった。私のことを何とも思ってないのかしら。私はわざといつも着けているイヤリングをはずしたわ。

でも彼は何も気がつかない。どこまで鈍感《どんかん》なのよ！

お酒が入って、私の中の何かがブチッと音を立ててキレた。

私は感情が溢《あふ》れてとまらなくて、マルゴに猛抗議《もうこうぎ》をした。感情が高ぶりすぎて思わず泣いてしまったわ。

叫《さけ》んだらちょっとはスッキリするかしら。私はクッションで口をふさいで、叫ぶことにしたわ。

マルゴのバカヤロー！　バーカバーカ！

——はあ。虚《むな》しいだけね。

マルゴ5

弱った。

流石に朴念仁《ぼくねんじん》な俺でも、サラサの気持ちに気がつかないわけがないだろう。

毎日弁当を届けてくれ、俺がプレゼントしたイヤリングを、嬉《うれ》しそうに身に着けてくれている。

この間は、ブレスレットのお礼を忘れていると言って、酒が入って感情的になったのか泣きながら怒《おこ》られた。

どうしたものだろうか。

まず歳《とし》の差が離《はな》れているので、先方のご家族に申し訳ない。しかも俺は初婚《しょこん》ではない。

俺には妻がいた。病弱だった最愛の妻とは死に別れた。身体の半分が引き裂かれるようだった。

俺はしばらく自暴自棄《じぼうじき》になり、酒に溺《おぼ》れるようになった。それを救ってくれたのがサラサだった。

幸か不幸か妻との間に子供はできなかった。

母親のいない子供を俺が育てるなど、おそらく無理だろうからな。子供が可哀想《かわいそう》だ。

俺はこのまま一人で死んでいくのだろうなと思っていた。毎日鉄と語り合って、それで十分だと俺は思っていた。

サラサのことはとても大事だと思っている。しかし、俺の中では相当複雑だ。

サラサを受け入れてしまうと、天国の妻が見ていて、そっと悲しい顔をして今度こそ本当にどこかへ行ってしまうような気がする。

最愛の妻を悲しませたくはない。俺だけが幸せになってよい道理がない。

しかし、サラサが悲しい顔をするのも見たくない。大切な女を泣かせるなど、最低の男だと思う。

サラサは俺のような無骨な男のどこがいいのだろう。本当に弱った。

k - 88

俺は三人が鍛治小屋で寝静《ねしず》まった後、一人考える。

足元ではスピースピーとアッシュが寝息を立てているので、厳密には一人と一匹《ぴき》ではあるが、思考しているのは俺一人だ。


――人間は矛盾《むじゅん》した生き物だと思う。


俺は昔から不意に一人になりたいという衝動《しょうどう》に駆《か》られることが度々《たびたび》あった。

学生時代、携帯《けいたい》電話を突然《とつぜん》解約して音信不通になって受験勉強に集中したり。

でも人恋しくなって、また携帯電話を復活させたり。

ＳＮＳだってそう。

不意に全ての人間関係が嫌になって、アカウントを消去したりすることもあった。

それでも人恋しくなっての繰《く》り返し。

北海道の農家に引きこもったのも同じことだ。

商社マン独特の、作り物めいた笑顔をしなければならないのが見るのも嫌になって、もう二度と絶対に人間と関《かか》わりたくないと思った。

自給自足をして、一切の人間関係を絶とうとした。

この月の蒼い不思議な場所に来ても、俺の根本は何も変わらない。

俺は安全性を度外視してでも、レスタの町での生活を拒《こば》んだ。

生きる上での最低限の付き合いは別にして、絶対に人と関わるもんかと思っていた。

こちらの世界に来た当初、俺の心の中でマルゴ、ジュノ、サラサもその『生きる上での最低限の付き合い』にカテゴライズされていた。

ダンやカイ先生、解体屋のおっちゃんにしてもそう。言葉が通じないおかげもあり、不思議と嫌《けん》悪《お》感はなかった。むしろ親切だとすら思った。

ただ、人間関係のカテゴライズとしては、やはり『生きる上での最低限の付き合い』でしかなかった。

今思えば酷い話だ。

しかし、心の中でやはりいつものあれがやってきた。

知らず知らずのうちに、愛すべき馬鹿をするあの三人に俺は心のつながりを求めてしまっていた。

俺は、作り物めいた笑顔がはがれ落ちるような綺麗なものを見つけてしまった。

また不意に一人になりたくなることがなければいいな。

このまま、心地好《よ》い心の距離《きょり》感のまま三人との関係がずっと続けばいいな。

俺は自分自身の心の矛盾が恐《おそ》ろしくてたまらなかった。

携帯電話を突然解約するように、SNSのアカウントを消去するように、ビジネスの人間関係を全て捨ててしまうように。

三人との関係を消し去りたいと思う日が来ないとどうして言い切れる。

それが、心の中に棘となって刺さりどうしても抜けない。

思考がぐるぐるして止まらない。このまま朝を迎《むか》えそうだ。

俺はそうっと布団から抜け出し、温かいマーブル草のハーブティを飲みリラックスすることにした。

鍛冶小屋から大きな二重奏が聴こえてきて、俺は思わずクスッと笑ってしまう。悩んでいたのが嘘《うそ》のように馬鹿馬鹿《ばかばか》しくなってくる。

俺はハーブティを飲んだ後、今度こそ深い眠りについた。

第七章　狂気の果てに救いがある

shousyaman no isekai survival

k-89

翌朝、気持ちよく起きることができた。

俺《おれ》は冷たい水で顔を洗う。清々《すがすが》しい朝だ。

三人も目が覚めたようで、じゃあと一緒《いっしょ》に鍛錬《たんれん》を行うことにした。

家畜《かちく》の世話と朝食作りはサラサがやってくれた。

俺たち三人は小一時間ほど鍛錬を行った。相手がいると、実戦形式で訓練ができてよい。


『個体名：奥田圭吾《おくだけいご》は、力31→35、素早さ27→30となりました』

九：○○
朝食はハーブ鶏《どり》の卵の目玉焼き、干し肉にパン。それにルミーの実が添《そ》えてあった。朝食を食べ終わると、マルゴたちはレスタの町へと帰っていった。

今日は植物の採取と畑仕事でもするとしよう。

一一：〇〇
俺は、背負子《しょいこ》を背負って川の方に向かって歩いた。植物を鑑定《かんてい》しては根から掘《ほ》り出し、背負子に入れていく。

一三：〇〇
腹が空《す》いたので弁当を食べることにする。といっても、干し肉とパン、ルミーの実を食べ、冷ましたハーブティを水筒《すいとう》に入れたもので喉《のど》を湿《しめ》らす。
ふー。肉体労働後の飯はなんでも美味《うま》く感じるなあ。さて採取を続行だ。

一四：三〇
もうそろそろ頃合《ころあい》か。ショイコが一杯《いっぱい》になった。
不思議なことに、モンスターに襲《おそ》われなかった。冒険者《ぼうけんしゃ》ギルドに討伐《とうばつ》依頼《いらい》を出したおかげだろうか。

一五：三〇
家に戻《もど》りショイコを置き、お手製テーブルセットで少し休憩《きゅうけい》をする。
太陽の光を浴びて、沢山《たくさん》運動をした。本当に健康的な生活をしていると思う。

さて……。畑仕事をしないと。俺はショイコに入った植物に目を向けた。

一八：〇〇

畑仕事が一段落した。アッシュと揃《そろ》って泥《どろ》だらけになっているので、風呂《ふろ》を追い焚《だ》きして入ることにした。

……薪《まき》の火の温《ぬく》もりは心が安らぐ。

この火で温めた風呂だと思うと、よりリラックスできるような気がしてくるから不思議だ。アッシュと一緒にザブンとやる。ふー。アッシュも気持ちよさそうだ。

風呂から上がりタオルで身体《からだ》をふいた後、ウインドでアッシュを乾《かわ》かしてあげた。

今日の晩飯は昨日のイノシシ肉が残っているので、ステーキにでもしよう。

俺はアッシュの分と一緒に少し多めにステーキを焼き、ミランの果実酒と一緒に食した。

アッシュも、夢中でハグハグしている。

今日一日の疲《つか》れを癒《い》やすために、果実酒をチビリチビリと飲んだ。こういう時は時計の時間を気にしないようにしている。

ほろ酔《よ》いになったところで、アッシュと一緒に布団《ふとん》にもぐりこんだ。アッシュに「おやすみなさい」と言った後、俺は、ランタンから魔核《まかく》を抜《ぬ》き取り、明かりを消したのだった。

翌朝、鍛錬を終え朝飯を食べていたら、ゾロゾロと人がやってきた。

前回のダンジョン攻略《こうりやく》隊の面々である。俺は、平常心を装《よそお》い笑顔《えがお》で出迎《でむか》える。

あ、ポーションを買いに来たんですね！　お買い上げありがとうございます！

マルゴとジュノが無表情なのが怖《こわ》い。

人って、本気で怒《おこ》ったときは無表情になるもんだよね。昨日の今日なので急に招集《しょうしゅう》でもされたのだろう。でなければ俺に一言あったはずだ。

サラサも同行していて、物凄《ものすご》く心配そうな顔をしている。

アホ貴族さまは素敵《すてき》な笑顔で馬から颯爽《さっそう》と降り、俺の肩《かた》を右手でガシッとつかみ「頼《たの》むぞ」的なことを言った。

俺は涙目《なみだめ》になった。俺の頭の中に、ドナドナが流れ始めた時。事件は起きた。

スパーン！　プッシャー！

アホ貴族さまの右腕《みぎうで》が根元から千切れ飛んだ。あまりに突然《とつぜん》のことで、何が起こったか解《わか》らなかった。噴《ふ》き出《だ》す鮮血《せんけつ》。血で真っ赤に染まる俺。俺の意識はフリーズした。

グルルアアアア！

空中にでかい羽の生えたトカゲがホバリングして咆哮《ほうこう》していた。

ぎゃあああああ！

俺は恐慌《きょうこう》状態に陥《おちい》った。

俺は近くにいたアッシュを抱《かか》え込《こ》み、切り株椅子《いす》に立て掛《か》けていた盾《たて》を空飛ぶトカゲの方に向けフォートレスを発動。

俺は、盾の中で身体を小さくした。どうか俺に気がつきませんように！

ジュノがサラサの手を引いて、鍛冶《かじ》小屋の中に避難《ひなん》させていた。

アホ貴族さまは無双《むそう》五人衆のヒーラーさんに止血してもらっていた。

無双五人衆の中で、ギルドマスター、カイ先生、タンクさん、魔法使《まほうつか》いが空飛ぶトカゲに攻撃《こうげき》を仕掛けていた。もうこれ怪獣《かいじゅう》大戦争レベルだろ。

俺は盾の中で縮こまり、アッシュを抱えガタガタ震《ふる》えていた。

物凄い音量の咆哮、怒声《どせい》、轟音《ごうおん》が響《ひび》き渡《わた》っている。俺は盾からそっと顔を出し、チラっと見ると、竜巻《たつまき》魔法が空飛ぶトカゲに直撃し、傷を負った敵が逃《に》げていくところだった。

負傷者は多数出たものの、死んだ者はいないようだった。

マルゴ、ジュノ、サラサも無事だった。

俺は空飛ぶトカゲが立ち去ったことを確認《かくにん》すると、生存している怪我人《けがにん》にポーションを飲ませていった。

アホ貴族さまは何とか一命を取り留めていたが、真っ青な顔をして放心状態になっている。俺は仏心でアホ貴族さまにもポーションを飲ませてあげた。

俺の家の周りが滅茶苦茶《めちゃくちゃ》だ。畑も一部駄目《だめ》になっている。しかし、命が助かっただけ御《おん》の字と考えるべきだろう。

傷の手当てが一通り終わった後、ギルドマスターの判断で撤退《てったい》することになったようだ。

アホ貴族さまを乗せた荷馬車を囲むようにして、ダンジョン攻略隊はレスタの町へと帰っていったのだった。

k-91

俺は、アホ貴族さまがレスタの町へ戻って行かれるのを見送った。

一一：〇〇

無事だったアンクルスネアを、均等に小屋のまわりに設置し直した。

その後、俺は冒険者ギルドに行くことにした。冒険者ギルドの庶民《しょみん》による正しい利用法パート2である。

一三：〇〇

俺はダンの目の前に金貨一〇〇枚が入った袋《ふくろ》をドンと置き、空飛ぶトカゲの絵をマジックボードに書いて説明した。

ダンは手で俺を制止し解っている、とジェスチャーで答えた。

そうか、既《すで》に冒険者ギルドの方に話が回っているのか。ならば話は早い。金貨一〇〇枚を全《すべ》て討伐報酬《ほうしゅう》に上乗せすることにした。

もう四の五の言っている状況《じょうきょう》ではない。また奴《やつ》が襲来《しゅうらい》したら一〇〇%死ぬ自信がある。

他の町にも強い冒険者がいるだろう。金を積んででも倒《たお》してもらわないと困る。

あとは、壊《こわ》れたアンクルスネアの補充分《ほじゅうぶん》を購入《こうにゅう》した。

今日からまたモンスターの脅威《きょうい》に怯《おび》える日々が続くのか……。大蛇《だいじゃ》のトラウマ再来である。

一五：〇〇
俺は、マルゴの家に泊《と》まらせてもらおうかとも考えたが。やめておいた。

結局、町にあのモンスターが飛んで来る可能性もあるのだ。

むしろ、自分の家で気配を消して息を潜《ひそ》めているほうがよいと判断した。

俺は家に戻るとすぐにアンクルスネアを設置して、麻痺《まひ》薬を塗《ぬ》っていった。土塀《どべい》も破壊《はかい》されていた箇所《かしょ》をスコップで修復した。

これが、あの空飛ぶトカゲの対策になるとは到底《とうてい》思えないが、何もしないよりは気が紛《まぎ》れる。

一八：〇〇
俺は、身体の汗《あせ》をタオルでふいて、家の中に避難することにした。

外にいるよりは安全だろう。夕食も家の中で食べることにした。

ランタンの明かりを見ながら、酒を飲んで気を紛らわし、アッシュを抱《だ》きしめて、布団の中でガクガクブルブルと震えた。

アッシュは大丈夫《だいじょうぶ》だよ！　と励《はげ》ますように俺をペロペロしてくれた。

酒を飲んだところで、恐怖心《きょうふしん》を紛らわすことなどできなかった。甘《あま》かった。これほどの恐怖《きょうふ》が襲って来るとは。

この恐怖心を解かっていただけないかもしれないが、一〇メートルを超《こ》える空飛ぶ爬虫類《はちゆうるい》をあなたは見たことがあるだろうか？　倒してやろうなどという気は微塵《みじん》も起きないはずである。
俺は、朝まで眠《ねむ》れなかった。マルゴの家に泊まって、一緒に酒でも飲んだ方がよかったと心底後悔《こうかい》した。本当に辛《つら》い夜だった。

アッシュ3

たいへん！
ご主人さまがピカピカした人と一緒にどっかに行っちゃった！
僕《ぼく》をおいていかないでよ！　僕はおねえさんに抱っこされたまま一生懸命叫《いっしょうけんめいさけ》んだよ。
しばらくすると、ご主人様がおにいさんとオジサンと一緒に帰ってきたよ。
僕はにおいでご主人さまが解るんだ！
わーい！

青い毛をした大きなのがいたよ。
動けないみたいだったけど、目で助けてって言ってるのがわかったよ。
僕はご主人さまに助けてあげてって言ったんだ。
そうしたら、ご主人さまは助けてくれた。
ありがとう、ご主人さま！

青い毛をした大きなのは、僕をじっと見ていたよ。どうしたんだろう？

ご主人さまの手から気持ちいい風が出るようになったの。

あったかいお水に一緒に入ることがあるんだけど、ご主人さまは必ず僕に気持ちいい風を出してくれるんだ。

カラダがポカポカしているから、とっても気持ちいいんだよ！

ご主人さまは僕のツメをパチンパチンしようとするの。やめてよ！

でも、ご主人さまはテーブルの上に僕をおいたんだ。僕は高いところがイヤ！

僕が怖くなっているうちに、パチンパチンされたの。

やっとテーブルからおろしてもらえたよ。よかった！

おっかない大きなのがとんできたよ。ご主人さまは僕が守るんだ！

おフトンの中でもご主人さまはブルブルしていたから、僕は大丈夫だよ、僕が守ってあげるっていったんだ。

k - 92

朝を迎《むか》えた。全くと言ってよいほど眠れなかった。

俺は、睡眠《すいみん》不足の身体を起こして冷たい水で顔を洗い、最低限家畜のエサやりを行う。

体調も悪いことだし、今日は外に出ない方がよいだろう。

俺は、家の中でパンや干し肉をかじりつつ、リラックス効果のあるハーブティを飲んだ。

とりあえず横になっていよう。

アッシュは俺の不安など露《つゆ》知らず、元気一杯だ。シカの骨をあげたら喜んで遊んでいた。

一一：〇〇
少しは眠れたようだ。ふあとあくびをし、のそのそと起き出す。
外に出るのは奴に目をつけられる可能性があるので危険だ。家の中でできることをしよう。俺は鍛冶小屋の中で、足刀蹴《げ》り　や魔法、剣《けん》の素振《すぶ》りなど、室内で可能な鍛錬を行った。

一三：〇〇
腹が鳴ったので、飯にする。昼飯も干し肉と生卵、パン、水で簡単に済ませる。
外に出るのは危険だ。鍛冶仕事で炉《ろ》に火を入れるのも人の存在を気取《けど》らせてしまう危険がある。火も極力使わない方がよい。
俺は、精神統一のためにも鍛冶小屋の中でひたすら鍛錬に励んだ。

一八：〇〇
鍛錬で汗だくになったので、タオルを水で濡《ぬ》らして身体をふく。風呂に入りたいが今はそれどころではない。

鍛冶小屋のドアをそっと開けて外を窺《うかが》う。今のところ大丈夫なようだ。

俺は食料とウォーターダガー水筒をもって素早《すばや》く、寝室《しんしつ》の方に移動した。

一九：〇〇
静かな夜だ。外から微《かす》かに聴《き》こえる虫や鳥の声、木々のざわめきはいつもと変わらない。

しかし警戒《けいかい》しても、し足りないということはない。

今日は酒で現実逃避《とうひ》はしない。酒を飲んでしまうと、いざという時に動けない。きちんと現実を見よう。きちんと食べて、きちんと眠る。装備類も身に着けておき、剣や盾も直《す》ぐに使えるよう準備しておく。

そして、火の使用、外出を極力控《ひか》え、人間の気配を消す。

現状俺にできることと言えばそれくらいだが、それを完璧《かんぺき》にこなすことはとても大切なことだ。

二〇：〇〇
干し肉にパン、ルミーの果実、水という夕食を食べた俺は、早々に眠ることにした。

k・93

翌朝、目が覚める。俺はまだ生きている。

そっと小屋のドアを開けて、外を窺う。大丈夫だ。
俺は外に出て冷たい水で顔を洗い、家畜の世話をした。

一〇：〇〇
家の中で、朝食をとった後、少し畑の手入れをすることにした。
俺は、戦闘《せんとう》用の装備に身を固め、空を警戒しつつ畑に移動した。
畑はやはり一部が破壊されており、作物が駄目になっていた。しかし、被害《ひがい》が一部だったのがせめてもの救いだ。先日の戦いで荒《あ》らされた部分の土を均《なら》す。無事だった作物に水をやる。畑の手入れを手早く終わらせた俺は、空を窺いつつ、身を低くして家に戻った。

一二：三〇
昼食を食べる。火を使わない食事だ。

一三：三〇
鍛冶小屋で鍛錬を行う。
ビシュ。精神を統一し足刀蹴りを繰《く》り出す。
ヒュッ。鍛冶小屋にあった銑鉄《せんてつ》の剣で突《つ》きを繰り出す。汗が滴《したた》り落ちても気にせずに一心不乱に鍛錬をする。俺はひたすら、体術と剣術《けんじゅつ》の鍛錬に励んだ。

一八：〇〇
こんなに鍛錬に打ち込んだのは、初めてかもしれない。

体術と剣術の腕前《うでまえ》が上がるだけではない。いざという時の心構えができていくのを感じる。普通《ふつう》に考えて、足刀蹴りであの空飛ぶモンスターを狩《か》ることなど不可能だろう。

ただ、いざその場面に直面した時に、選択《せんたく》する行動が変わると思うのだ。

身体中の汗をタオルを濡らしふいていく。俺は、保存食と水筒で夕食を済ませ、そっとドアを開けて外を窺う。

危険がないのを確認。アッシュを抱え、寝室に移動した。

ランタンを枕元《まくらもと》に置き、仰向《あおむ》けに寝《ね》る。

戦闘用装備はそのままに。剣、盾、弓は手の届く範囲《はんい》に置く。

俺は今日の夜も無事乗り越《こ》えられることを願いつつ、眠りについた。

k - 94

翌朝。
ドンドン
ドアを叩《たた》く音がする。誰《だれ》だ。鶏《にわとり》たちが驚《おどろ》いて騒《さわ》ぎ出す。
ドアを開けると、ガタイのよいマルゴが笑顔で立っていた。

どうやら話を聞くと、あの羽の生えたトカゲモンスターが退治されたらしい。別の町の熟練冒険者がやってくれたそうだ。

マルゴは木の棒で地面に描《か》いたトカゲの絵にバッテンをしたものを足でかき消した。

よかった……。これで、ようやくいつもの生活が送れる。

俺は、町の中以外で安全な場所があれば、そこに家を建て、引《ひ》っ越《こ》しをすればよいのではないかと思った。マルゴにジェスチャーと絵で聞いてみる。

マルゴ曰《いわ》く、ここから北にある町の近くにもダンジョンがあり、やはり町の中以外で安全な場所はないとのことだった。むしろ、町も今回のようなトカゲモンスターの脅威に晒《さら》されているので、安全とは言い切れないとのこと。

……どっちにしろ俺は、町に住むのは嫌《いや》だ。

それならば、当面危険なモンスターに討伐報酬を出すという方向で、考える他はなさそうだ。

なお、マルゴの説明によると、あのトカゲモンスターは、ダンジョン由来のものではなく、遠くから飛来してきたものらしい。ということは、あのトカゲモンスターが討伐されたことで、一応平《へい》穏《おん》な日常は戻ってくると考えてよさそうだ。

心底ほっとした。しかし念のためだ。討伐報酬をかけておこう。

俺は帰りがけのマルゴに金貨五〇枚を渡し、あのトカゲモンスターが近隣《きんりん》に出没《しゅつぼつ》した場合の討伐報酬にしてもらうよう頼んだ。

……今日は、火を使って何か温かいものでも食べよう。マルゴが帰ると、俺は緊張《きんちょう》の糸が切れた。

切り株に腰掛《こしか》け、俺はしばらくの間、曇天《どんてん》の空を仰《あお》いでボーっとしたのだった。

k - 95

一〇：〇〇
マルゴが空飛ぶトカゲモンスターの状況を俺に伝え、レスタの町へ帰っていった。安心しすぎて今日は何もする気が起きない。
まあ、たまにはこういう日もあっていいか。今日はゆっくり過ごそう。
俺はブルーシートの上に寝転《ねころ》がったり、アッシュを構ったりして適当に過ごした。

一三：〇〇
アンクルスネアに野ウサギが引っかかっていた。夜は野ウサギの丸焼きを肴《さかな》に、一杯やろうと思う。曇天だが気分がよい。少し、雲が薄《うす》くなってきたかな？　今日は朧月《おぼろづき》だな。
俺はアッシュにシカの骨を投げたりして遊びつつ、またダラダラと過ごした。

一八：〇〇
川で水を汲《く》み、久しぶりの風呂に入ることにした。
入ってみると、緊張しっぱなしだったことが解る。身体の凝《こ》りがほぐれていく感覚が半端《はんぱ》ではない。ふー。俺はお湯でタオルを濡らして、絞《しぼ》ったホットタオルを目にのせる。気持ちよすぎる。

一九：〇〇

風呂から上がり、野ウサギの丸焼きを作る。解体した肉に塩とすったニンニクをすり込んで木串《きぐし》に刺《さ》して焚《た》き火で焼く。

食欲をそそるよい匂《にお》いが辺り一面にただよう。

アッシュはお座《すわ》りしていい子を装っているが、口元からよだれがダラダラと垂れている。何を考えているのかバレバレだ。俺はエールの樽《たる》をもってくる。

俺はエールをチビチビやりながら、野ウサギの焼き加減を見る。

こんがりと狐色《きつねいろ》に焼けたところでぱくつく。ジューシーな肉汁《にくじゅう》が口いっぱいに広がる。

アッシュが不満げに前脚《まえあし》で俺をタシタシする。わかってるよ。

少し肉を切り分けて、アッシュ専用のお皿に盛ってやる。

これだけだと少し寂《さび》しいので、ハーブ鶏の燻製《くんせい》卵とスモークチーズを作りつつ、酒をチビチビやる。

——今日はやはり朧月だ。

俺は蒼《あお》い幻想《げんそう》的な空を見上げながら、何も考えずに料理に舌鼓《したつづみ》を打った。

k-96

翌朝、外に出ると少し霧《きり》がかかっていた。

俺はふあとあくびをし、顔を冷たい水でバシャバシャと洗った後、家畜へのエサやりをした。その時ちょうど牛のような鳴き声がした。

というか牛そのものだった。バトルブルが罠《わな》にかかった瞬間《しゅんかん》の声だった。

俺は弓を持ちそちらへ向かうと、バトルブルの足にアンクルスネアがかかった状態だった。おしりの部分になぜか噛《か》み傷がついていた。何かに襲われてここまで逃げてきたのだろうか。

俺は不思議に思いつつ、麻痺した水牛の血抜《ちぬ》きをして、解体することにした。

一一：〇〇

塩で味付けをしたレバ刺しを食す。当然チビリチビリとやりながら。

やはりヤバイ。新鮮《しんせん》なレバーはヤバイ。次に牛モツを塩で揉《も》み洗いする。

肉の部位は一部燻製にしてみる。これもつまみ食いしてみたが、ヤバイ。どんどんチビリチビリといってしまう。

俺は、ムレーヌ解毒《げどく》草をむしゃむしゃと食べ、いったん身体をスッキリさせた。

一四：〇〇

マルゴとジュノが荷馬車に乗って来た。

俺の作る料理を目ざとく発見し、奴らもチビリチビリやりながらつまみ食いを始めた。

お前ら何しに来たんだ。

俺はマルゴとジュノがせっかく来たので、昨日の風呂を追い焚きし、早めに風呂を沸《わ》かした。俺は牛モツ鍋《なべ》、牛のレバ刺し、牛ステーキ、牛肉の燻製を作った。

牛のフルコースだな。

アッシュは料理に目が釘付《くぎづ》けだ。俺はタオルで、よだれでベトベトになった毛をふいてあげた。

一九：〇〇
朝の霧は晴れ、星がよく見えていた。夜は宴会《えんかい》になった。もっとも彼《かれ》らが来てからずっと宴会という感じだが。『シメのスープ』を途中《とちゅう》で作って飲ませないといけないくらいだった。

そもそもマルゴとジュノの装備を見るに、モンスターを狩りに来たのではないのだろうか？　まあ、俺ももし目の前に新鮮な牛レバーや牛モツ鍋があったら、狩《か》りなどしている場合ではなくなるとは思うが。

マルゴやジュノは牛レバ刺しや牛モツ鍋を口にするたび唸《うな》り声を上げていた。

その気持ちは俺も解る。俺もついつい酒を飲みすぎてしまった。


遅《おそ》くまで飲んでしまった。時間は全く気にしていなかったので時計は見ていない。

俺もヘロヘロになり、二人のよくわからないランカスタ語の歌に合わせて一緒に歌った。

なんとかムレーヌ解毒草のスープを三人で飲んだまでは薄《うっす》らとだが記憶《きおく》がある。

知らないうちに三人で鍛冶小屋に倒れるように眠っていた。

記憶がなくなるまで飲むことなど、日本にいた頃《ころ》も含《ふく》め、ここずっとなかったことだ。

自分の醜態《しゅうたい》を晒し合っても大丈夫な関係。

そういう関係を『親友』と呼ぶのだと、今更《いまさら》ながら俺は気がついた。

k-97

翌日、青い顔をした俺たち三人は、昼まで仲よく川の字になっていてようやく復活した。

昨日は飲みすぎた……。

俺は水を飲むと、昨日作ったムレーヌ解毒草のスープを温めなおす。

同時に、家畜たちへのエサやりをする。遅くなってごめんよ。

ロシナンテ（馬）がブヒヒンと鳴いた。

俺たちはスープとパンを食べ、何とか体調を元に戻した。

マルゴとジュノは当初の予定通り、狩りに行くようだ。だったらと、俺も森の植物の採取がてら狩りに付き合うことにした。

一四：○○
ショイコを背負った俺は、デルーンの実など有用なものを採取していった。
ヘルハウンドと遭遇《そうぐう》したが、ブルーウルフ数匹《ひき》と戦っており、横槍《よこやり》を入れる形でドヌール毒矢で倒した。

『個体名：奥田圭吾は、Ｌｖ14になりました。体力28↓31、魔力17↓21、気力21↓25、力35↓36、知能77↓79、器用さ33↓35、素早さ30↓35』


ブルーウルフたちはヘルハウンドが倒れるのを見ると、去っていった。

俺たちはヘルハウンドを倒したところで帰ることにした。

一七：○○

鍛冶小屋の入り口に採取物を入れたショイコを置き、休憩する。

マルゴたちの荷馬車には狩ったモンスターと彼らの背負子が載せられている。

俺はヘルハウンドの皮を少々と火袋《ひぶくろ》がほしいとマルゴに伝えた。装備作りに使いたい。

また、今度来るようなことがあれば、食料とアンクルスネアを買ってきてほしい旨《むね》伝え、マルゴに金を渡した。

疲れた俺たちは、焚き火を囲みながら切り株椅子に座りつつ、イレーヌ薬草のお茶を飲んで休憩した。

一八：○○
二人はレスタの町へ帰っていった。
俺は採取したもののうち畑に植えなければならないものを植えたあと、昨日の牛肉料理の残りを食べることにした。

焚き火の前で静かに食事を……と思ったら、アッシュが前脚でタシタシとアピールしてきた。仕方がないので、アッシュのお皿に牛肉料理を入れてあげた。

さすがに今日は酒をやめておく。

俺は焚き火の火をボーっと眺《なが》めながら考える。

マルゴとジュノがいて心が温かかった分だけ、一人になると急に心が寒くなる。

楽しい時間はあっという間に終わってしまった。

目の前の景色が滲《にじ》む。何でだろう酒なんて飲んでないのに。

一人が好きだなんて、本当に笑ってしまう。

いったん温かい心の感覚を覚えてしまうと、もう駄目だ。

心地《ここち》好《よ》いはずの夜風も虫の奏でる音楽も全て、寂しく感じてしまう。

寂しい。

長い夜になりそうで怖い。

こういう時はリラックスできる温かいハーブティを飲むとよく眠れる。俺は焚き火でお湯を沸かし、ズズっと音をたてながらハーブティを飲んだ。

ふーっと長い息を吐《は》く。少しだけ心が温まった気がした。

二〇：〇〇
俺はふあとあくびをした。感情の揺《ゆ》らぎは何とか抑《おさ》え込むことができた。まったく厄介《やっかい》な代物《しろもの》だ。

俺はモフモフのアッシュを布団の中で安眠《あんみん》抱きまくらにしつつ、眠りについた。

k-98

翌朝。眠りはあまりよくなかった。
全く眠れなかったというわけではなかったが、少し寝不足だ。
俺は、家畜とアッシュへのエサやりを終わらせた後、二度寝した。

一〇：〇〇
俺はモソモソと布団から這《は》い出す。
何もやる気が起きない。何気なくギルドカードを見ると100ポイント以上になっていた。せっかくなので、気分転換《てんかん》の意味も込めてカイ先生に修行《しゅぎょう》をつけてもらおう。

一一：〇〇
食事を適当に済ませた俺は、レスタの町へ出かけた。

一二：〇〇
今俺は冒険者ギルドのダンと顔を突き合わせている。

アッシュが暇《ひま》そうに骨を手で押《お》さえてカジカジしている。

リストとにらめっこするが答えがなかなか出ない。剣術、体術、盾術。どれがよいのだろうか。結局、体術にすることにした。剣が手元になくても戦闘に使えるというのは中々に魅力《みりょく》的だからだ。

俺はさっそくカイ先生に稽古《けいこ》をつけてもらうことになった。

カイ先生はよくみてろというジェスチャーをして、木の的に向かって進み、しゃがみ込む。それから後方宙返りをするとともに蹴《け》りを繰り出し、木の的を粉砕《ふんさい》した。

やってみろと、カイ先生が言うので練習した。

後方宙返りなんてできるのかと思ったができた。ステータス値の向上のおかげか、身体能力が向上しているのかもしれない。

最初は首から地面に落ちてポッキリいくんじゃないかと心配したが、杞憂《きゆう》だったようだ。

しゃがみ込んで、ためる。そして後方宙返りとともにキック！　ドガッ！

『個体名：奥田圭吾は、ムーンサルトキックＬｖ１を取得しました』

カイ先生は拍手《はくしゅ》をしながらオメデトウと言ってくれた。俺はアリガトウと返す。俺は一礼をして道場を後にした。

一五：〇〇

俺は、冒険者ギルドで補充用にアンクルスネアを購入した。

それからサラサの店で食料と酒を調達して、マルゴの店に行く。

一六：〇〇
マルゴは店で暇そうにテーブルに頬杖《ほおづえ》をついていた。店は閑古鳥《かんこどり》が鳴いていた。マルゴは俺が持ってきた酒と食料を見ると、店のドアにかかっている札を裏返し、『閉店』にした。大丈夫なのか？　この店……。

俺がちょっと心配そうな顔をすると、マルゴは親指をくっと立て、「大丈夫」のジェスチャーをした。

俺たちは、鍛冶場の空きスペースにドカリと座り、酒盛りを始めた。

マルゴはまだ、俺が頼んだ食料やアンクルスネアを調達していなかったようだ。自分で調達したと伝えると、金を返してくれた。

サラサがマルゴへ渡した弁当箱を回収にきたので、そのまま三人で飲むことにした。

俺は体術を新しく覚えた話をした。サラサはアッシュを構って遊んでいた。

どうでもいいようなことが、凄《すご》く大切に感じられた。まるで陽《ひ》だまりの中にいるような感覚だった。よい時間になったので切り上げ、お開きにすることにした。

その日俺は熟睡《じゅくすい》することができた。昨日の心の寒さがまるで嘘《うそ》のようだった。

ギルドマスター4

私は冒険者ギルドマスターのシュラク。

先日のダンジョン攻略から、なんとかバイエルン様にこれ以上の攻略を諦《あきら》めていただこうと説得し続けたが、無理だった。

私は円形脱毛症《えんけいだつもうしょう》になった。胃に穴が開くと思っていたが、先に髪《かみ》の毛に症状が表れた。

結局癇癪《かんしゃく》を起こしたバイエルン様が前回の面子《めんつ》を集めろと命令を出し、私は方々に頭を下げて回るハメになった。

マルゴとジュノは、怒《いか》りに顔が歪《ゆが》んでいた。本当に不甲斐《ふがい》ないギルドマスターで申し訳なく思う。

ケイゴオクダにも迷惑《めいわく》をかけてしまう。彼のところに説得に行くことができなかった。

いきなり押しかける形になってしまうのを、どうか許してほしい。

ケイゴオクダの家に到着《とうちゃく》すると、彼は丁度食事をとっていた様子だ。本当に申し訳ない気持ちで一杯だ。

バイエルン様が馬から下り、彼に頼むぞと言ったとき事件は起きた。

モンスター、『レッサードラゴン』が襲来し、バイエルン様の右腕を爪《つめ》で切り飛ばしたのだ。

私は必死にバイエルン様をかばいながら戦った。

なんとか戦いに勝利した。レッサードラゴンを追い払《はら》うことに成功したのだ。

バイエルン様が部屋にお隠《かく》れになられて出てこない。

執事《しつじ》によると食事も部屋で取られて一切《いっさい》部屋から出ないとのことだ。

何か馬の石像に話しかけてブツブツ言ったり、叫んだりしているそうだ。

このような状態では、町の政務に関《かか》わるということでバイエルン様のご子息であるハインリッヒ様がバイエルン様に直談判《じかだんぱん》し、バイエルン様の後継者《こうけいしゃ》となった。

ハインリッヒ様はバイエルン様を反面教師としておられるのか、非常に聡明《そうめい》なお方だ。

これで、私にも心の平穏が訪《おとず》れるかもしれない。

ハインリッヒ1

私はハインリッヒ。

父上からようやくこの町の支配権を引き継《つ》ぐことができた。

フフフ……フハハハハハ！

笑いが止まらぬ。

父上はまさに「横暴」という言葉の似合う暴君であった。

家臣団には、それとなく私は父上とは違《ちが》う人間であるとアピールしてきた。

その甲斐《かい》があってか、家臣団や諸々《もろもろ》の有力者は狂《くる》った父上に代わり私を推挙してくれた。

私の、周りからの評価は「聡明《そうめい》」なのだそうだ。

笑わせる。何が聡明だ。もはや私は絶対的権力者なのだ。

権力とは甘い蜜《みつ》だ。最高の気分である。今なら天をも駆《か》けられると思えるほどに、優越感《ゆうえつかん》を覚える。民《たみ》が働き蟻《あり》の行列のようだ。

何せ徴税《ちょうぜい》権により、私に財が押し寄せてくることになるのだから。

民よ。私のために働いて一生を終えるがよい！

重税を課してやる。ありがたく思え！

さて、どのような名目で税を課そうか今から考えておかねばな。

私の財が増えていくのを想像すると楽しみでならない。

フフフ……。

元アホ貴族1

我輩《わがはい》はバイエルン。

我輩はレッサードラゴンに襲われ右腕を失った。

何もかもが怖くなり、自室から出ることができなくなった。

せめてもの慰《なぐさ》みとして、最愛のメルティちゃん（馬）の石像を自室に置くことにした。

周りは自分のことを狂ったと評価しているだろう。

だが、そのようなことはもはやどうでもよい。

むしろ、自分を見つめ直すことができた。

狂ったという自覚は自分ではない。ただ何もかもが怖くなっただけだ。

人前に出ると手が震える。

まともにテーブルについて食事ができない。

右腕がないから、上手《うま》く食事ができない。

使用人たちに、あざ笑われている気がする。

夜ベッドに入っても、ドス黒い負の感情が頭の中を循環《じゅんかん》する。

――この世から消えてなくなりたい。

――みんな死ねばいいのに。

そして気がつけば朝をむかえ、気を失ったように眠りにつく。

自室に引きこもることであらゆる出来事に敏感《びんかん》になった。

例えば外の天気、季節の変化、使用人たちの表情や態度の変化。

夜中に全員が寝静《ねしず》まった頃、部屋を抜け出し、家の周りを散歩していて、今までどうでもよかったことが気になるようになった。


――狂った自分と狂う前の自分。本当に狂っていたのはどっちの自分なのだろうか。

元アホ貴族2

我輩の名前は……。自分の名前もスラスラと言えなくなってしまった。

鏡を見ると頬《ほお》は痩《こ》け、目の下にはクマができている。酷《ひど》い顔だ。

酷い顔だと認識できるだけ、まだマシなのかもしれない。

眠れなくなって、どれだけ経《た》つのかもわからなくなった。

我輩の心の拠《よ》りどころは、石になったメルティちゃん（馬）だけ。

使用人たちの態度も、以前に比べ素っ気ないものになってきているように思う。

ある時、石化を解くことができるという術師が現れた。心配したシュラクが手配してくれたそうだ。なんとメルティちゃん（馬）の石化が解け、元気な姿に戻った。

——我輩はその場で泣き崩《くず》れた。

我輩は以前よりも、病状が回復していた。

なんと、日中でも部屋から出て、メルティちゃん（馬）のいる厩《うまや》まで出かけることができるようになったのだ。

我輩は心に太陽の光が降り注ぐような感覚を覚えた。

だんだんと睡眠もとれるようになった。

まだ、テーブルに座って食事をとったり、使用人と顔を合わせるのは苦痛だ。

それでも、我輩の心はだんだんと癒やされていった。もう大丈夫だと思う。

——狂う前の自分、狂った後の自分、そして今の自分。これだけは断言できる。今の自分は狂ってなどいないと。

ギルドマスター5

私は冒険者ギルドマスターのシュラク。

昨日の町議会は酷いものだった。ハインリッヒ様が突然増税すると言い出したのだ。

会議は紛糾《ふんきゅう》。当然である。議会は町の各分野を代表する者で構成されている。

しかし、ハインリッヒ様は無理を押し通してしまった。

私にも、冒険者ギルドや冒険者からどうなっているのかと非難の声が殺到《さっとう》している。

うう……。それを思い出すとまた胃が痛くなってきた。

もしかすると、私もストレスのあまりバイエルン様のように病気にかかってしまうかもしれん。

いかん。私が頑張《がんば》らねば誰がこの町を守るというのか。気をしっかり持たねば。

バイエルン様は、愛馬が復活されて以来お話ができるようになった。

とはいえ、完全に回復したとは言えないが。

レッサードラゴンの一件以来、あの方は変わられたような気がする。何というか、以前の傲慢《ごうまん》さがなくなったような気がするのだ。

我々議会にはハインリッヒ様を推挙した責任がある。

とすれば、簡単に別の方に代わっていただくということは無理であろう。

しかし、バイエルン様が回復されたということであれば話は別だ。

バイエルン様にはまだ大勢の人前に出ることは無理だと思う。それでも、何とか回復して、よき領主になっていただけることを切に願う。

第八章 何気ない幸せは、日常の中に

shousyaman no isekai survival

k-99

朝起きると、寒気がした。

あ、これは駄目《だめ》なヤツだ。熱があるときのあのダルさ。喉《のど》も痛く咳《せき》が出る。鼻もズビズビする。俺《おれ》はフラフラしながらも、何とか家畜《かちく》とアッシュにエサをやる。

食欲はないが、無理やりにでも果物とパンを口にする。

その後、薬……といってもイレーヌ薬草とムレーヌ解毒《げどく》草を乾燥《かんそう》させて粉にしたものだが、それを水で流し込《こ》んで、再び横になる。

いよいよヤバイかもしれない。

現代日本が、どれだけ恵《めぐ》まれているか解る。

このまま死んだらどうしようかと不安になった。

この世界には病院がない。

レスタの町にはあるのかもしれない。しかし、俺にはわからない。医療《いりょう》水準も不安だ。きちんと

調べておくべきだった。

どちらにせよ、荷馬車にガタゴト揺《ゆ》られて町へ行く元気はない。医者を探す前に確実に病状は悪化するだろう。

俺はこのまま死ぬかもしれない。

何せ、この世界には現代日本レベルの病院もなければ風邪《かぜ》薬《ぐすり》もないのだから。

薬草が効く保証もない。俺は恐《おそ》ろしさで身震《みぶる》いした。

暗い顔で横になっていると、アッシュが俺の頭のところに来た。

俺の目の前にアッシュのお皿に入れたはずの、よだれでベトベトになった干し肉が置かれた。

俺にくれるのか？

アッシュはよだれで毛がベトベトになっているのに、きちんとお座《すわ》りして俺が食べるのを待っている。自分も食べたいのに俺にくれるようだ。

俺は思わずアッシュを抱《だ》きしめていた。

「アッシュ一緒《いっしょ》に食べよう」

俺は干し肉を半分に分けてアッシュと食べた。弱気になっていた心がずいぶんと温まった。

そして、俺は再び横になり目を閉じた。

俺は、眠《ねむ》っては何かを食べて薬を飲んで、また横になってを繰《く》り返した。

一人では不安に押《お》しつぶされていただろう。

しかし、アッシュのおかげで、不思議と不安はなかった。夜の暗闇《くらやみ》の中、ランタンの灯《あか》りは消さずにおいた。

俺の足元が、いつもよりやけに温かく感じられた。

k・100

朝起きると、まだ具合が悪い。頭痛がして、身体《からだ》が重くだるい。

俺は、鶏《にわとり》、ロシナンテ（馬）、アッシュにエサをやった後、タオルを水で濡《ぬ》らし、身体の汗《あせ》をふいた。とにかく何か食べなくては。

俺はムレーヌ解毒草のスープを作り、パンをふやかして食べた。ルミーの果実もナイフで切って食べる。そして再び布団《ふとん》に戻《もど》った。

病気のとき、本当に一人なんだと実感する。

昔風邪をひいたとき、よく母さんが白桃《はくとう》の缶詰《かんづめ》を買ってきて、食べさせてくれたことをふと想《おも》い出す。母さん元気かな。

今はもう母さんと会話することもできない。俺がいなくなって泣いているだろうか。

日本ではおそらく失踪《しっそう》したことになっているだろう。

辛《つら》いな。

一二：〇〇
体調が悪いので、ひたすら横になっていた。

もそもそと布団から出て動き出すと、足元のアッシュも一緒について来る。

朝に作ったスープを温めなおし、ハーブ鶏《どり》の卵、干し肉を入れて食べる。ついでにアッシュのお皿にも入れたらハフハフ食べていた。

まだ体調が戻らない。横になるしかない。

俺は水を意識して多めに飲み、再び布団に入る。

一八：〇〇
ようやく、症状《しょうじょう》がよくなってきた。頭痛もしないし、身体のだるさもマシになってきた。よかった。単なる風邪だったか。

こちらの世界特有の変な病気だったらどうしようかと思った。

身体が汗でベトベトだったので濡らしたタオルを絞《しぼ》ってふいた。

その後、干し肉、ハーブ鶏の卵、ムレーヌ解毒草、野菜類を使い焚《た》き火でスープを作る。

それにパンをつけてふやかして食べた。

食後にマーブル草のハーブティを飲んでほっとする。

俺は何を考えるわけでもなく、ハーブティが入ったカップを両手でもち、しばらくぼーっと焚き火を見つめた。

二〇：三〇
気がつけばハーブティがすっかり冷めていた。俺はカップのハーブティをぐいと飲む。

夜風のせいで病気がぶり返してはいけないと思い、横になることにした。

アッシュは安心したように布団で丸くなった。

二一：〇〇
俺はランタンの明かりを消し、布団の中で再び目を閉じた。

アッシュ4

たいへんなんだ！　ご主人さまがビョーキなの。ゴホゴホしてずっと寝《ね》ているの。

どうしよう。僕《ぼく》にできることはないかな。

何もできないよ。悲しいよ。

あ！　そうだ！

ご主人さまがくれたお肉を僕が我慢《がまん》して、ご主人さまが食べれば元気になってくれるかな？

僕は、お肉を食べたいのを我慢して、ご主人さまのところにもっていったんだ。

そうしたら、ご主人さまは、ニッコリ笑って僕をぎゅっとしてくれたよ。

ご主人さまは、ずっと辛《つら》そうな顔をしていたけど、お肉を食べたら少し辛くなさそうになった。

やっぱりお肉を食べると元気になるんだね！　僕ご主人さまがビョーキの間はお肉を我慢するよ！

いっつも一緒だから、ご主人さまの気持ちは解るの。

ご主人さまが辛い顔をしているのを見るのは僕も本当に辛いんだよ。

早く元気にならないかな。

それから僕は、ご主人さまにお肉をたくさんもっていってあげたんだ！

よかった！　ご主人さまはだんだん元気になっているみたい。

昨日は心配で、ずっとご主人さまのことを見ていたけど、今日はもう大丈夫《だいじょうぶ》かな。

ご主人さまと一緒に眠ることにしたよ。

おやすみなさい！

k・101

翌朝、すっかり体調は元に戻っていた。

少し朝霧《あさぎり》がかかっているが、清々《すがすが》しい朝だ。冷たい水で顔を洗ってシャッキリする。

せめてレスタの町に医者がいるのかくらいは調べておかないとな。

あとで三人のうちの誰《だれ》かに聞いてみよう。

鍛錬《たんれん》をかなりサボってしまった。しかし、今日はまだ病《や》み上がりなのでやめておく。

俺は、ハーブ鶏とロシナンテ（馬）、アッシュにエサをやり、自分も朝食を食べることにする。

朝食は目玉焼き、シカの干し肉、パン、野菜スープだ。

イレーヌ薬草のお茶を飲んでほっとする。

一〇：〇〇

俺は畑の世話をし、薬草を採ってくる。

あまり無理はできないので、今日はポーション作りをして一日を過ごそうと思う。

一二：三〇
昼飯を食べていると、ジュノがやってきた。格好を見ると、モンスターの討伐《とうばつ》に行くようだ。

俺はジュノにジェスチャーと地面に絵を書き、病気になったこと、今はもう回復したことを伝え、レスタの町に医者はいないのか尋《たず》ねた。

……ジュノによると一応医者はいるらしい。

今度、手土産《てみやげ》でももって挨拶《あいさつ》に行こう。世話になることもあるだろう。

ジュノは俺をモンスター討伐、採取に誘《さそ》いにきたようだが、病《や》み上がりなので断った。ジュノもわかったと言って、森の方へ向かって行った。

一四：〇〇
俺はデュアルポーションとパルナ解毒ポーションを作製をすることにした。
これくらいであれば、病み上がりで行動しても問題ないだろう。
ついでなので、燻製《くんせい》卵とスモークチーズも作ることにした。
チビチビやりたいところだがぐっと我慢する。病み上がりだからな。

一八：〇〇
作ったポーションをビンに詰《つ》め、燻製とパンで夕食をとることにした。

すると丁度、ジュノが森から戻ってきた。

ジュノの荷馬車には、倒《たお》したモンスターと採取した植物類が積んであった。

俺はジュノにもう遅《おそ》いから飯を食って泊《と》まっていけとジェスチャーした。

ジュノは「オーケー」の返事を返してきた。

俺とジュノは燻製を肴《さかな》に焚き火を囲んで一杯始めた。もちろん俺は、飲み過ぎないように注意しながらだが。

俺はジュノから採取してきたデルーンの実、薬草類をもらい、お礼にさきほど作ったポーションを相場よりも少し安めに渡《わた》した。

俺が採取していたのを見て覚えてくれたらしい。病み上がりに採取作業は厳しいので、正直助かる。

アッシュは干し肉を食べない。でもよだれが口からダラダラとたれている。

お皿をくわえて俺の近くに引きずってきた。もう何を考えているかわかりすぎて可愛《かわい》い。

俺はアッシュを後ろ向きに抱き上げると、アッシュに顔をくっつけモフモフした。

俺はアッシュにお座りとお手をさせてから、干し肉や燻製を食べさせてあげた。

二一：〇〇
夜風が少し冷えてきたので、俺たちは眠ることにした。鍛冶《かじ》小屋の炉《ろ》には小さく火を入れておいた。

俺はタオルを水で濡らして自分の身体とアッシュをふき、歯をみがいてから布団に入った。

今日はよく眠れそうだ。

俺は話し相手になってくれた隣《となり》の部屋で眠っている友人に感謝しつつ、目を閉じたのだった。

まともな貴族1

我輩《わがはい》の名前はバイエルン。

今では、きちんと自分の名前を認識《にんしき》できるようになるまで回復した。

人前に出るとまだ少し手が震《ふる》えるが、だんだんと症状はよくなってきている。

昼間の散歩もできるようになった。

メルティちゃん（馬）と触《ふ》れ合えるのが、我輩にとって何より心のよりどころになっている。

我輩は、人の心の痛みがどのようなものなのかを身をもって理解した。

これまで人の心を踏《ふ》みにじってきた、傲慢《ごうまん》な自分を殴《なぐ》ってやりたい。なんと罪深いことをしてきたのかと、心底身震いする。

息子《むすこ》のハインリッヒが我輩に代わって町議会に出ているが、かなり無茶をやっているらしい。この間、シュラクに泣きつかれた。

ハインリッヒはよくできた息子だと思っていたが、統治者としては失格かもしれない。

放任してきた我輩にも責任がある。このまま知らぬ存ぜぬでは、筋が通らないと思う。

大勢の視線に晒《さら》されるのは怖《こわ》い。症状が悪化するかもしれない。

しかし、こうも思う。

プレッシャーを感じずに傲慢に振《ふ》る舞《ま》っていた過去の自分と、プレッシャーに押しつぶされそうになりながらも、真摯《しんし》に町の運営に取り組む自分。

町の人々にとっては、今の自分はよい領主となり得るのではないか。

我輩には、過去の自分に対する責任がある。

部屋にこもってしまうのは簡単だが、それでは責任を果たしたことにはならない。

心に何度も傷を負うかもしれない。

それでもなけなしの勇気を振りしぼって。

義務感という鎧《よろい》を身にまとって町議会の場に立とう。


我輩は、そう心に誓《ちか》った。

k - 102

昨晩は非常によく眠れた。体調も全快したと言ってよいだろう。

家畜にエサをやり、丁度起きてきたジュノと朝の鍛錬を行う。さっそく、ジュノに覚えたてのムーンサルトキックをお披露目《ひろめ》する。盾《たて》を構えてしゃがみ込んでフォートレスからのムーンサルトキック。ドガッ！

木の的がふっとび、俺は後方に距離《きょり》を空ける。熟練すれば場面によっては結構使えるかもしれない。あとはジュノと実戦形式で稽古《けいこ》をつけた。

病気でしばらく鍛錬ができていなかったから、少し調子が出なかった。

一〇：〇〇

結構な運動をした俺たちは、汗をタオルでふきつつ、軽く朝食を用意して食べた。朝食を食べた俺たちは、レスタの町に向かうことにした。

俺は、なくなってきた食料の買い出しと、医者へ挨拶をする用事がある。

俺はロシナンテ（馬）を荷馬車につなぎ、ジュノと一緒に町へ向かった。

一一：三〇

まず、サラサの店で食料と酒を調達する。

次に、医者のところへジュノに案内してもらった。

医者の名前はキシュウといった。

手土産に少し多めに買った食料、酒、パルナの解毒ポーションを渡してあげると、ポーションに反応していた。

パルナの解毒ポーションは石化の治療《ちりょう》にも使える。これが解《わか》るということはきちんとした医者なのだろう。今度病気になったときは、世話になるかもしれない。

一四：三〇

ジュノと別れ、なんとなくマルゴの店に足が向く。特に用事なんてないが。

店に入ると店の奥《おく》の鍛冶部屋で鍛冶仕事をしている音が聞こえた。邪魔《じやま》しては悪いので、テーブルにマルゴの好きなエールの小樽《こたる》を置いて、そっと店を出た。

さて帰るかな。

一五：三〇

俺はレスタの町を後にした。

一八：〇〇

川で水を汲《く》みつつマーマンを足刀蹴《げ》りで討伐した俺は、マーマン肉のソテーを作りつつ、薪《まき》を燃やして、風呂《ふろ》を沸《わ》かしていた。薪のパチパチと爆《は》ぜる音が心地好《ここちよ》い。

マーマン肉のソテーはにんにく、塩、バルゴの果実酒で味付けをする。アッシュもいるので多めに作った。

ソテーをイレーヌ薬草と葉野菜で皿に盛り付け、バルゴの果実酒をコップに注いだものをテーブルに並べていく。

そろそろ風呂が頃合《ころあい》か。俺はザプンとやる。フー。

ここ数日間の療養生活《りようようせいかつ》で凝《こ》り固まった筋肉がほぐれていく。気持ちよさが半端《はんぱ》ではない。

アッシュも気持ちよさそうだ。風呂に入ったついでにアッシュ用の歯ブラシで歯の汚《よご》れを落としてやる。

パチパチと静かに薪がはぜる音と、樹木の葉の音、虫や鳥の声が聞こえる。

星の綺麗《きれい》な静かな夜だ。

俺は風呂から上がり、タオルで自分とアッシュの身体をふくと、ウインドでアッシュの毛を乾《かわ》かしてやる。

俺と一匹《ぴき》はテーブルにつき、食事をとることにした。

ソテーと一緒に酒の入ったグラスをグビリと飲む。美味《うま》い。風呂上がりの一杯は格別だ。

アッシュも、ハグハグとソテーを食べている。こら、野菜を残すんじゃない。

俺はそのままテーブルに頬杖《ほおづえ》をつきつつ、星空をぼーっと眺《なが》めながら、バルゴの果実酒を飲んだ。

二一：〇〇
ふあとあくびをした俺は、歯をみがいた後、アッシュを抱《かか》えてごそごそと布団に潜《もぐ》り込んだ。俺はランタンの明かりを消し、そのまま目を閉じた。

ハインリッヒ2

私はハインリッヒ。このレスタの町の新しい支配者だ。

私は権力が大好きだ。権力を握《にぎ》ってみてわかった。

まるで、極上《ごくじょう》の甘《あま》い蜜《みつ》である。私が黒と言えば、白も黒となる。

むやみに民草《たみくさ》の恨《うら》みを買うつもりは毛頭ないが、事実権力として存在する。

父上があそこまで腐《くさ》ったのも解る。この全能感を知れば、傲慢にもなろう。

政治を行うには金が必要だ。そのための増税だった。

もちろん自分のためでもあったが、町の権力者を動かすには本当に金が必要なのだということを思い知った。

私は増税の件で、町議会の不評を買ってしまった。引退した父上の復活論が出ているらしい。

冗談《じょうだん》ではない。

やっと手に入れた極上の甘い蜜を手放してなるものか。

私は父上のように傲慢にもならなければ、これ以上悪手を打つこともしないつもりだ。

増税についても、後付けになるかもしれないが理由をつければよいだけだ。

モンスター討伐の資金とでも言えばよいだろう。冒険者《ぼうけんしゃ》ギルドが泣いて喜びそうだ。

フフフ……。

無能どもと私は違《ちが》う。

私は自分のことを、天才の部類だと思っている。謙虚《けんきょ》の仮面を被《かぶ》ってきたのもその証《あかし》だ。

何か下手を打ったならカバーをすればよいだけのこと。

むしろ父上と権力闘争《とうそう》をして、負ける要素が見当たらない。

あれだけ民草の恨みを買ってきた父上だ。たとえ私が凡人《ぼんじん》であったとしても、負けはしないだろう。

父上の派閥《はばつ》であるシュラクも、こちらの陣営《じんえい》に取り込めばよい。そのために冒険者ギルドに金を融通《ゆうずう》するとしよう。

結局、民草からすれば領主がどのような本質をもっていようが関係はない。

彼《かれ》らの自分勝手な都合を実現してやれば、それでよい領主と評価されるのだろう。ならばそれを演じればよいだけのこと。

私はその実験をしてみようと思う。

k-103

朝起きると、空は曇天《どんてん》模様だった。

俺は、パシャパシャと冷たい水で顔を洗い、歯をみがく。アッシュ、鶏、ロシナンテ（馬）にエサをやり、鍛錬に入る。剣術《けんじゅつ》、体術、弓術、盾術、ウインドを一通り鍛錬してから、朝食をとる。

今日は、足装備をムーンーサルトキック用に改良しようか。

一〇：〇〇
俺はさっそく鍛冶小屋の炉に火を入れる。

銑鉄《せんてつ》のインゴットを溶《と》かし、ブーツの強化部分に使えるように加工する。

ブーツの蹴《け》りが当たる部分に取り付けて、試《ため》しに履《は》いてみる。

うん、ちょっと重心のバランスが悪いかな。動きが悪くなっては本末転倒《ほんまつてんとう》だ。

再び、金属をブーツから取り外し、加工し直す。それを何度か繰り返し、ようやく納得《なっとく》できるものが完成する。

一四：○○

遅い昼食をとった俺は、製作した防具を装備して木の的にムーンーサルトキックを放ったところ、的を粉砕《ふんさい》することができた。

『個体名：奥田圭吾《おくだけいご》は、ムーンーサルトキックＬｖ２を取得しました』

この技《わざ》は敵に攻撃《こうげき》しつつ、距離を空けたい時に使えるかもしれない。フォートレスとの相性《あいしょう》もよい。満足のいく出来だ。

一六：○○

さてと。だんだんと雲は薄《うっす》らとなってきていて、雨は降らなさそうだ。

昨日の風呂を追い焚きして、汗を流すことにしよう。俺は薪に火をつけて、風呂を沸かす。

ザプンとやってから、町で買ってきたシカ肉を焼いて、エールと一緒に流し込む。美味い。

せっかく風呂に入ったのに、アッシュがよだれで毛をベトベトにしてお座りしている。

あとでよだれをふいてやらないとと思いつつ、アッシュのお皿にシカ肉を分ける。待てとお手をしてから、よしというと凄《すご》い勢いでハグハグしていたよ。

二〇：〇〇

今日は早めに眠るとしよう。俺は歯を磨《みが》く。そしてアッシュのよだれのついた毛をタオルを濡らしてふく。俺と一匹は虫の音をＢＧＭに布団に入って眠りについた。

ギルドマスター6

ハインリッヒ様がまともなことを言い出した。

増税した分を財源として、モンスター討伐の報奨金《ほうしようきん》や冒険者ギルドの運営費に充《あ》てると言い出したのだ。

先日バイエルン様に、ハインリッヒ様の横暴ぶりを報告し、町議会に復帰していただくようお願いしたばかりだ。

どうしたものか。

そう仰《おつしや》る以上、冒険者ギルドとしてはハインリッヒ様を支持せざるを得ない。

バイエルン様は今現在は以前とはかなり性格が変わられたが、町の皆《みな》は傲慢だった頃《ころ》を覚えているだろう。冒険者の中には何もしていないのに、牢《ろう》に入れられた者もいる。

バイエルン様を恨んでいる者も多かろう。

ハインリッヒ様が前評判のようにまともであるのであれば、皆も納得するだろう。

バイエルン様には悪いことをした。体調が悪いのに、心を乱してしまうようなことを言ってしまった。ここは私が頭を下げて、正直に心の内をバイエルン様にお伝えし、謝罪するしかないだろう。

今のバイエルン様なら解ってくれるはずだ。

まともな貴族2

我輩はバイエルン。

よかった。名前が認識できている。我輩はまだ大丈夫なようだ。

シュラクが謝《あやま》りに来た。彼の心の内を聞いた。本当に真摯に我輩に訴《うった》えかけてきた。

我輩の息子がどうやら増税の件をモンスター討伐の資金に回すように指示したらしい。

それならばと、シュラクが我輩の復権については待ってほしいと願い出てきた。

彼が我輩と皆の間に立たされ、どれだけ辛い思いをしたのかも知った。

シュラクに頭を下げさせるなんてとんでもない。我輩は、すぐに頭を上げてくれと言った。

今だから彼が受けた苦痛が、心の痛みが解る。

気がつけば我輩の方からシュラクに頭を下げていた。シュラクが慌《あわ》てていたが、そんなことは関係ない。我輩は人として間違ったことをしていたのだから、頭を下げるのは当然だと、今では思えるようになった。

今まで苦労をかけたことを、素直《すなお》な気持ちで謝罪した。

思えば我輩には、ずいぶんと謝らなければならない人間が多いようだ。

冒険者たちに対してもそうだし、あのケイゴオクダに対してもそう。

他にも町の各方面に迷惑《めいわく》をかけたと思う。

そろそろ、家の敷地《しきち》外にも出てみようかと思う。

それができたら、町の皆に謝罪し、可能であるならば交流を深めたいと思う。

ただひとつ、今回の件でひっかかるのは息子の考えていることがよく解らないということだ。このことはシュラクにも伝えた。

増税したかと思えば、急に冒険者ギルドのため、町の安全のために増税したと言い出す。

我輩が言えたことではないが、本当に皆のことを考えてのことなのかが、自分の息子のことながらよく解らない。息子のこともよく理解していないとは、本当に人間として我輩は失格だな……。

もしも息子が、かつての自分のように横暴に振る舞《ま》い、皆に迷惑がかかるような事態になるのであれば、親として子を諭《さと》さなければならない。

そのことだけは肝《きも》に銘《めい》じておかなくては。

k - 104

翌日、昼下がり。

チビリチビリとやりながら、燻製卵とスモークチーズを作っていると、アホ貴族がやってきた。警戒《けいかい》する俺。また何の無理難題を突《つ》きつけられるのか、わかったものではない。

しかし、おかしいな。いつものように冒険者をゾロゾロと連れて来ていない。

今日は護衛の兵士一人だけしかいない。

俺はもみ手でヘコヘコしながら、アホ貴族の顔色を窺《うかが》うと、アホ貴族は何やらとても申し訳ないという表情をしながら、何かを言い頭を下げてきた。

ん？　今ランカスタ語で「ゴメンナサイ」という単語が聞こえたぞ。空耳か？

護衛の兵士が重そうな袋《ふくろ》を俺に渡してきた。

金貨五〇〇枚と言っている。確かにそれくらいの重みがある。

一枚一枚数えると確かに五〇〇枚あった。しかし、俺は警戒を解かない。

これで何かをしろと、言いかねないからだ。

しかし、アホ貴族はこれは迷惑料《めいわくりょう》だと言った。そして何度も俺に謝ってきた。

そうか。とても信じられないが、この人はアホ貴族から、まともな貴族様にジョブチェンジしたらしい。

そういうことなら仕方ない。俺は、とっておきの燻製卵とスモークチーズを出してやることにした。

皿に、マーブル草のハーブと一緒に燻製を盛り付け、酒と一緒にテーブルに並べてあげた。パク……。

貴族様は目をひん剝《む》いて何か言っていた。よく見慣れた反応だった。

立ちっぱなしの兵士にも同じように燻製と酒を振る舞ってあげたら、同じく目をひん剝いていた。

結局、三人で焚き火を囲んで酒盛りに突入《とつにゅう》した。

俺は言葉はわからないが身振り手振りを使って、貴族様と色々話した。どうやら息子に家督《かとく》を継《つ》がせたらしい。

町の中では、俺が知らない間に色々あったようだな。

二人は燻製が非常にお気に召《め》したようだ。

今朝《けさ》、野ウサギがアンクルスネアにかかっていたので、ニンニクと塩とハーブをすり込んで味付けをし、丸焼きを作ってあげた。

彼らは目をひん剥いて、食べていた。

アッシュは自分の分がなくなると思ったのだろう。「クーン」と悲しげに鳴いた。

大丈夫。お前にも残してあるよ。

俺はアッシュのお皿にも野菜と肉、燻製を入れてあげた。こら、野菜を残すんじゃない。

兵士の彼はドニーというそうだ。

二人は前後不覚になるほど酔《よ》ってしまったので、鍛冶小屋に泊まって行くことになった。

俺は小さく鍛冶小屋の炉に火を入れて、藁《わら》布団を二人分敷《し》き詰めて寝てもらった。

あ。ムレーヌ解毒草の『シメのスープ』を飲ませるのを忘れた。

この分だと明日は昼までコースだな。

ふあとアクビをした俺は、身体の汗を濡れタオルでふき、歯を磨いて眠ることにした。

まともな貴族3

何とか屋敷《やしき》の敷地外に出ることができた我輩は、冒険者ギルドに顔を出し迷惑をかけた冒険者たちに謝罪をした。

当然謝罪するだけでは足りない。お金も支払《しはら》った。

次はケイゴオクダだ。彼には我輩自身の命を救われているし、多くの冒険者の命を救った功績がある。

金貨五〇〇枚分の働きはしているだろう。

我輩は護衛兵のドニーと一緒にケイゴオクダの家を訪ねた。

む。何かとてつもなくいい匂《にお》いがするぞ。まあ、それはさておき。

我輩はケイゴオクダに頭を下げた。謝罪をした。

しかし、ケイゴオクダは言葉が通じないらしく、不可解な表情をしている。

我輩はドニーに合図をして、金貨五〇〇枚が入った袋をケイゴオクダに渡した。

そして、何度も何度も頭を下げた。

金貨を数え上げたケイゴオクダはにこりと笑い、我輩を気遣《きづか》って左手で握手《あくしゅ》を求めてきた。よかった……。

そして、我輩はケイゴオクダから木製のテーブルに座るよう促《うなが》された。何だろう？

するとケイゴオクダは、とても香《こう》ばしい匂いを放つ料理と酒を目の前に並べてくれた。

パク……。ドドーン。我輩の背後に雷《かみなり》が轟《とどろ》いた。

これはイカン。芳醇《ほうじゅん》な味わいが口いっぱいに広がった。これは一体何なのだ、酒が止まらない。

ドニーの分の皿もテーブルに並んだ。

我輩はドニーを見て、皿をよこせと血走った目でアイコンタクトをしたが、ドニーは皿に目が釘《くぎ》付《づ》けで気がつかない。無理やり奪《うば》うのも以前の我輩に戻るようで嫌《いや》だし、ここは我慢だ。そのまま、ケイゴオクダの家で宴会《えんかい》をすることになった。

本当に酒が進んで仕方がない。『クンセイ』という料理らしい。本当に素晴《すば》らしい料理だ。

また先ほどから、食欲をそそる匂いを発していて気にはなっていたが、何かの肉の丸焼きのようなものをケイゴオクダが切り分けてくれた。

パク……。ドドーン。再び我輩の背後に雷が轟いた。

この料理は一体何なのだ！　深みとコク。そしてジューシーな味わい。

イカン。酒が本当に止まらない。

きっとケイゴオクダは優秀《ゆうしゅう》なヒーラーであると同時に、魔法使《まほうつか》いか何かなのだろう。でなければ、貴族の我輩が味わったこともないような料理を、作れるわけがない。

我輩はすっかりケイゴオクダの料理の虜《とりこ》になっていた。

そして、ドニーと馬鹿騒《ばかさわ》ぎをしていたら、いつの間にか我輩の記憶《きおく》は途中《とちゅう》から消失していた。

k-105

翌朝、案の定青い顔をした二人が鍛冶小屋に転がっていたので、水を飲ませてあげた。

それを尻目《しりめ》に顔を洗って、家畜へのエサやりをしてから鍛錬に入る。

―〇：〇〇
鍛錬が終わり、朝食の時間になってもバイエルン様とドニーは起きてこない。俺は、畑の世話を始めた。

一三：〇〇

昼食の時間、ようやく二人が起きてきたのでムレーヌ解毒草と干し肉で作ったスープ、パンを出してあげた。

一四：三〇

二人は何とか回復し、レスタの町へと帰っていった。

さてと。金が結構貯《た》まってきたが、本当に使いみちを考えなくては。マルゴのところに相談にでも行ってみるとするか。

一六：〇〇

荷馬車に一人と一匹が乗り込み、マルゴの店に到着《とうちゃく》した。マルゴの店は閑古鳥《かんこどり》が鳴いていたので、相談するにはちょうどよかった。

アッシュが武器に興味津々《きょうみしんしん》で、怪我《けが》をしたら危ないので、抱っこした。

俺はバイエルン様から金貨五〇〇枚をもらったことをマルゴに伝え、何か使いみちがないかジェスチャーとマジックボードを使って相談してみた。

すると、マルゴもマジックボードとジェスチャー。それと店に置いてあるボウガンを持ってきた。

俺の家と小屋を石塀《いしべい》で囲い、ボウガンを設置して武装してはどうかと提案してきた。費用は金貨四〇〇枚でできるそうだ。

ふむ。土を盛っただけの今の状態よりは安全性が向上しそうだ。

あとは鶏《にわとり》小屋を寝所《しんじょ》にするのも、いい加減不衛生だし、落ち着かない。寝所兼《けん》居間を鍛冶小屋の横に併設《へいせつ》できないか相談してみた。

マルゴによれば、金貨二〇〇枚を上乗せすれば寝所兼居間を作れるとのこと。

俺は、マルゴに前金で金貨三〇〇枚を支払い、工事の依頼《いらい》をした。残金の金貨三〇〇枚は工事完《かん》了《りょう》後に支払うこととした。

工事は明日以降やるそうだ。石材などの建築資材はレスタの町から運ぶ。職人は五人で、鍛冶小屋に寝泊《ねと》まりさせて行うとのこと。

一七：三〇
俺は、サラサの店で食料と酒を補充《ほじゅう》してから帰路についたのだった。

k‐106

しばらく、職人たちが俺の家に滞在《たいざい》した。

作業の末、寝所兼居間の増設工事。俺の家、焚き火や木のテーブルを置くスペースをぐるりと囲む形で石塀の設置工事が完了した。職人たちは、余った木材で、寝所にベッドも備え付けてくれた。

職人の食事の面倒《めんどう》を見たが、飲む飲む。

サラサの店で補充したばかりの酒が、見る見るうちになくなっていった。

石材の運搬員《うんぱんいん》に食料と酒の運搬も依頼しなければいけなくなった。

それでも二日酔《ふつかよ》いで使い物にならないということはなく、黙々《もくもく》と作業をしてくれた。

出来上がった石塀は高さ二メートルほど、家正面には鉄製棒を溶接《ようせつ》して組み合わせた鉄柵《てっさく》の扉《とびら》。馬車が通れるほどの幅《はば》を確保した。

そして、塀の内側には木で作った踏み台を設置してあり、四面に合計八個のボウガンを設置した。

踏み台に上って石塀に身を隠しながらボウガンを打つ仕様になっている。

これならゴブリンやコボルト程度の敵であれば、おいそれと侵入《しんにゅう》できないだろうと思う。大蛇《だいじゃ》や空飛ぶトカゲもエサではないと思って見逃《みのが》してくれるかもしれない。

工事が終わると、職人がレスタの町へ帰っていった。五人にはお礼に燻製と酒をもたせてやった。

夕方、入れ替《か》わりでマルゴがやってきたので、残金の金貨三〇〇枚を支払った。

マルゴがニカッと笑い、酒を飲むジェスチャーをした。工事完了のお祝いにかこつけて飲むつもりだな。仕方ねえなあ……。

俺は昨日の風呂を、薪を燃やして追い焚《だ》きし、焚き火の近くで燻製卵とスモークチーズ、野ウサギ肉の燻製を作り出した。もちろんマルゴとチビチビやりながら。

ザブンと入って全身の凝りをほぐした俺たちは、焚き火を囲い、燻製を肴に歌を歌う。俺は日本の歌も歌った。

今日はお祝いだ、あえてシメのスープは飲まない。

俺は、信頼《しんらい》できる親友と泥酔《でいすい》して記憶をなくすまで飲むという、幸せな飲み方を覚えてしまった。

――アッシュが呆《あき》れたように鼻をフンと鳴らした。

マルゴ6

最近、サラサからのプレッシャーが半端ではない。

毎日弁当を持ってきてくれるのはありがたいが、ユリファの花を持ってきては、俺の店のテーブルに生けるようになった。

ユリファの花は『幸せな結婚《けっこん》』の象 徴《しょうちょう》の花だ。俺たちはプロポーズの際に必ずユリファの花を渡す習慣がある。

それが、この無骨な店に毎日飾《かざ》られている。

プレッシャーもさることながら、違和《いわ》感も半端ではない。客には結婚したのかと必ず聞かれる。本当に勘弁《かんべん》してほしい。


ケイゴに金の使い道を相談された。

バイエルン様から金貨五〇〇枚をもらったらしい。この間の報 酬《ほうしゅう》もあることだし、あいつはちょっとした金持ちだな。ケイゴの家は町の外にある。

家のまわりにアンクルスネアを仕掛《しか》けているとはいえ、安全とは言いがたい。

俺は、石塀の設置とボウガンでの武装を提案した。

ケイゴはあっさりと了承《りょうしょう》。そんなに簡単に信用して大丈夫か、友よ。

俺はさっそく建築関係の知り合いにあたり、工事の手配をした。


ケイゴの家の石塀工事が終わった。

さあ、お祝いにかこつけてサラサが来る前に店を抜《ぬ》け出さなくては！

あとで問い詰められても、ケイゴの家に金を受け取りに行ったということと、お祝いで宴会をしたという言い訳ができるからな。

あとでサラサがむくれそうだが、この言い訳ならば完璧《かんぺき》だ。

俺はサラサに見つからないように身体を小さくして、そそくさと店を抜け出したのだった。

サラサ5

マルゴが身体を小さくして、そそくさと店を逃《に》げていく姿を目撃《もくげき》したわ。

何から逃げているのかしら？

このハゲー！　違うだろ！

はっ！　私としたことが取り乱してしまったわ。

でもこれは確定。浮気《うわき》だわ。

私の瞳《ひとみ》にメラメラと怒《いか》りの炎《ほのお》が灯《とも》った。

私から表情がスッと抜け落ちた。

私は冷徹《れいてつ》な暗殺者《アサシン》となって、マルゴを追跡《ついせき》することにした。

しかし、歓楽街《かんらくがい》の方向に行くと思ったら、町の外に行くみたい。

なーんだ。ケイゴのところかあ。

私の瞳から、怒りの炎が消えていった。

あ。でも何で身体を小さくして、コソコソしていたのかしら。やっぱり私から逃げていたんじゃない！　私の瞳に再び怒りの炎が灯った。

どうしてくれようかしら。

とりあえず、店の中をキレイに掃除《そうじ》をして、美味《おい》しい料理を並べる。店の中をユリファの花で埋《う》め尽《つ》くして待っていることにしましょう。

そして、冷たい笑顔《えがお》と声で、どこに行っていたの？　と聞いてみよう。

私から逃げるなんて酷《ひど》いじゃない。傷ついたわ。乙女心《おとめごころ》を傷つけた男には相応の報《むく》いが必要よ。

第九章　幸せと笑顔の連鎖

shousyaman no isekai survival

k - 107

翌朝、俺《おれ》とマルゴは当然のごとく二日酔《ふつかよ》いになった。

頭がガンガンして、気持ち悪い。

俺は家の外に出て、胃の中身を吐《は》き出した。水を飲み、ムレーヌ解毒《げどく》草をムシャムシャと食べて、再び布団《ふとん》で横になる。一時間は経《た》っただろうか、何とか症状《しょうじょう》が改善された。

俺は青い顔をしたマルゴにも、水とムレーヌ解毒草を渡《わた》してあげた。

昨日は、いつ酔《よ》いつぶれたのか記憶《きおく》がない。

何で飲んでいる時はあんなにも楽しいのに、翌日こんなに辛《つら》いのだろうか。

そして、親しい友人と飲めば楽しくなってしまい、結局繰《く》り返してしまうものなのだなと思った。

本当に駄目《だめ》な大人たちである。

解毒草のおかげで何とか復活した俺は、顔を冷たい水でパシャパシャと洗いうがいをする。

各方面からコケコッコー、ヒヒーン、ワンワンと非難の声が上がっていたのでエサやりをした。

朝食は念のためムレーヌ解毒草でスープを作り、パンと一緒《いっしょ》に食べることにした。

マルゴも起きてきたので、一緒に朝食を食べた。

一〇：〇〇
マルゴはレスタの町へ帰っていった。

そういえば昨日サラサが来ていなかったよな。マルゴの店に毎日来ているのだし、誘《さそ》って一緒に来てもおかしくないのに。まあ、いいか。

俺はこの後、マルゴに待ち受けている悲劇を知る由《よし》もなかった。

空を見上げると、透《す》き通るような青空だった。日光が頬《ほお》をくすぐり気持ちいい。

——こんな日は何もしないでおこう。

俺は布団を干してから、安全性の向上した家の敷地《しきち》内にブルーシートを敷《し》いて寝転《ねころ》んだ。

あまりの気持ちよさにいつの間にか二度寝《にどね》してしまった。

こんな平穏《へいおん》な日常がいつまでも続けばいい。心からそう思った。

マルゴ7

ケイゴの家で飲んでから一夜明け、店に戻《もど》ったらサラサがいた。

サラサが冷たい微笑《ほほえ》みを俺に向けている。テーブルの上には冷めた料理。ユリファの花で店中が飾《かざ》り立てられている。

雑然とした店が物の見事に整理整頓《せいとん》されており、俺の店じゃないみたいだ。

俺は全身から脂汗《あぶらあせ》が噴《ふ》き出るのを感じた。

「どこに行っていたの？」

冷たいトーンの声色《こわいろ》が俺の背筋をなでた。思わず背筋がシャキッと伸《の》びた。

「ケイゴのところに飲みに」

完璧《かんぺき》な言い訳だと思うが、嫌《いや》な予感しかしない。

「何でコソコソ私から逃《に》げるように、家を出て行ったのよ」

「いや、それはだな」

俺は、さらに脂汗が噴き出るのを感じた。見られていたのか！

とりあえず俺は正座することにした。


俺は、泣きながら怒《おこ》り出すサラサをなだめるのに、大変な目にあった。

何とかサラサの機嫌《きげん》を元通りにすることに成功した。

危なかった……。どこに地雷《じらい》があるか、わかったものではない。

それから俺たちは、仲よく冷めた料理を温めなおして一緒に食べた。


「はい。アーン」

サラサがスプーンで料理を俺の口元に運ぶ。く……。俺は今日だけは甘《あま》んじて受け入れることにした。いよいよ追い詰《つ》められてきたな。本当にどうしよう……。

k‐108

昼下がり。ブルーシートの上で腹が鳴って目が覚めた。ずいぶんと惰眠《だみん》を貪《むさぼ》ってしまった。

アッシュも気持ちのよい日差しのおかげか、俺の横でまるまってスピースピーと寝息《ねいき》を立てている。俺はふあとあくびをして、ストレッチをした。

いかんな。石壁《いしかべ》に囲まれて安心してしまってはますます怠惰《たいだ》になってしまう。

眠《ねむ》い目をこすりつつ、昨日作ったスモークチーズや燻製《くんせい》卵を火で温めて、パンと一緒に食べた。

寝起きのため、しばらく切り株椅子《いす》に腰掛《こしか》けてテーブルに頬杖《ほおづえ》をつきながらボーッとする。

小鳥が石壁の上にとまって、さえずっている。この世界独特の音だ。少なくとも北海道では聴《き》いたことがない。

アッシュが石壁内に植えているイレーヌ薬草の花にとまった虹《にじ》色のチョウチョをピョンピョンと追いかけているのをボーッと眺《なが》める。

平和だなあ……。

なんでだろう、単に家が石壁に囲まれただけなのになぜかもの凄《すご》く安心する。

そこでふと思い至る。俺ってモンスターが襲《おそ》ってくるような場所で生活していたんだよな。

確かにアンクルスネアや鳴子などの罠《わな》は家のまわりに仕掛けてあるが、今までは俺の家は敵から丸見えだった。

しかし、石塀《いしべい》に囲まれたことによって、俺の存在が外から見えなくなった。

鳴子など、糸を張った警報装置に過ぎないが、石壁は物理的に敵の侵入《しんにゅう》を遮断《しゃだん》する。

安心感が凄いのはそのおかげか。安心感が増したことにより、元々少ししかなかった一〇％程度のやる気が、三％くらいに下がった気がする。

まあ、それはそれでよいか。

俺は遅《おそ》い昼飯を食ってまた眠気が襲ってきたので、再度ブルーシートの上に寝転がった。

アッシュが呆《あき》れたようにフンと鼻を鳴らした。

この日は、日が落ちるまで日向ぼっこを堪能《たんのう》した。

夜は蒼《あお》い満月を眺めながら、チビチビやりつつ燻製を作った。そして、時間に縛《しば》られず、好きな時間に眠りに落ちる。俺は憧《あこが》れていた生活がいつの間にか実現していたことに気がついたのだった。

k - 109

翌朝、早くに目が覚めすぎた。時計を見るとまだ午前四：〇〇だった。

昨日散々石壁に安心しきって、だらだらと眠っていたせいだろう。

俺は、湯を沸《わ》かしマーブル草のハーブティを淹《い》れ、焚《た》き火にあたりながら、ズズっと飲む。

夜明け前の貴重な時間。寝静まってひっそりとした時間は結構好きだ。

皆《みな》が眠っていて、自分だけが起きている。

眠りに落ちる前の時間と、皆が寝静まっているこの時間は、色々と考えをまとめるのに最適だ。

俺は考える、ジュノのこと、マルゴのこと、サラサのこと。ついでにバイエルン様のことも。

ジュノはもうサラサのことを諦《あきら》め、次の恋《こい》を探しているだろうか。ジュノは格好いいから、町の女たちが放《ほう》っておかないだろう。

マルゴとサラサはどうなっただろうか。俺の見立てでは、先日マルゴはサラサの猛攻《もうこう》から逃げていたようだったが、いつまで続くのやら。ゴールインは近いと俺は見ている。

バイエルン様は、きっと何かがあったのだろう。でなければあのように性格が一変してしまうというようなことは、考えられない。自身の右腕《みぎうで》を失ったことと関係しているのかもしれない。

バイエルン様の謝罪を受け入れ、迷惑料《めいわくりょう》として頂いたお金はこうして石壁になって俺の生存率を上げるのに貢献《こうけん》してくれている。もう恨《うら》みはない。

それよりも、バイエルン様の息子《むすこ》のハインリッヒとやらが、町の実権を握《にぎ》っているということが気になる。関《かか》わる気は毛頭ないが、バイエルン様が頼《たよ》ってこないとも限らない。

そうなったら、仕方がない。俺にできる限りのことはしようと思う。

清流のように、自分のまわりの人間のことについて、考えがサラサラと上流から下流へ流れていく。

ダン、カイ先生、ハン先生、キシュウ先生、解体屋のオッチャン、バイエルン様の護衛をやっているドニー、石壁を作ってくれた職人たち。

焚き火の揺《ゆ》らめく炎《ほのお》をぼーっと眺めていると、他にもこの世界に来てから出会い世話になった人たちの顔が次々と浮《う》かんでは消えた。

アッシュについても、もう出会って二ヶ月は経つだろうか。一向に成長する兆《きざ》しを見せず、世界一可愛《かわい》いままだ。この世界特有の生物だからなのかもしれない。

今、アッシュは俺の布団で小さくなって丸まって眠っている。

知らずに俺の顔が、だらしなくほころぶ。俺は少しアッシュに弱い。

こちらの世界に来た当初よりも、日が短くなってきている。これから秋が来て、その後冬が来るのかもしれない。

もっとも、石炭や薪《まき》で暖をとればよいだけのことなので、冬はあまり心配していない。むしろそうなったら雪見風呂《ぶろ》が楽しみである。

もうそろそろ朝だ。今日は川で風呂の水を調達しつつ、暢気《のんき》に釣《つ》りでもしようかなと考える。川魚の塩焼きを想像すると急に腹が減ってきた。

朝日がのぼり、コケコッコーと鶏《にわとり》が鳴き始める。さて、今日もまたダラダラとした一日が始まる。

k‐110

一〇：〇〇

家畜《かちく》へのエサやり、鍛錬《たんれん》などの日課を終えた俺は、今日は川で釣りをしようと決めた。

空の浴槽《よくそう》、魚を入れる用の桶《おけ》、スコップなどを荷台に積み込《こ》む。食料は干し肉やパン、ウォーターダガー水筒《すいとう》をもっていく。

釣り道具は俺が趣味《しゅみ》で買ってあったものが農具小屋に死蔵していたので、それを使う。

リールや錘《おもり》、針が数本ついている。一万円くらいの安物である。

畑作業でミミズは沢山《たくさん》見ているので、釣りエサは現地調達でよいだろう。

モンスターが出るかもしれないので、装備は整えておく。

さて、出発だ。アッシュを抱《だ》っこして馬車に乗せる。ロシナンテ（馬）がブルルと鼻を鳴らした。

パッカパッカ。のどかな草原をあくび交じりにゆっくりと進み、ようやく川に到着《とうちゃく》する。見渡《みわた》す限りモンスターはいない。

川は大自然の中にあるだけあって、とても綺麗《きれい》だ。水は透き通っていて魚が鮮明《せんめい》に見える。

俺は辺りを適当にスコップで掘《ほ》り返し、ミミズを調達する。針にミミズをつけて川に糸を垂らした。

アッシュが、ヒラヒラ飛んでいるチョウチョをピョンピョン追いかけている。

俺は、川がさらさらと流れる音を聞きながら日向ぼっこをしていた。このままだと寝落ちしてしまいそうなので、干し肉をクチャクチャと噛《か》む。脳に刺激《しげき》を与《あた》えれば少しはマシだろう。

干し肉を噛んでいると、アッシュが俺のとなりでお座《すわ》りしていたので、お手とおかわりをさせてから、干し肉をあげた。

竿《さお》の先端《せんたん》にトンボのような昆虫《こんちゅう》がとまっていたが、竿がぐいと引かれ、昆虫は飛び去っていった。

俺はリールを巻きつつ、竿を引き鮎《あゆ》っぽい美味《うま》そうな魚を釣り上げた。桶に川の水と釣り上げた鮎を入れた。

三枚におろして刺身《さしみ》で食べるか、ワイルドに焚き火で塩焼きにするか迷うところだな。俺は口の中にじゅるりとよだれが湧《わ》いてくるのを感じた。この調子でどんどん釣っていこう。

三時間くらい釣りをして、鮎っぽい魚が二〇匹《ぴき》ほど釣れた。多分鮎ではない何かの魚だとは思うが。鮎を鑑定《かんてい》してみると、【魚：とても美味《おい》しい魚】と出た。

浴槽に川の水を張った後、家に帰ることにした。

一七：〇〇

家に帰ると、マルゴとサラサ、ジュノが来ていた。彼《かれ》らの荷馬車には色々と食料やら酒やらが積んであった。ありがたいことだ。

俺は軽く手を上げて彼らに挨拶《あいさつ》した後、風呂を沸かしつつ鮎を調理することにした。

まずは木の枝をナイフで削《けず》り、新鮮《しんせん》な鮎を串刺《くしざ》しにする。塩とおろしニンニクをすり込んで、焚き火で焼く。焼くのは風呂に入った後にしよう。

次に生きている鮎の頭を切り落とし、内臓を取り水流で洗い流しながら、三枚におろして刺身にする。塩をつけて食べよう。

一八：〇〇

俺たち四人と一匹はザプンとやり身体《からだ》中の凝《こ》りをほぐした。サラサはアッシュと一緒に入ると言って譲《ゆず》らなかった。

鮎っぽい魚は本当に美味かった。刺身も焼き物も絶品だった。エールを飲みながら食べるのがよい。

マルゴ、サラサ、ジュノは刺身を食べて衝撃《しょうげき》を受けた顔をした。だが結局いつもの通り、ドンチヤン騒《さわ》ぎの宴会《えんかい》になった。

サラサがマルゴにアーンと鮎の刺身を食べさせていて、口の中から砂糖がザラザラ出てくるかと思った。ふとジュノを見ると、死んだ魚の目になっていたので、活《い》きのよい鮎の刺身をすすめてあげた。


こうして、楽しい夜は更《ふ》けていった。

ブルーウルフ2

我はブルーウルフ。狡猾《こうかつ》なる森のハンターだ。

若君が世話になっているあの方へ、貢物《みつぎもの》をしなければならぬ。我らは定期的にシカやバトルブルを狩《か》り、あの方の家の前に置いている。

若君、どうか健《すこ》やかに成長なさいませ。


あの方が外に出るときは、その殆《ほとん》どが若君と一緒だ。我らは陰《かげ》ながら、若君に近づくモンスターどもを狩り続けた。

ある時、竜《りゅう》があの方の家に飛来した。

我らよりも力ある人間が側《そば》にいたので、とりあえず近くに潜《ひそ》んだ。若君が襲われたときは、すぐに飛び出し身を盾《たて》にしてでも守る態勢をとった。

人間の力ある者が、激闘《げきとう》の末、竜は遠くに逃げ去っていった。

ある時、あの方が川へ釣りをしに出かけた。

こちらの方に大きな熊《くま》モンスターが近づいて来たときは、肝《きも》を冷やした。

我らは集団となり、激闘の末、熊モンスターを倒《たお》した。

戻ってあの方を観察してみると、釣竿《つりざお》を持ちながら、若君を抱いてうたた寝《ね》していらっしゃった。

よきことだ。

我らは、遠巻きに熊モンスターとの戦いで消耗《しょうもう》した体力を回復するため、休息をとった。

あの方が帰られるようだ。

ふとみると、川魚が我等の人数分、木の枝に串刺しにされた状態でその場に放置されていた。また、木の皿に我が怪我《けが》をしたときにつけてくれた水薬も入れて置いてある。

あの方は全《すべ》てお見通しのようだ。これは参った。

我らの中で、熊モンスターとの戦いで傷を負った者から順に水薬を飲み、魚を皆で食べた。五臓六腑《ろっぷ》に染《し》み渡る美味さだった。傷を負った者もすぐに回復した。

その後再び、あの方の家を警護すべく配置についたのだった。

ダン2

俺は冒険者《ぼうけんしゃ》ギルド組合で職員をしているダンという。

うちのギルドマスターが使えないったらありゃしない。

あのアホのバイエルンを止めると豪語《ごうご》しておきながら、結局あのアホ貴族は冒険者をかき集めてダンジョンに突撃《とつげき》して行きやがった。

ケイゴオクダのおかげで何とか死人は出ずに済んだようだが。

その後、また調子をこいたアホのバイエルンが、冒険者を集めてダンジョンに突《つ》っ込もうとしたところ、レッサードラゴンに襲われたそうだ。

バイエルンはその後部屋に引きこもって出られなくなり、息子のハインリッヒが仕事を引き継《つ》ぐことになった。息子は『聡明《そうめい》』との噂《うわさ》だが、本当にそうかと俺は疑っている。

だってあの親の息子だぞ。

レッサードラゴンについては、ケイゴオクダに言われるまでもなく、すぐさま討伐《とうばつ》の手配を近隣《きんりん》の町の冒険者も含《ふく》めて募集《ぼしゅう》した。

何とか討伐できたようで、ほっとしている。あんなモンスターが、この町を襲うと思うと背筋が凍《こお》る。

ハインリッヒは増税したり、うちに運営資金をくれたりと妙《みょう》な動きをしてやがる。

俺は基本的に、あの一家を信用していない。

バイエルンが何やら改心した様子で、うちに謝罪に来ていた。謝罪に来たこと自体は評価しているが。しかし、既《すで》に他の町に拠点《きょてん》を移した冒険者もいる。うちにとっては痛手だ。ハインリッヒ様よ。どうか本当に余計なことをしないでくれ。

ジュノ6

サラサのことを諦めた俺に、町娘《まちむすめ》の彼女《かのじょ》ができた。名をエルザという。

サラサのような華《はな》やかさはないが、太陽のように朗《ほが》らかで優《やさ》しい純朴《じゅんぼく》な女だ。

俺にはもったいないくらいの女だと思う。

エルザは、俺の宿泊《しゅくはく》する宿屋を切り盛りしている。彼女の作るスープは少ししょっぱいが、最近はそのしょっぱさが逆に好みになってきている。

前々から彼女の気持ちには気がついていた。俺の方から付き合ってくれと言ったら、泣きながら笑ってくれた。

ケイゴの家で宴会をする機会を見つけて、エルザをあの三人に紹介《しょうかい》したいと思っている。

それで、俺のサラサへの想《おも》いも完全に断《た》ち切れるだろう。

あるとき、ケイゴの家で宴会をすることになった。

荷台には食料や酒を沢山積んできた。マルゴとサラサも一緒だ。

川魚でケイゴがまた新作料理を作ったようだ。一種の条件反射のようなものだろうか。あまりの期待感で、口に唾液《だえき》が過剰分泌《かじょうぶんぴつ》されるのを止められない。

『サシミ』なる料理だそうだ。

パク……。ドドーン。俺の背後に雷《かみなり》が轟《とどろ》いた。サシミとエールの無限ループが始まった。

隣《となり》を見ると、マルゴとサラサも雷に打たれたようだ。

それはそうだ。このプリプリとした食感。先ほどまで生きていた新鮮な川魚の味わい。塩とこれはヴィーラの実だろうか、酸味のある果汁《かじゅう》とのコラボレーションがまた絶品だ。

すると、俺は違《ちが》う意味で衝撃を受けた。

なんと、サラサがマルゴにアーンをし始めたのだ。く……いつの間に……。

覚悟《かくご》していたことだが、こんなにもショックを受けるとは。むしろショックを受ける自分にショックを受けた。

こんな状態の俺を、確実にエルザは見抜《みぬ》くだろう。ショックを受けた理由も。そして、彼女を酷《ひど》く傷つける結果になるだろう。

すると、そんな俺を見かねたケイゴが、スッと追加分のサシミが盛られた皿を俺に無言で差し出してきた。わかったよケイゴ。

俺は、この砂糖がザラザラと口から出そうな状況《じょうきょう》を克服《こくふく》してみせるよ。エルザの悲しんだ顔は、絶対見たくないからな。

俺は努めて冷静を装《よそお》うべく、サシミとエールの無限ループを開始したのだった。

冒険者Ａ‐２

俺はしがない冒険者稼業《かぎょう》をしているザックという者だ。

俺はバイエルンのアホ野郎《やろう》の仕打ちに耐《た》えかねて、拠点をレスタから北のタイラントに移していた。

ある時冒険者ギルドのフロントでクエストの掲示板《けいじばん》を見ていると、ふいに後ろから声をかけられた。

振《ふ》り返ると、後ろにあのアホ貴族のバイエルンがいやがった。俺は戦慄《せんりつ》した。

これは、俺を執念《しゅうねん》深く追いかけてここまで来た。そして、俺をさらに酷い目にあわせるに違いない。

しかしどういうことだろう。いきなりバイエルンは頭を下げてきた。そして、今までの行いに対する謝罪とともに金貨の詰まった袋《ふくろ》を差し出してきた。

困惑《こんわく》する俺。このアホ貴族に何があったというのか。

聞けばバイエルンの息子のハインリッヒが仕事を継ぎ、自分は引退したとのこと。自分の今までの行いを見つめなおし、迷惑《めいわく》をかけた者に謝罪をしているところなのだそうだ。

また、ハインリッヒは冒険者ギルドの充実《じゅうじつ》にも力を入れているので、よければ是非《ぜひ》またレスタに立ち寄ってくれと言われた。

そうか。人ってこんなに変われるものなんだな。俺はバイエルンを許すことにした。

レスタの町にはそれなりに思い入れもある。ダンやカイ師匠《ししょう》。歓楽街《かんらくがい》のお姉さんたちにはずいぶんと世話になった。マルゴにはまだ借りを返せていない。

そうだな。少しタイラントでの生活を整理したらレスタの町に戻るとしようか。

ハインリッヒ3

私はハインリッヒ。レスタの町の新しき領主だ。

増税に踏《ふ》み切った私に対して、父上の復活論が出ていたが、冒険者ギルドへの支援《しえん》のためであると表明し、シュラクをこちらの陣営《じんえい》に取り込んだ。その結果、父上の復活論を叩《たた》き潰《つぶ》すことに成功した。

ふん。赤子の手をひねるようなものだとは、正にこのことだ。

我が町の経済実態を調べてみたところ、どうやら武器防具店で取り扱《あつか》うファイアダガーとウォーターダガーが他の町の商人に飛ぶように売れており、結果としてこの町の経済を大きく動かす潤滑《じゅんかつ》油《ゆ》として機能していることがわかった。

武器防具店の店主の名はマルゴといったか。

あの武器防具店は自前で鍛冶《かじ》仕事もしていたはずだ。もし、ウォーターダガーとファイアダガーを作り出す技術があるのだとすれば、門外不出。囲い込みをしなければならない。

むしろ、その甘い汁《しる》を囲い込んで搾取《さくしゅ》する必要がある。

私は極上《ごくじょう》の酒と女。そして、権力という極上の甘い蜜《みつ》のためならどこまでも貪欲《どんよく》になれる。さて、どうしてくれようか。

フフフ……。私は、金の匂《にお》いがプンプンするネタに舌舐《したな》めずりをしたのだった。

マルゴ8

最近、サラサが可愛くて仕方がない。

すまんイザベル。俺は新しい妻を迎《むか》えることになるかもしれん。

天国というものが本当にあるのかわからない。俺は無宗教だからな。

俺が信じるのは鉄だけだ。鍛冶神というものが、もしもいるのならば信じてもよい、という程度のものだ。

思うに宗教とは、生きている人のためにあるものなのかもしれない。死んでしまった当人にとっては、どのような意味があるのだろうか。

死んだ妻は神になって、常に自分を見ていると教会の奴《やつ》らは言う。

しかしそれは本当なのだろうか。イザベルは本当に俺のことを天国から見てくれているのか。

イザベルのことだ、奴らの語る輪廻転生《りんねてんしょう》とやらで、新しい人生をやりなおしているかもしれないじゃないか。俺はそうやって、無理矢理納得《なっとく》することにした。

愛する女は生涯《しょうがい》一人。

不器用な俺には、二人を愛するというのは難しかった。しかし、イザベルはもうこの世にはいない。いないのだ。

俺は、その寂《さび》しさを鉄で紛《まぎ》らわし、冒険者になりたてのヒヨっ子どもの命を救うことで、帳尻《ちょうじり》を合わせようとしていた。

だが、親友であるサラサが自分のことを一人の男として好きだと言ってくれている。

これはもう腹をくくるしかないのではないだろうか。

全て上手《うま》くいく方法など、俺がこれまで生きてきた中であった例《ためし》がない。

やはりどこかで妥協《だきょう》して、ベストではなくともベターな選択肢《せんたくし》を選ばざるを得ない場面が多かったように思う。

例えば、ヒヨっ子冒険者ども全員に高価な装備を与えれば、生存率は上がるだろう。

だがそのお金は誰《だれ》が支払《しはら》うのか。

俺はベターな選択肢として、最安値で仕入れた材料を使用し、自らハンマーを手に製作した武器防具をタダ同然でヒヨっ子どもに売ってあげた。

それでヒヨっ子どもの生存率は上がったはずだ。

それは、俺の職人としてのプライドにかけて、自信をもって言い切ることができる。

俺とサラサの間の課題も、同じことなのではないだろうか。

サラサとイザベル。何より俺自身への最適解など、恐《おそ》らく存在しない。

俺はケイゴを見ていて思うことがある。

「自分の好きなことをし、好きなように生きればいいさ」

あいつは絶対に言わないだろうが、背中からはそういう言葉が発せられている。生き様を見ていれば、言葉が通じていなくたって解《わか》る。

俺もこれから心の赴《おもむ》くままに。正直にこれからの人生を歩んでいこうと思う。

エルザ1

私はエルザ。レスタの町で宿屋兼《けん》酒場を運営している。

ジュノという冒険者が私の宿屋を定宿として使ってくれている。

ジュノやサラサとは子供の頃《ころ》からの付き合いで、私はジュノのことがずっと好きだった。

ジュノがサラサのことを好きなのは知っている。自分の好きな人が誰を好きかなんて、すぐにわかったわ。

でも、サラサはマルゴが好き。ジュノの心が悲鳴を上げているのを、私はただ黙《だま》って見ていることしかできなかった。本当に辛《つら》かった。

冒険者は身体が資本なくせに、食事もまともにとらないで、彼はどんどんやつれていった。本当に馬鹿《ばか》な人。私は「うるさい、放っておいてくれ」という彼に、無理やりにでも食事をとらせた。

私はサラサの容姿にコンプレックスを抱いていて、いつも鏡に映る自分のそばかすを撫《な》でてはため息ばかりついていた。

サラサの美しさは、単なる見た目だけではなくて、内面のよさもあってのことなのはわかっている。けれども、嫉妬《しっと》せずにはいられなかった。

私のこの恋心は絶対に成就《じょうじゅ》しないだろうと諦めかけていた。それでもジュノは、私に恋人になってほしいと申し込んできた。

本当に嬉《うれ》しくて、思わずその場で泣いてしまったわ。私の恋心に気がついてくれていたことが、何より嬉しかった。


ジュノには最近、ケイゴという友達《ともだち》ができたみたい。この間、ジュノを訪ねてうちの宿に来たことをよく覚えている。

彼は真っ黒な髪《かみ》をしていて、優しそうな目をしていたことがとても印象に残っている。

それと、足元でチョロチョロしていたワンちゃんが、とっても可愛くて、思わず頭を撫でてしまったわ！　ミルクをお皿に入れてあげたら嬉しそうにペロペロとなめていた。

ジュノの話では、ケイゴは町から森の方向へ少し歩いた所に住んでいるらしく、今度紹介すると言っていたわ。


ふふ。あの可愛いワンちゃんにまた会えるなんて本当に楽しみ。

サラサ6

マルゴが私にユリファの花束を差し出して、照れくさそうにプロポーズをしてきた。

私の心の中に金色のヴィクトリーサインが輝《かがや》いたわ。これまでの苦労がやっと報《むく》われた瞬間《しゅんかん》だった。

でも、いつもの鍛冶仕事の作業着姿でプロポーズってどういう神経しているのよ！　まあ、この人の正装姿なんて見たら、笑ってしまいそうだけど。

私はオーケーの返事をして、花を受け取った。そして、誰も見ていないことを確認《かくにん》してから、甘く長い口づけを交《か》わした。

嬉しくて、涙《なみだ》が零《こぼ》れ落ちるのを感じた。そして、マルゴは無骨な指で私の涙をぬぐってくれたわ。

結婚《けっこん》パーティと結婚指輪の交換《こうかん》は、少人数でケイゴの家でやりたいと思った。大々的にするとケイゴが嫌がりそうだから。親戚《しんせき》や町の知り合いを集めてやるのは別の機会にすることにしたわ。ケイゴには絶対に祝ってもらいたい。

ジュノとエルザにも声をかけないと。

ジュノからエルザと恋人同士になったと聞いたときは、心から祝福したわ。エルザはとても明るい素敵《すてき》な人だから、人見知りなケイゴも受け入れてくれるはず。

新鮮なシカ、イノシシ肉、牛肉、野菜。高級な果実酒をこの時だけは奮発してもっていくわ。エルザはお酒が飲めないから、ジュースも忘れないようにしないと。

催《もよお》し物も考えないと！　忙《いそが》しくなるわね！

k-111

鮎の刺身で舌鼓《したつづみ》を打った宴会の翌日。

サラサが帰りがけにマルゴと結婚することになったと言ってきた。身振り手振りのジェスチャーも交えてだったが、昨日の二人の様子を見る限り明らかだったので、理解は容易《たやす》だった。

そして、サラサはここで結婚式をしたいと言ってきた。二日後だそうだ。

今いる面子《めんつ》の他にエルザという女性も招きたいそうだ。なんとエルザはジュノの彼女らしい。

なんだ、ジュノのやつ彼女がいるのかよ！　と俺は心の中で突っ込んだ。

昨日、ジュノが傷心した様子なのに少し気を遣《つか》ったのだが、損した気分になった。ずいぶんと急な話だが、俺はＯＫした。

ムレーヌ解毒草のスープを朝食に飲んで体調を回復した三人は、レスタの町へと戻っていった。

めでたいな。親友二人が結婚するのだから祝ってあげないと。

二日後か……。

鮎の刺身なら川に行けばとれて、かつ大好評だったので、風呂の水を汲《く》むついでに作ろう。あとは、久しぶりにハーブ鶏《どり》で料理を作るのもよいなと思った。

そういえば前に、九州地鶏《じどり》専門店で砂肝刺《すなぎもさ》し、レバ刺し、ハツ刺しをにんにく醤油《じょうゆ》につけて、芋《いも》焼酎《じょうちゅう》の炭酸割で一緒に食べるのにハマっていたことを思い出した。醤油はないけどにんにくと塩はあるので、それで作ることにしよう。

ササミでトリワサならぬ、トリニンニクを作るのもよいな。いかん。よだれが出てきた。

そんなことを考えながら、俺は毎日の日課である家畜の世話と鍛錬。その後、畑の世話をした。

k-112

サラサとのマルゴの結婚式当日。俺は、まだ朝日の昇《のぼ》らない暗いうちから、早起きして川に来ていた。

釣りは早朝に行うものだ。それに、彼らがやって来るのにチンタラ釣りをやっているわけにもいかない。

相当数釣れたら、早々に結婚式の料理の準備をするつもりだ。もちろん、風呂も忘れてはならない。

それと、パーティの中で俺がやる催し物はもう決めてある。結婚式と言えばあれしかない。結構魚の食いつきがよい。やはり早朝だからだな。

アッシュがまだ眠たいのか、俺の横で丸まってスピースピーと寝息を立てている。

昨日は早めに眠りについたのだが、つられて俺もふあとあくびをする。

……結構釣れたな。釣れた魚を川の水を張った桶に入れる。鮮度《せんど》のよいものを刺身にしたい。後は、川の水を浴槽に汲んで、家に戻った。

一一：〇〇

家畜へのエサやりを済ませた俺は、料理の下準備をすることにした。

彼らは、昼頃《ごろ》やって来るんだったな。

さて、鮎は食べる前に三枚におろすとして、まずは鶏から手をつけよう。鶏を数羽しめて、血抜《ちぬ》き。羽根をむしって下準備をする。

鳥は無駄《むだ》にするところがない。砂肝、ハツ、レバー、ササミ。

刺身にして、すりおろしニンニクと塩をつけて食べてみた。ヤバイなんてものではない。流石《さすが》に酒は自重したが、いつもならチビチビやっているところだ。

しめたての鮮度一級のハーブ鶏である。これで美味くなければ嘘《うそ》だ。

一二：〇〇

鶏の調理をしていると、マルゴ、ジュノ、サラサ、エルザさんがやってきた。

俺は、エルザさんに「ハジメマシテ、コンニチハ」とランカスタ語で挨拶した。確かこの人はジュノの滞在《たいざい》している宿屋で会ったことがある人だが、ほぼ初対面だ。エルザさんは、にっこりと太陽のような温かい笑《え》みを浮かべ、俺に「コンニチハ」と返してくれた。

ジュノの方を見ると、照れくさそうに笑っていた。お前にはもったいないぜ、コンチクショー。まあ、本当に辛そうにしていたのを知っているだけに、心からおめでとうと思ったよ。

さあ、楽しい結婚式の始まりだ。

ハインリッヒ4

私はレスタの町の貴族、ハインリッヒだ。

今日は、マルゴの武器防具店を調査し、ファイアダガーとウォーターダガーの出所を調査するつもりだ。フフフ……。

私はこれから得られるであろう金の卵を産む鶏を想像して、舌なめずりをした。

私は、部下二名を伴《ともな》い武器防具店のドアの前に立ったが、札が『閉店』になっている。

ふむと顎《あご》に手をやり、思案顔をしつつ、ふと通りを見ると荷馬車に乗った正装した四人組が居た。マルゴだ。他に商家のサラサ、宿屋のエルザにあとは冒険者か。

私はピンと来た。おそらく彼らが向かう場所に俺の知りたいものがあるのではないかと。

部下が収集した情報によると、マルゴの武器防具店では元々ファイアダガーとウォーターダガーは取り扱っていなかった。ということはつまり、マルゴもどこかから仕入れているはずなのだ。

おそらくこいつら行き先に何らかのヒントがあると見た。

フフフ……。

私は人差し指で、クイッと銀縁《ぎんぶち》のメガネを上げた。

マルゴよ、ついに年貢《ねんぐ》の納め時だな。それも格好から推察するに二重の意味で。

私と部下は、密《ひそ》かにマルゴら四人の追跡《ついせき》を開始したのだった。

まともな貴族4

我輩《わがはい》はレスタ・フォン・バイエルン。隠居《いんきょ》生活を送る、ただの初老の男だ。

最近、隣町《となりまち》まで行ったりもできた。ずいぶんアクティブに行動できるようになったものだ。メルティちゃん（馬）さえいれば、我輩はもう大丈夫《だいじょうぶ》。ただし、一日一回メルティちゃん（馬）と触《ふ》れ合わないと手が震《ふる》えてくるので、油断は禁物だ。

我輩に対する町の者の反応も大分変わってきた気がする。そこここで、相手から声をかけてもらうことが多くなった。

あのザックという若者にも、この間シュラクの相談にのるため冒険者ギルドを訪《おとず》れたときに挨拶された。そうかよかった。この町を見限らないで戻って来てくれたか。

側近兵のドニーから、息子がきなくさい動きをしているようだとの情報が入った。ドニーには、息子の動向を把握《はあく》し何かあれば我輩に報告するよう命令してある。

マルゴからはケイゴの家で結婚式をやると聞いているが、息子はマルゴらの後をつけているとのこと。あやつのことだ、どうせ何かのたくらみをしているに違いなかろう。いずれにしてもマルゴの結婚式を邪魔《じゃま》することになるのは間違いない。

人の幸せを邪魔するとは何事か。そして、ケイゴに迷惑をかけることは断じてならん。ケイゴが居なくなってしまったら、もう二度とあの『クンセイ』という料理が食べられなくなるではないか！

我輩はあわてて仕度をし、息子を止めるべく後を追うことにした。

「ドニー、我輩についてくるのだ」

我輩はメルティちゃん（馬）に飛び乗り、ケイゴの家の方向へ颯爽《さっそう》と駆《か》け出したのだった。

k - 113

さあ、幸せな時間の始まりだ。


料理の下準備と催し物を披露《ひろう》するための、何よりもメインイベントのための舞台《ぶたい》の設置を俺たちは進めた。

舞台を見られる位置にブルーシートを広げ、料理を並べられるようにする。切り株椅子とテーブルも丁度よい場所に設置する。

料理は俺が丹精《たんせい》を込めて育てたしめたてのハーブ鶏の刺身。部位はレバー、ハツ、砂肝、ささみ。串《くし》で焼き鳥も作る。今日は特別な日だ。出し惜《お》しみはなしだ。

シカと牛が丸々一頭。今朝《けさ》解体したばかりの各部位の肉を荷馬車で運んできたそうだ。それに恐らくサラサの店で取り扱っている中でも一番の高級酒。こちらも楽しみだ。

アッシュはサラサにもらった牛の骨付き肉に夢中になっている。

そんな感じで俺たちが結婚パーティの準備をしていると、見知らぬ銀縁眼鏡《めがね》が家にやってきた。

「○▲……×○■▲！」

兵士二名を連れている。このような特別な日になんという無粋《ぶすい》な奴だ。丁度シカ肉ステーキを作ることにいち段落したマルゴが、門前で何かを言っている銀縁眼鏡に対応する。

どんどん顔が青くなっていくマルゴ。

銀縁眼鏡がキラーンと光ったような気がした。鍛冶小屋の軒先《のきさき》に置いてあるファイアダガーにツカツカと近寄っていく。マルゴが止めようとするが、お構いなしだ。

なぜか俺は、この傲慢《ごうまん》な振る舞《ま》いにデジャヴを覚えた。ここは俺の家なのだが。日本ならば住居侵入罪《しんにゅうざい》で通報しているところである。

銀縁は俺の製作したファイアダガーを手にして、その辺の薪に突き刺《さ》して発火させた。

おい！　火事になったらどうしてくれるんだこの野郎！　ついでに放火罪でも通報してやるか？

鬼《おに》の首をとったかのような表情をする銀縁眼鏡。

視線を下におろし、真っ青な表情をしているマルゴ。……しゃあないな。

俺は仲裁《ちゅうさい》に入ることにした。鮎の刺身というアルティメットウェポンをもって。

k-114

三枚におろした鮎の刺身は丁度皿に盛った状態で二皿ほど出来上がったばかりだった。

俺がやれやれと料理をもって銀縁眼鏡とマルゴの間に割って入ろうとした丁度その時、バイエルンさんが兵士のドニーを伴って、馬に乗って颯爽と登場した。

「○××！！！　▲■●◆○！！！」

ビシッ！　と銀縁眼鏡を指差し、物申すバイエルンさん。バイエルンさんがランカスタ語で銀縁眼鏡に何かを諭《さと》し始めた。今度は銀縁眼鏡の顔色が悪くなっていった。

マルゴが明らかにホッとした表情になっていった。

俺は丁度よいタイミングかなと思い、バイエルンさんと銀縁眼鏡におろしたての鮎の刺身を二皿手渡《てわた》してあげた。すりおろしニンニクと塩でご賞味あれ。エールもご一緒にどうぞ。それを木で作ったフォークで食べる二人。なぜか固まる二人。

次の瞬間、二人は同時に硬直《こうちょく》状態から脱《だつ》し、木のコップに入ったエールを一瞬で飲み干した。

マルゴの説明によると二人は親子なのだそうだ。つまり銀縁眼鏡も貴族なのか。まあ、町に住まない俺には関係のない話だ。ハインリッヒさんという名前らしい。

折角なので、バイエルンさんとハインリッヒさん、そしてお供の兵士さんも結婚式に誘ってみることにした。料理に釣られてなのか、貴族二人は首を立てにブンブンと振って俺に握手《あくしゅ》を求めてきた。

三人で握手を交わす。ほらあれだ。政治家がよくやっているヤツ。三人で同時に握手。貴族も政治家なのだからあながち間違いではないだろう。

そして俺たちは結婚式の準備を再び始めたのだった。兵士たちの手も借りられたので大助かりだった。貴族二人は、ブルーシートの上でくつろいでいた。本来であれば働かざる者食うべからずと注意したところだが、彼らの部下が働いているので、目を瞑《つむ》ることにした。

風呂も沸かして、レディーファーストで入ってもらう。花嫁衣裳《はなよめいしょう》の準備はエルザさんの担当だ。貴族二人のうち、バイエルンさんだけが風呂に入った。風呂上がりの一杯の味を捨てるなんてなんともったいない。

一五：〇〇

さて、料理も身支度《みじたく》も準備は整った。俺はマルゴの正装姿という、貴重なものを目《ま》の当たりにしている。サラサの月と同じ蒼色のドレスが美しい。妙に落ち着いた気分にさせてくれる色合いだ。

これがこの世界の結婚式の光景か。俺は感慨《かんがい》深げにその光景を見ていた。

k-115

結婚式は、司会役を買って出てくれた、バイエルンさんの一言で厳《おごそ》かに始まった。

アッシュ、よい子にしているんだぞ。俺は、アッシュが大好きなサラサのいる壇上《だんじょう》に突進《とっしん》していかないように抱っこした。ヒラヒラの蒼いドレスにアッシュが飛びつこうとしているのは、誰の目から見ても明らかだ。

マルゴは純白の大きく美しい花束を手にサラサの前に跪《ひざまず》き、目線を下げて捧《ささ》げる。サラサはその花束を受け取る。そして、結婚指輪をお互《たが》い交換した後、口付けを交わした。

バイエルンさんが、「夫婦《ふうふ》として認める」趣旨《しゅし》の発言をした後、全員で祝福の言葉とともに拍手喝采《はくしゅかっさい》を浴びせた。

サラサは花束をエルザの方に向け、それをエルザがキャッチする。隣にいたジュノがエルザを抱き寄せ、サラサに向かって親指を立てて「まかせろ」のサイン。

――この場にいる全員に笑顔が溢《あふ》れた。

厳かな雰囲気《ふんいき》から一転、晴れやかになった舞台の後、俺たちはパーティへと突入《とつにゅう》した。

俺は、鮎の刺身とハーブ鶏の刺身が大人気で、追加で作るのにてんやわんやだった。

もちろん俺も高級酒をチビチビやりながら、彼らの催し物を見ながら料理を作った。兵士の皆さんたちも即興《そっきょう》でヘンテコな歌や踊《おど》りを披露していて、全員で爆笑《ばくしょう》した。

俺も考えていた催し物を披露した。商社マンの頃、接待でこの手のことは沢山こなしてきたのでお手のものだ。そういえば、接待飲みの際、罰《ばつ》ゲームでストッキングを頭から被《かぶ》って笑いをとるという意味不明な伝統のある船会社があったなと思い出す。

俺は、結婚式といえばあの曲しかないだろうと有名なウエディングソングを歌った。コマーシャルで使われていたお馴染《なじ》みのあの曲である。

歌っていると、サラサの目じりに涙が光った。言葉が通じていないのに不思議なものだなと思った。

マルゴ、サラサ。本当におめでとう。

彼らと彼らを祝福する人々。その多幸感溢れる熱気は、俺の家の敷地一帯の空間を幸福という色一色に染めあげたのだった。

ハインリッヒ5

私は部下とともにファイアダガー、ウォーターダガーの行方《ゆくえ》を追って、マルゴたち一行の後をつけた。

しばらく町の外を森の方に馬で走る。すると、石垣《いしがき》に囲まれた家が見えた。このようなところに住む奇特《きとく》な人間がいたものだ。

私は確信した。マルゴが仕入れている場所はここに違いないと。しばらく様子を窺《うかが》い、私は堂々と門前に立った。

「ハインリッヒである。門を開けよ」

マルゴがあわてた様子でこちらへ来た。

「これは、ハインリッヒ様どのような御用《ごよう》向きで？」

「お前の店で取り扱う、ファイアダガーおよびウォーターダガーの件でと言えば解るかな？」

さっと青ざめるマルゴ。顔色が全てを物語っている。おやおや。あれは鍛冶小屋かな？

「どいてもらおう」

私は兵士二名に鍵《かぎ》のかかっていない鉄格子《ごうし》の門を開けさせツカツカと鍛冶小屋の方に近づく。

「おい！　ちょっと！」

マルゴは制止しようとするが、兵士二名にとめられる。

鍛冶小屋の軒先にダガーが入った木箱があった。

私は木箱からダガーを取り出し鞘《さや》から抜《ぬ》いた。刃《は》が赤熱している。これは当たりだ。

私は、その辺に積んである薪を一つ手に取りダガーを突き出して発火させた。

「マルゴ、これはどういうことかね？　これはつまり、ここの家の主がこのファイアダガーの製作者ということでよいのことかな？」

「いえ……その……」

口ごもるマルゴ。

丁度その時だった。メルティちゃん（馬）に乗った父上が、颯爽と現れた。

「ハインリッヒよ。ここは我輩が多大なる御恩を受けたケイゴ殿《どの》の住居である。迷惑をかけることはまかりならん！」

物凄《ものすご》い剣幕《けんまく》の父上。

「いえ、しかし父上、ここには我が町の財源となり得る宝の山が……」

「黙《だま》れい！　ケイゴ殿は類稀《たぐいまれ》なる才をお持ちだ。お前のくだらん欲のせいでここを立ち去ってしまったらどのように責任を取るつもりなのだ！」

今度は私が青くなる番だった。

しかし、まあまあと黒髪《くろかみ》の男が料理とエールを片手に仲裁に現れた。

「おお、ケイゴ殿か！　これは新作かな？」

私と父上はテーブルに移動し、その料理を食べた。パク……。ドドーン。

私の背後に雷が轟いた。なんだこれは！　プリプリとした食感に新鮮な味わい。一緒に出されたエールを一気飲みしてしまった。『サシミ』なる料理らしい。父上も似たような反応を見せている。

父上の庇護《ひご》下にあるこの場所に、下手に手出しをすることはできない。私は、一度この件を白紙に戻すことにした。

黒髪の男がケイゴという男だそうだ。ケイゴからよければ、マルゴの結婚式に出席しないかと言われた。言葉が通じないようで、ジェスチャーによる会話だったが。

ファイアダガーの利権に手を出せない以上、ここに長居は無用なのではあるが、私は料理をもっと食べたいという欲求に抗《あらが》えなかった。サシミを食べた部下両名も、是非出席したいとのことだ。

私は眼鏡の位置を左手中指で戻す。フン、仕方ない。マルゴ。貴族の私に祝われることに感謝するがいい。

エルザ2

今日はマルゴとサラサの結婚式当日。

私もおめかししなくちゃ。

お気に入りのドレスに靴《くつ》。この間ジュノがくれたパールのイヤリング。

お化粧《けしょう》でごまかすようなまねはしない。ジュノが私のそばかすを好きって言ってくれたから。もう自分自身のことはそっくりそのまま好きになろうって決めたんだ。

鏡の前で「よし！」と気合を入れる。

今日はマルゴが馬車を出してくれることになっている。

私はマルゴの正装姿を見てぷっと噴き出してしまった。だってあの厳《いか》ついマルゴが、蝶《ちょう》ネクタイなんてしてるんだもの。

サラサは相変わらず綺麗。馬車に衣装《いしょう》ケースごと積み込まれたウエディングドレスをチラッと見たけど、とても素敵だった。サラサだったらなんでも綺麗に着こなしちゃうんだろうな……。うー。いかんいかん。私はよくない思考を強制終了《しゅうりょう》させる。


ケイゴさんの家に到着すると、ケイゴさんが笑顔で迎えてくれた。ジュノが恥《は》ずかしそうに、私を彼女だと紹介してくれた。嬉しい。

アッシュちゃんにもご挨拶したわ。お座りして本当によい子。私も屈《かが》んで頭をなでさせてもらったわ。癒《い》やされる～。

うちの町のバイエルン様とハインリッヒ様がやってきて、言い争っていたけど親子喧嘩《げんか》かしら。でも無事にケイゴが仲裁してくれたみたいで、今は何か料理を食べているみたいね。

サラサと一緒にお風呂に入ってから、花嫁衣裳の着付けを手伝った。虹色に輝くシャイネの花をドレスの胸のところにあしらった。はー。惚《ほ》れ惚《ぼ》れするわ。

いよいよ、結婚式本番。

サラサからユリファの花束を投げられて、私はキャッチ。ジュノが私を抱き寄せて、まかせろって言ってくれた。思わず嬉し涙がこぼれた。よかった。派手にお化粧をしていたら涙でお化けになっちゃうところだったわ。

その後、ケイゴさんの歌にとても感動したわ。心に染み渡るというか、本当に聴いたこともないメロディ。ケイゴさんはきっと天才なのね。

マルゴとサラサは主役だけあってお酒の魔力《まりょく》から何とか逃《のが》れたらしく、その日の夜に帰ることになったので私は馬車に同乗させてもらったわ。

でも、ジュノ、貴族親子、兵士さんたちは酔いつぶれてしまったので、ケイゴさんの鍛冶小屋に泊《と》まっていく……、というよりもケイゴさんに運び込まれていたわ。もう！　ジュノったら、恥ずかしい。

でも、あのサシミとかトリサシという料理は、お酒を飲めない私でも虜《とりこ》になるのがわかった。

それから私は、おねむのアッシュちゃんにおやすみのキスをしてから、マルゴの馬車で町へと帰宅したのだった。

エピローグ

shousyaman no isekai survival

祭りのあと。色々な出来事が頭をぐるぐると回り、全く眠《ねむ》れる気がしない。俺《おれ》は一人、夜風に当たりに外に出る。

先ほどまでの喧騒《けんそう》がウソのよう。

——人間は矛盾《むじゅん》した生き物だ。

断絶衝動《しょうどう》に駆《か》られる自分。それでも。こんな俺でも、言外で「好きだ」と言ってくれる仲間ができた。わざわざ、こんな場所まで来てくれて、人生で最も幸せな瞬間《しゅんかん》を共有したいと言ってくれた。

マルゴがいて、ジュノがいて、サラサがいて、エルザもいる。……おっと、世界一可愛《かわい》いアッシュも忘れちゃいけない。

そして、バイエルンさんたち。今日もまた、幸せの輪は広がった。こんなこと、日本では経験し得なかったことだ。

言葉はときに人を傷つける。傷つけ、傷つけられることを恐《おそ》れるあまり、断絶衝動に駆られる自分がいた。

言葉が通じない世界。月の蒼《あお》い不思議な場所。危険なモンスターと命のやりとりをしなければいけないシビアな世界。『これは全部、リアルな夢だ』と言われても、全く不思議ではない。

そんな世界で。ついに。やっと。

――本当の意味で。矛盾も何もかも、全部ひっくるめて、『人間』と向かい合うことができたのだと思う。

――明日はどんな不思議な『矛盾』と出会えるのだろうか。俺は楽しみで仕方がない。

俺は、そんな矛盾した『人間』という、モンスターなどよりも、よほど不思議な生き物が、少しだけ好きになれた気がした。

あとがき

『商社マンの異世界サバイバル　～絶対人とはつるまねえ～』第一巻をお買い上げいただき、本当にありがとうございます。

二〇一六年一二月二五日、雪の降るクリスマスの夜。私が飼っていた、ウルフ・セーブルのポメラニアン。『世界一可愛《かわい》い』と豪語《ごうご》していた我《わ》が家のアイドルで愛犬の『マル』が、眠《ねむ》るように息を引き取り、天国へと旅立っていきました。

しばらくは、悲しすぎて何事にも全く手がつきませんでした。

それまでは、趣味《しゅみ》で大好きな小説を書いていたのですが、それすらもできず。ただただ、絶望の底に沈《しず》んでいました。

本作は丁度『マル』を失った悲しみの傷跡《きずあと》が少しは癒《い》えた頃《ころ》、二〇一七年のＧＷから執筆《しっぴつ》がスタートしました。『プロットモドキ』をノートに書きなぐる中、可愛《かわい》い犬の絵をいくつも書いた記憶《きおく》があります。

本作で登場する『アッシュ』というキャラクターのモチーフは、天国へと旅立った私の愛犬でした。

そして、二〇一九年一二月二五日。奇《く》しくも、同じクリスマス。KADOKAWA様から、本作の出版が公式発表されました。私の住む北海道では、辺り一面銀世界のホワイトクリスマス。これはきっと、天国から見守ってくれている、私の愛犬がサンタクロース姿に扮《ふん》して、夜私が眠っているうちに枕元《まくらもと》へ届けてくれた、クリスマスプレゼントに違《ちが》いないと思います。

『アッシュ』は私の愛犬が与《あた》えてくれた『愛情』や『優《やさ》しさ』が形になったキャラクターです。天国へと飛び立った愛犬は書籍《しょせき》という形になり、読者の皆様《みなさま》の心に生き続ける。そう思うと、これ以上ない供養《くよう》だと思いますし、誰《だれ》よりも私自身が救われました。ですので、読者の皆様には感謝してもしきれないと思っております。重ね重ね、お礼申し上げます。

最後になりますが、書籍化にご尽力《じんりょく》くださった川崎《かわさき》様、校正者様、イラストレーターの布施龍太様にはお世話になりました。ありがとうございます。そして、いつも私を支えてくれるユウノウミの皆様と母、書籍化をきっと天国で喜んでいるであろう祖父と祖母、愛犬のマルに、心から感謝を。

今後、ケイゴとアッシュにどのような冒険《ぼうけん》が待ち構えているのか。見届けて頂ければ望外の幸せです。

Ｈａｐｐｙ　Ｍｅｒｒｙ　Ｃｈｒｉｓｔｍａｓ‼

二〇一九年一二月二五日

餡《あん》乃《の》雲《うん》

本書は、二〇一九年にカクヨムで実施《じっし》された「第4回カクヨムWeb小説コンテスト」で特別賞を受賞した「商社マンの異世界サバイバル　～絶対人とはつるまねえ～」を加筆修正したものです。

DRAGON NOVELS
ドラゴンノベルス

商社マンの異世界サバイバル
～絶対人とはつるまねえ～

2020年2月5日　初版発行

著　　者　餡乃雲《あんのうん》

発 行 者　三坂泰二

発　　行　株式会社 KADOKAWA
〒102-8177　東京都千代田区富士見 2-13-3
電話 0570-002-301（ナビダイヤル）

編　　集　ゲーム・企画書籍編集部

装　　丁　AFTERGLOW

D　T　P　株式会社スタジオ２０５

印 刷 所　大日本印刷株式会社

製 本 所　大日本印刷株式会社

DRAGON NOVELS ロゴデザイン　久留一郎デザイン室+YAZIRI

●お問い合わせ
https://www.kadokawa.co.jp/（「お問い合わせ」へお進みください）
※内容によっては、お答えできない場合があります。
※サポートは日本国内のみとさせていただきます。
※ Japanese text only

定価（または価格）はカバーに表示してあります。

ISBN978-4-04-073558-0　C0093

カクヨム
書籍化作品
第3回カクヨム
Web小説コンテスト
特別賞
一人と一匹、
のんびり異世界
モフモフ生活。
コミカライズ連載中!!

DRAGON NOVELS
好評発売中!
ヒーラーですが
神聖魔法が
便利すぎて怖い!!

「」カクヨム
2,000万人が利用!
無料で読める小説サイト
イラスト：スオウ
カクヨムでできる
3つのこと
What can you do
with kakuyomu?
1
書く
Write
便利な機能・ツールを使って
執筆したあなたの作品を、
全世界に公開できます
2
読む
Read
有名作家の人気作品から
あなたが投稿した小説まで、
様々な小説・エッセイが
全て無料で楽しめます
3
伝える
つながる
Review & Community
気に入った小説の感想や
コメントを作者に伝えたり、
他の人にオススメすることで
仲間が見つかります
会員登録なしでも楽しめます!
カクヨムを試してみる
「」カクヨム https://kakuyomu.jp/
カクヨム
検索